髑髏城の花嫁

田中芳樹

クリミア戦争からの帰途、エドモンド・ニーダムと戦友は特命を受け、瀕死の青年をダニューヴ河畔にある髑髏城へ送り届けた。その後、無事祖国イギリスに帰ったニーダムは、姪のメープルとともに会員制の大手貸本屋で働いていたある日、かつて城へ送り届けた青年と再会する。別人のように元気になった青年は、伯爵を名乗り、ノーサンバーランドにある屋敷での仕事を依頼する。メープルは張り切るが、ニーダムは不吉な胸騒ぎを感じていた……奇しくも“髑髏城”と呼ばれる屋敷で、ふたりを待ち受けていたものとは。ヴィクトリア朝怪奇冒険譚第二部。

エドモンド・ニーダム
物語の語り手。三十一歳。ミューザー良書倶楽部《セレクト・ライブラリー》の社員。クリミア戦争では騎兵として従軍、バラクラーヴァの激戦を闘い抜いた勇者。

メープル・コンウェイ
ニーダムの姪。十七歳。叔父とともにミューザー良書倶楽部で働いている。ジャーナリスト志望の聡明でしっかり者の少女。

ヘンリエッタ・ドーソン
メープルの寄宿制女学校時代の同級生。身分ちがいの結婚が夢で、メープルとことごとくそりが合わない。

マイケル・ラッド
ニーダムの戦友。酒と女性に目がなく、口が達者なお調子者。

ナイチンゲール女史
クリミア戦争で野戦病院の看護婦の総責任者として活躍。近代看護教育を作りあげた女性。

ウィッチャー警部
ロンドン警視庁《スコットランド・ヤード》を創立した一人。イギリスで最初の刑事。

ライオネル・クレアモント
第九代フェアファクス伯爵。クリミア戦争に少尉として参加。

ドラグリラ・ヴォルスングル
ダニューヴ河の河口にある髑髏城《どくろじょう》で暮らす、ワラキアの貴族。絶世の美女。

髑髏城の花嫁

田中芳樹

創元推理文庫

THE BRIDE

OF THE CASTLE SKULL

by

Yoshiki Tanaka

2011

本文扉裏挿画＝後藤啓介

目次

髑髏城の花嫁

第一章

十字軍の騎士が見た怪異な城のこと
変人たちの間で苦労する凡人のこと

I

一点の緑も見えない真冬の荒野であった。地上は雪と氷におおわれ、空には絶望したような灰色の雲がひろがっている。風はそれほど強くはなかったが、一瞬もやむことなく北から吹きつづけ、見えない刃となって大気を切り裂いた。

見わたすかぎり、一軒の家も見えない。だが人はいた。

ひとりの男が立っている。それだけではない。白いはずの地を赤黒く染めて、はるかに多くの男が倒れていた。

立っている者も、倒れている者も、鎖帷子《くさりかたびら》に身をかため、その上に十字の印をつけた白衣をまとい、剣や槍を手にしていた。立っている者はかろうじて生きており、倒れている者は傷と寒さですでに死んでいる。彼らは戦士の一団であり、敵と戦って、まさに敗れようとしていた。

敵は生きのこった戦士を包囲し、じわじわと環《わ》をせばめてくる。

異様な敵であった。剣も槍も持たず、武装した戦士を追いつめている。敵の口からすさまじいうなり声がもれた。人間の声ではなかった。黒い毛皮と四本の肢《あし》を持つ狼の群れが、炉で燃える石炭のような眼を人間に向け、血にぬれた牙をむき出しにしてせまってくる。その数は百頭をこえ、人間は恐怖と絶望に立ちつくすばかりだった。もはや闘う力もなく、剣を雪に突き立てて、苦しげにあえぎながら、最期《さいご》の刻《とき》を待っている。

狼たちの間から、いきなりやわらかい女の声がひびいて、戦士をおどろかせた。

「生き残ったのはそなただけだ、聖なる戦士と自称するフランク人よ、まだ神の加護とやらを信じておるか」

あざける声はギリシア語であった。東ローマ帝国《ビザンチンていこく》の公用語である。フランク人とは、西ヨーロッパ諸国に住むキリスト教徒たちのことであった。

フランク人の騎士は、疲労にかすむ眼で、声の主をさがした。

彼の名はユースタス・ド・サンポール。フランス北部とイングランド南部に小さな領地を持つ騎士で、第四回十字軍に参加していた。ただ、十字軍という呼びかたは後世のもので、当時は「聖なる戦士たち」と称していた。

ユースタスはまだ二十歳をこえたばかりで、騎士に叙任されると同時に十字軍に参加して故郷を離れたのである。

狼たちの間に、黒衣の人影が立っていた。それこそが声の主であった。顔も黒い布でつつんでいたが、女にちがいなかった。

「いまごろ、おまえたちの仲間はコンスタンティノープルの宮殿で、ぬくぬくと、酒と女を娯《たの》しんでいるであろうな。それなのに、おまえはこんな辺境の荒野で、雪と血にまみれて、のたれ死にしようとしている。あわれなことよ」

「だまれ、邪悪な異教徒め」

「異教徒？」

女の声に、ひときわ強く嘲弄の調子が加わった。

「聞いてあきれる。異教徒を討伐してキリスト教徒の王道楽土をつくると、えらそうなことをいいながら、東ローマ帝国《ビザンチン》を亡ぼして殺人と掠奪をほしいままにしたあげく、神の名を口にするか。東ローマ帝国は、おまえたちとおなじキリスト教徒の国ではなかったか。かの国の民は、おまえたち『聖なる戦士』とおなじ神を信仰していたのではなかったのか」

「だまれ」

ユースタスはどなったつもりだったが、声は弱々しくかすれていた。

十字軍は七回にわたって実行されたが、そのなかで「キリスト教史上の不名誉」とか「十字軍の恥さらし」とかいわれるのが、第四回十字軍である。

前回、つまり第三回十字軍は、イングランド国王リチャード一世とエジプト国王サラディンとのはなばなしい対決で有名だが、何の成果もなく終わっていた。一二〇二年、ローマ教皇イノセント三世が、第四回十字軍の結成を、キリスト教諸国に呼びかけた。

フランスを中心として、キリスト教諸国からあつまった兵力は、騎士四千五百人、その従者九千人、歩兵二万人、合計三万三千五百人にのぼった。彼らはアドリア海の北端に位置するベニスに集結した。そこから船に乗って地中海を渡り、イスラム教徒の国へ攻めこむ予定だった。船を用意するのはベニスの海上商人たちである。

ベニスの船に乗って、第四回十字軍は海を渡った。到着したのは、イスラム教徒の国ではなく、東ローマ《ビザンチン》帝国の首都コンスタンティノープルであった。

パリの人口が五万人、ロンドンの人口が三万人という時代に、コンスタンティノープルの人口は五十万人といわれていた。ただ東ローマ帝国の首都というだけでなく、キリスト教の世界で最大の都市だったのである。

なぜそんなことになったのかというと、ベニスの商人にだまされたのだとか、東ローマ帝国の帝位継承あらそいに巻きこまれたのだとか、さまざまな説がある。とにかくコンスタンティノープルのがわでは、十字軍を歓迎する理由などなかったので、冷たく彼らをあしらった。怒った十字軍は、コンスタンティノープルを攻撃し、激戦の末、陥落させてしまった。

東ローマ皇帝は何とか脱出したが、とりのこされた市民はあわれである。目をおおうような虐殺、掠奪、暴行がくりひろげられた。ある貴族の女性は、十本の指に高価な指輪をはめていた。よこせといわれて拒否すると、十字軍の騎士は剣を抜き、彼女の指をぜんぶ斬り落としてしまった。

その騎士の名は、ユースタス・ド・サンポール。血と酒に酔ってしでかしたことだったが、さすがに問題になり、ワラキア人、ブルガール人、クマン人の住む北方の辺境へ遠征を命じられることになったのだ。結果が、このみじめなありさまだった。

「投降せぬか、フランク人」

「わ……笑わせるな、聖なる戦士に投降の文字はない」

「ではどうなさるおつもりかな、高潔な騎士、聖なる戦士、神に祝福されたフランク人よ」

「決まっている。おまえたちを討ちほろぼしてコンスタンティノープルに帰るのだ」

「コンスタンティノープルに帰る？　どの面《つら》さげて帰るというのだ？　一片の領土も手にいれず、ひと粒の宝石すら奪うことがかなわず、二十四人の騎士と百八十人の兵士をことごとく死なせて、おめおめと帰ることが、かなおうか」

黒衣の女の笑い声が、雪と氷と死体の上を、突風のように駆けぬけていく。

「城門をくぐったら、断頭台へまっしぐらだな。いや、それとも火刑台《かけいだい》か？　いずれにしてもそなたを待つのは不名誉な最期だけだ」

ユースタスは反論しようとして口を開いたが、出てきたのは言葉にならないうめき声だけであった。剣の柄をにぎる手は激しくわななないたが、その理由は寒さだけではなかった。

音もなく女が近づいてきた。ユースタスよりわずかに低いだけの長身である。黒いフードが顔の上半分をおおっていたが、鼻や唇《くちびる》の形よさは、コンスタンティノープルの美姫《びき》たちにも劣らない。

「顔だけはいいな」

半ばあざけるような、半ば賞賛するような声であった。

「殺すのは老人になってからでもよいか……いや、それとも……」

声に変化が生じた。誘《いざな》うような調子に。

「わたしにしたがって、その若さと美しさを、永久《とこしえ》に保つというのはどうじゃ？」

ユースタスの瞳が、恐怖と疑惑に大きく見開かれた。

「お、おまえは何者だ」

「おや、邪悪な異教徒とわかっていれば充分ではないか」

女の形のいい唇が開いた。こぼれでたのは真珠のような歯ではなかった。鋭くとがった細い牙が雪白《せつぱく》のかがやきを発して、ユースタスの背骨にさざ波のような慄《ふる》えが走った。

「どうする？　生きるか、死ぬか」

からかうように問われたとき、ユースタスの勇気はすでに枯れはてていた。虚勢をはる力すらなく、彼は女の視線を避けるように左の方角を見やった。ひとりの騎士が剣を手に立ちあがろうとしていた。まだ生きていたのだ。血にまみれ、ずたずたに裂けた胴衣《プールボワン》をまとい、冑《ヘルム》はなく、乱れた髪は雑草のように見えた。

突然、ユースタスはいった。

「あいつを殺してくれ」

おどろいたとしても、女の声に変化はなかった。

「おまえの同志じゃぞ、よいのか」

「あいつを殺してくれたら、おまえのいうことをきく。何でもいわれたとおりにする」

女の黒衣が寒風にはためいた。

「なるほど、証人を生かしてはおけぬか。気に入ったぞ、その性根、わたしたちの見こんだ以上じゃ」

女がかるく腕をあげると、群像のように動かなかった狼たちがいっせいに雪を蹴った。

騎士は赤く染まった剣を持ちあげようとして失敗した。素手の騎士に狼たちの黒い影がむらがった。

ユースタスは顔をそむけた。騎士の叫び声が彼の耳をたたいた。苦痛と恐怖の悲鳴であり、ユースタスの裏切りを呪う声であった。

それも長くはなかった。皮を裂き、肉をむさぼり、骨をかみくだく音がそれにつづいた。

やがて背後の音がしずまると、ユースタスは力なく女に視線を向けた。女が低く笑った。

「これでよかろう。そなたの行方を知る者はいなくなった。歴史は記録するだろう、ダニューヴ河まで遠征した聖なる戦士たちの一部隊は永久に姿を消した、と」

「私をどこへつれていく?」

「われらの本拠地じゃ」

「おまえたちの本拠地とはどこだ?」

「そなたの眼の前にある」

青白い指があがって、遠く前方をさししめした。

そこにあるのは灰色の霧の壁としか見えなかったが、指がさししめしつづけると、霧がゆらめきつつ左右に割れはじめた。

奥にかくされたものが、しだいに姿をあらわしはじめる。重苦しい灰色の空を圧するかのように、白い何かの巨大なかたまりがそびえていた。上部は丸く、下部は角ばり、ふたつそろった洞窟のようなものが、黒く暗く開いている。

「何に見える、フランク人？」

「……髑髏《どくろ》……」

「それ以外には見えぬなあ。ゆえに、あれを我らは髑髏城と呼んでおる。あれでなかなか住み心地は悪くないぞ」

黒衣をひるがえすと、すべるような足どりで、女は歩き出す。ユースタスは咽喉《のど》の奥で奇妙な音をたてた。雪の上に彼女の足跡がのこらないのを見たからだ。

錯乱寸前の視線で、ユースタスはまわりを見まわす。まだ血に飽かないような狼の群れが、低く高く威嚇のうなりで彼をとりかこんでいる。

もはや人間の世界にもどることはできなかった。

Ⅱ

右に書いたような出来事は、西暦一二〇三年から一二〇四年にかけての冬の間におこったものと推定される。私がペンをとっているのは一九〇七年のことだから、ほぼ七百年昔の出来事ということになる。

念のために記しておくが、私は七百歳というわけではない。一八二六年に生まれたのだから、八十一歳になる。老人ではあるが、さいわい記憶力はまだおとろえていない。

私の姓名はエドモンド・ニーダム。ロンドンで生まれ、ロンドンで育ち、人生の大半をヴィクトリア女王陛下の治世下ですごしたイギリス人だ。温和で常識的な近代社会の市民――と自分では思っているが、他人がどう評価しているかは、べつの話である。

いずれにしても、しがない中産階級の出身で、それにふさわしく平凡な生涯を送るはずだった。唯一の大事件はクリミア戦争に従軍したことで、生命《いのち》からがら帰国して姪《めい》のメープル・コンウェイにプラカードで迎《むか》えられてからは、平穏な生活をひたすら願っていた。

就職したのは「ミューザー良書倶楽部《セレクト・ライブラリー》」で、ヨーロッパ最大とはいえ貸本屋である。軍部でも諜報機関でもない。これ以上、平和な商売があったら教えてほしいものだ。だが、私個人の希望や努力など、目に見えない大きな力の前には無にひとしかった。

一八五七年といえば、私は三十一歳、姪のメープルは十七歳で、メイドのマーサと三人、グレート・コーラム通りのはずれにある小さな家に住んでいた。じつは一九〇七年現在も住みつづけているので、火事で焼け出されたり、詐欺師にだましとられたというようなことはない。どうやらこの住みなれた家で死ぬことになりそうで、その点はささやかな幸福というべきだろう。

職場にめぐまれたということは認める。私は三十年以上もおなじ職場につとめ、信頼を得て、よい待遇を受けることができた。私が退職した翌年に、「切り裂きジャック」の怪事件が発生した。ヴィクトリア朝の太陽が西にかたむいた、という思いがして何とも寂しかったものだ。

私の姪であるメープルは、正確には私の上の姉の娘だが、いささか経緯《いきさつ》があって、おなじ家に住むだけでなく、おなじ職場ではたらくようになった身だ。その当時は、女性が大学へいくなど想像もできなかった時代だが、メープルは山のように本を読み、他人の話を聞いて自分自身で知識をたくわえ、それを活用することで、たちまち「ミューザー良書倶楽部《セレクト・ライブラリー》」になくてはならない存在になった。

メープルがいたからこそ、一八五七年夏の怪事件で会社は損害を受けずにすんだのだ。すくなくとも、私はそう思っている。

デンマークの偉大な童話作家ハンス・クリスチァン・アンデルセンは、この年六月から七月にかけてイギリスを訪問し、無二の親友（と信じている）チャールズ・ディケンズの家に滞在した。それがスコットランドへ同行して、奇怪としかいいようのない事件に巻きこまれたものの、何とか無事に帰国していったのだ。

その後、何度となくメープルは偉大な童話作家の名を口にしてなつかしがった。

「アンデルセン先生、お元気かしら」

「そうだと思うよ」

じつはアンデルセンに関しては、こまったことがあった。彼はデンマークに帰国してから、ディケンズがいかに親切で寛大な人物であるか、口をきわめて賞賛した。心からそう思い、感謝してのことである。アンデルセンは現実ばなれした童話の作者だが、現実社会で嘘のつける人ではなかった。

ところが残念なことに、地上の人間の大半は、アンデルセンほど善良ではなかったのである。何人かの人物がアンデルセンを訪問して、つぎのように告げた。

「私はこれからイギリスへいって、ディケンズ先生にお目にかかる予定です。つきましては、アンデルセン先生に紹介状を書いていただけますと、たいへんありがたいのですが」

「ディケンズ君にあいにいくって？　そりゃあいい。彼はほんとにいい人なんだよ！　きっと君にも親切にしてくれるよ。ちょっと待っておいで、すぐ紹介状を書くからね」

こうして、アンデルセンの紹介状をたずさえた人物が何人もディケンズを訪ねてきた。イギリス人のくせにわざわざデンマークまで出かけて、アンデルセンに紹介状を書いてもらったやつまでいた。

「やつ」とは紳士らしからぬ言葉づかいだと、この文章を読む機会のある人はお考えだろうか。いいや、「やつ」でたくさんだ。やつらは、例外なく、アンデルセンの善意を悪用して、ディケンズに迷惑をかけたのだから。

ディケンズに自分の原稿を読んでほしい、などというのは一番ましな要求だった。いずれイギリス文学史にのこる傑作を書く予定だから出版社を紹介しろ。家に泊めてくれ、もちろん無料《ただ》で。成功するまで三年はかかるからそれまで生活費を出してくれ。何なら持参金つきの花嫁を紹介してくれないか……。

人のいいディケンズはこれまでずいぶん作家志望者たちを援《たす》けてやってきたが、ものには限度がある。ましてディケンズ自身は、だれに援助されることもなく、自力で今日の名声をきずきあげたのだから、

「甘えるのもいいかげんにせんか！」

と、どなりつけたくなるのも当然であった。

すると、あつかましいやつらのほうには限度というものがないから、

「ディケンズは作品では弱い者の味方のふりをしているくせに、実際は、冷たい利己主義者だ。書くこととやることがまるでちがう偽善者だ」

などといふらし、それを知ったディケンズはますます不愉快になる。といった具合で、その年の秋には、ディケンズはアンデルセンの紹介状を持ってきた客にあうのを避けるようになっていた。ディケンズにとってもアンデルセンにとっても、これは不幸なことだった。

アンデルセンはまたディケンズにあいたかったにちがいない。だが、デンマークに帰国した後、船火事で知人が亡くなり、船に乗るのがこわくなって、二度とイギリスにいけなくなった。

さて、私が書いているこの回想録は、私にとって二度めのものになる。最初に書いたものは、『月蝕島《げつしよくとう》の魔物《まもの》』と仮題をつけて、デスクの抽斗《ひきだし》の奥にしまってある。

二度めだからといって、書き慣れてきたともいえない。正直なところ、どこから書きはじめるべきか、ずいぶん迷ったし、いざ書きはじめてからも、はたしてこれでよかったのか、自信が得られないままである。だが、姪のメープル以外にいまのところ読者もいないし、なるべく気どらず誠実に書いていくとしよう。

姪のメープルはよく笑いながら私をからかった。

「ネッドおじさま、おじさまが呼んだらまた月蝕島みたいな変な事件が向こうからやってくるんじゃないかしら。代金《おかね》をはらってタブロイド紙なんか読む必要ないわ、きっと」

「とんでもない、あんな妙な事件にまた巻きこまれるなんて、願いさげだね。第一、確率論からいっても、私みたいな凡人が、一生に何度もそんなものに出くわすはずがないさ」

生命《いのち》がけの冒険をしたいなら、機会はいくらでもあった。戦争にかぎらない。フランクリン探検隊のように北極へ出かけてもよいし、ナイル河の源流を発見する旅に出れば、ライオンやワニが大きな口をあけて歓迎してくれるだろう。いや、このロンドンにいても、イースト・エンド地区の裏街でぼうっと立っていればいい。後頭部に強盗の棍棒が降ってくるし、胸ポケットめがけてスリの手が伸びてくる。どれもこれも、私はごめんこうむりたかった。私を臆病者とそしる者がいたら、無言でシャツをぬいで、無数の傷あとを見せてやればいいだけのことだ。ご婦人の前ではそうもいかないが。

「もうすぐ牡蠣《オイスター》の季節だな」

それが私のささやかな愉しみだった。十九世紀の終わりごろには、牡蠣もすっかり高価な食材になってしまったが、一八五七年にはまだ手ごろな値段で入手することができたのだ。牡蠣にかぎらず、ロンドンには世界中から食材があつまってくる。蒸気機関の発達で、より速く、より遠くからあつまってくるのだ。スコットランドの鮭、ポルトガルのハム、ブルターニュのロブスター、インドの香辛料、イーストアングリアの野菜類、スイスのチーズ、そして中国の茶！

一八五五年にはアルバート殿下の手で、最新式の食肉市場が操業を開始し、それまでよりずっと新鮮で衛生的な肉が食べられるようになっていた。

ある春の朝、私とメープルは、出勤の途中で若い娘たちの集団に見とれてしまったことがある。それはモートレークから来たイチゴ売りの娘たちで、列をつくり、頭上にはイチゴをつめこんだ巨大なバスケットをのせ、背すじをまっすぐのばし、時速五マイルという早足で市場へと行進していたのだった。

「もし君がロンドンにあきることがあるとしたら、それは人生そのものにあきるということさ」

とは、偉大なサミュエル・ジョンソン博士の名言だが、まったく正しい。活力と熱気にあふれるロンドンの街は、一日ごとに人口と建物が増え、変化はめまぐるしく、市民は退屈する間もなかった。

Ⅲ

一八五七年九月十六日、いつものように姪といっしょに出勤した私は、すぐ社長室に呼ばれた。

ミューザー良書倶楽部《セレクト・ライブラリー》社長ロバート・ミューザー氏は、経営者としても文化人としても豊かな才能にめぐまれていたが、ただひとつ、整理整頓の才能だけは、新米の平社員にもおよばなかった。社員のなかでも口の悪い連中は、社長室を「屋根裏の物置」と呼んでいたものだ。

「おお、来たか、その辺に適当にすわってくれ」

私がいわれたとおり、十冊ばかりの本をどけてソファーの隅にすわると、社長はすぐ問いかけてきた。

「いきなりだが、フェアファクス伯爵家で代替わりがあったことは知っとるかね?」

「はい、いちおう」

貴族の代替わりなどに、本来、私は興味はない。別世界のできごとである。ところが案外それが商売に関係を持つことがあるのだ。

たとえば、

「先代の公爵は読書家だったが、後継者《あととり》は狩猟とビリヤードにしか興味がない。それで図書室を改装して、銃と剝製をかざる部屋にするそうだ。五千冊の蔵書はぜんぶ売りはらってしまうとさ」

そのような情報が新聞の社交欄《らん》などに出ると、ミューザー良書倶楽部《セレクト・ライブラリー》にかぎらず、リップマン社だのマクファーソン社だのといった貸本屋がいろめきたつ。五千冊もの本が市場に出まわると、出版業界も貸本屋業界も、大きな影響を受けることになるからだ。本の価値を知らない売り主だと、『ガリバー旅行記』の初版本を半ポンドでたたき売ったりして、買い手のほうが冷や汗をかくことになる。

「さいわい今回は逆のケースなんだ」

「というと、本を買ってもらえるんですか」

「そうなんだ、しかも最上質のものを三千冊もいっぺんにな」

「それはすごい」

「しかもだよ、あたらしくつくる図書室の内装やら、書棚をそろえるのやら、全部まとめてわが社に一任してくれるそうだ」

「はあ、夢みたいなお話ですね」

もし私に予知能力とかいうものがあったら、夢は夢でも悪夢だといったにちがいない。凡人である私は、社長の上機嫌に同調するだけだった。

「先代のフェアファクス伯爵にはお子さんがいなかったから、遠縁の青年を後嗣《あととり》にしたそうだが、いい人選をしてくれたものさ」

そういってから社長は実務的な声と表情になった。

「で、まあ三千冊の本を、できるだけ早くそろえる必要がある」

「どのような本を新伯爵はお望みなので?」

「ディケンズやサッカレー、ジョージ・エリオット、スコット、テニスン、ワーズワース……わが国の作家以外にも、ギリシア古典悲劇から、デュマ、それにクーパーの『革脚絆物語《レザー・ストッキング・テールズ》』まで幅広い注文がきたよ」

「『革脚絆物語』でしたら、『モヒカン族の最後』をふくめて全巻そろってますが」

ジェームズ・フェニモア・クーパーは、いうまでもなくアメリカの歴史小説家だが、イギリスでもたいへんな人気があった。たしか一八五一年に亡くなったが、死後、今日まで読みつがれている。『革脚絆物語』は全五巻のシリーズだが、なかでも第二巻の『モヒカン族の最後』は、もっとも広く知られ、二十世紀にはいると、映画化もされた。

「では、できるだけそろえた上で、一度フェアファクス伯爵邸にいってくれ。場所はメイフェアの五番地だ」

「伯爵ご本人におあいするのでしょうか?」

「半々だな。総支配人《スチュワード》の、ええと、たしか、アイアランドとかいったな。先代以来のご老体だが、その人とあうことになるかもしれん」

総支配人だの執事《バトラー》だのといった人種は、しばしば主人よりも尊大にふるまうことがあって、私としては正直、気づまりだった。しかし、社長がまかせてくれるというのだから、きちんと責任をはたし、会社に正当な利益をもたらさなくてはならない。七月に、ディケンズやアンデルセンを担当したときとおなじである。

私の顔を見て、タヌキ親父《カンニング・オールドマン》はさりげなくすすめた。

「ミス・コンウェイといっしょにいくといい。彼女にも勉強になるだろう」

アンデルセンがディケンズを訪問して、まあいろいろあったとき、私の姪メープル・コンウェイは事態を収拾するのに、たいそう手腕を発揮したのだった。ミューザー社長は彼女を高く評価し——私より高くかもしれない——重要な案件にしばしば参画させるようになった。ただ、十九世紀半ばという時代を考えると、十七歳の少女を交渉や商談の正面《やおもて》に立たせるわけにはいかず、叔父である私とともに行動させるのが得策というわけだった。

私が「屋根裏の物置」からもどって社長の指示をつたえると、メープルは男の子みたいに腕を組み、すこししかつめらしい表情で聞いていたが、笑顔になってうなずいた。

「おじさま、業績をあげるチャンスよ。ふたりでがんばりましょう。フェアファクス家が顧《お》客《と》《くい》になってくれたら、社長はきっとおじさまを、将来の支配人候補のリストにのせてくれるわ」

「さあて、そううまくいくかな」

私は苦笑したが、メープルにはげまされると、前向きの姿勢になるのが、われながら不思議だ。将来の支配人はともかく、フェアファクス家を顧客として確保するのは、やりがいのあることにはちがいなかった。

その日、インド料理が食べたいとメープルがいったので、私も調子に乗り、

「よし、フェアファクス家攻略の前祝いだ」

と宣言して、ロンドン最古のインド料理店へ足を運んだ。満席ならすこし待つつもりだっ

たが、ちょうど店を出てきた青年紳士がいる。何やら当惑したようすで店内を振り返り、懐

中時計をのぞきこみ、肩をすくめて歩き出そうとした姿に見おぼえがあった。新進作家のウ

イルキー・コリンズだ。

「コリンズ先生!」

「やあ、君たちは『ミューザー良書倶楽部』の……たしか、ミス・コンウェイと叔父さん

だったね」

「エドモンド・ニーダムと、姪のメープル・コンウェイです」

出来のいい姪は、さりげなく私の名を優先してくれた。

「それで、どうなさいましたの?」

「いや、それが、じつはディケンズ先生が……」

「あら、ディケンズ先生がいらっしゃるんですか。それなら……」

「ディケンズがいるとわかったからには、あいさつぐらいしておこう。メープルと私が足の

向きを変えようとすると、

「待った、じつはもうひとり大物がいる」

コリンズが片手をあげて制した。

「うかつに顔を出すと、カレーのしぶきが飛んでくるぞ。こいつはドラゴンの毒の涎《よだれ》よりしまつが悪い」

「大物って、どなたです？」

「サッカレー氏だよ！」

やはり、と私は心のなかでうなずいた。当代、ディケンズに匹敵する大物といえば、まずサッカレーの名があがる。

「パーカー君がついているがね、苦労してるぞ。きみたちも、いくなら気をつけなさい」

パーカーは私の先輩社員で、ディケンズの担当をしている。馬車の事故で入院して、一週間ほど前に職場に復帰したばかりだ。復帰早々、難儀しているのだろうか。

「コリンズ先生はどうぞお帰りください。あとは当社で処理いたします」

「そうか、じゃあ悪いが、たのんだよ」

コリンズはメープルと私に一礼すると急ぎ足で出ていった。たぶん女性にあうのだろう。

彼はとても女性に人気があった。

いれかわりに私たちが店にはいると、隙なくコディを着こなした、色の浅黒い支配人が歩み寄ってきた。

「アングロ・インディアンだな」

そう私は見当をつけた。

アングロ・インディアンという名称は、イギリス人とインド人との混血を指すものだったが、このごろは単にインド帰りのイギリス人で、そう自称する者が多い。なにしろ女王陛下ご自身、「イギリスよりインドがお好き」という噂があったくらいで、ロンドンの街でインド人を見かけない日はなかった。

「ディケンズ先生たちはどちらに？」

私が問うと、支配人はおちついて反問した。

「よろしいので？」

あんたたちにまかせてだいじょうぶなんだろうな。礼儀ただしく、そう尋《き》いたわけである。私がうなずくと、支配人はていねいに一礼して、私たちを店内に案内した。一歩ごとに香辛料の匂いが勢力を増す。ヒンズー教の神々の像やら絵画やらが飾られた奥の一画に、黒檀の四人がけテーブルがあって、そこにふたりの中年紳士が陣どっていた。

チャールズ・ディケンズとウィリアム・メイクピース・サッカレー。十九世紀のイギリスを代表する二大文豪である。この両雄が大ゲンカして決裂するのは、翌年、一八五八年になってからだが、一八五七年の段階でもすでに、晴れた空のどこかで雷の音がひびいているような状況だった。

もともと、たがいに気にくわない存在なのである。年齢はサッカレーがひとつ上だが、作家としての閲歴はディケンズのほうが早く、それぞれに応援団やら取りまきやらがついて、イギリスの文学界を二分していた。

ディケンズは羊肉のカレー煮が大好物だったし、サッカレーの作品には、気にくわない客にとびきり辛いチリ・カレーを食べさせる人物が登場する。ふたりともカレーを好んでいたからには、インド料理店でばったり出会っても不思議はない。たぶん満席だったので、おなじテーブルに案内されたのだろう。最上席だし、そこで出ていけば負けたということになるかもしれない。しぶしぶ同席したふたりの表情が目に見えるようだ。

カレーの話は、文学や政治の話よりずっと無難なはずだった。ところが、両者が蘊蓄《うんちく》をかたむけだすと、しだいに険悪になってきたというわけだ。ディケンズにはディケンズの好みがあるし、サッカレーのほうは若いころインドにいたから、ディケンズのカレー論など、

「ふん、本場のカレーを知りもしないで、えらそうにホラを吹きおる」

ということになる。

ふたりとも最初からその気があったわけではないだろうが、相手に負けるのがいやなばかりに、つぎつぎと相手より辛い料理を注文し、いつのまにやら極辛カレーの泥沼にはまりこんでしまったというわけだった。テーブル上には大小十いくつもの皿がひしめいていた。

Ⅳ

「どうだね、サッカレー君、この店のカレーは甘いだろう？」

額に汗の玉を光らせながらディケンズが挑発すると、サッカレーは、いかつい顔を真赤《まっか》にしながら笑った。

「はは、まったく、甘くてしかも安っぽい味がする。まるで、誰かの書いた通俗的な小説みたいだな！」

もちろんサッカレーは、ディケンズの作風を皮肉っているのだ。ディケンズはインド麻のナプキンで額の汗をぬぐうと、肉食獣みたいな表情で反撃した。

「いや、この店の主人は、計算していい味を出そうと工夫はしとるのさ。だけど気の毒にな。才能がたりないので、計算ちがいして、ひどい味になってしまうんだ」

「ふん、そうかね」

「わはは、才能がないのにプロをつづけなきゃならんとは、気の毒な話さ。ま、プロとしての誇りではなくて、金銭《かね》のために仕事をしてると、いずれはいきづまって恥をかくことになるんだ」

顔を真赤にしたふたりの文豪は、にくにくしげに睨みあった。ふたりのあごやヒゲをつたわって、汗がテーブルにしたたり落ちている。インド人の店員が、あきれたように首を横に振っているのが見えた。

サッカレーはもともと資産家の息子だったが、若いころ遊びまわって財産をつかいはたしてしまった。しかたなくいろいろな職業についてはみたが、何をやってもうまくいかない。最後に小説を書いて大成功をおさめたのだから、イギリス文学にとってはめでたいことである。

めでたいことではあるのだが……。

サッカレーは作家として成功するための方法を研究した。当時すでにディケンズはイギリス一のベストセラー作家だった。サッカレーはディケンズの作品を読み、分析して、自信たっぷりにうなずいた。

「このていどなら、おれでも書ける。といって、似たようなものを書いても、売れるわけはない。おれはこいつとまったくちがうものを書いて、べつの読者をつかんでやろう」

だが、サッカレーの名誉のためにいっておくが、これはあくまでも私やメープルの想像である。サッカレーが意図的にディケンズとまったくちがう作風でデビューし、ディケンズを好まない上流や中流の人々に支持されたのは事実だった。

ディケンズは髪もヒゲも黒っぽいが、サッカレーは白に近い明るい髪で、きれいにヒゲを剃っていた。いかつい顔つきにたくましいアゴは、堂々たる百獣の王さながらで、手も大きく力強く、指と指の間にペンをはさんでへし折ることすらできそうだった。

薄暗くてそれまで気づかなかったが、ディケンズのななめ後方、壁ぎわにパーカーが立ちすくんでいた。はげあがった前額には汗が噴き出している。気の毒に、彼の場合は冷や汗であろう。

「吾輩にはわかっとるぞ、サッカレー、おまえはずっと小説を書いとるフリをしておった」

「酒もないのに酔っぱらえるとは、たいした才能だな、ディケンズ、それこそおまえの最大の才能じゃないのか」

「いいや、おまえは書いてなどおらん」

「書いてないだと？　こいつはたまげた。いってみろ、書いてないとすれば、私は何をしておるんだ？」

「いってやるとも。おまえは小説を書いてなどおらん。おまえは材料を組みたてとるだけだ。計算して、構成して、皮肉やイヤミを振りかけとるだけだ。エセ作家めが！」

「ぬかしおったな、この三文作家《グラブ・ストリート》め！」

椅子を蹴たおしたサッカレーは、ディケンズにつかみかかり、襟首をつかんで持ちあげた。ディケンズは小男ではなかったが、身長六フィート三インチもあって巨人ともいうべきサッカレーの手にかかると、幼児みたいなものだった。両足をばたつかせたが床にとどかない。苦しまぎれに振りまわした腕がテーブルにあたって、皿やコップがひっくりかえり、肉や骨が宙を飛ぶ。

「やめてください、おふたりともやめてください！」

必死の声はパーカーである。

「どちらがケガをなさっても、イギリス文学界の大損失です。おふたりの作品を、何百万人もの読者が待ちこがれているんですよ」

「そうです、右手だけはケガなさらないでくださいね！」

私とメープルも、何とか両者の間に割ってはいろうとした。こんな場面をタブロイド紙の

記者にでも見られたら、明日には全ヨーロッパでゴシップの種になる。

私やメープルはディケンズが好きだったが、サッカレーを憎んでいるわけではなかった。メープルがふたりの文豪をこう評したことがある。

「サッカレー先生は頭で書く。ディケンズ先生は心で書く。それが、おふたりのちがいじゃないかな」

優劣はない、ただ作家としての在《あ》りようがちがうだけだ。ディケンズは書いて書いて書きまくった。書きながら死んだ。サッカレーは晩年ペンを休め、悠々とゆとりある人生を送った。

いや、一八五七年九月のことに話をもどそう。

両足を床に着けるのが不可能とさとると、ディケンズは思いきり脚を前方に伸ばして、サッカレーの腹を蹴とばした。たいした打撃には見えなかったが、サッカレーの体内には咽喉までカレー料理がつまっている。サッカレーはうっとうめき、あわてて両手で口をおさえた。かろうじて、口からカレーが噴出するのをおさえたわけだ。

ディケンズは自由の身になったが、着地しようとしてうまくいかず、よろめいて近くの椅子の背にしがみついた。

ふたりの偉大な文豪は、怒気とカレーの匂いを室内にみなぎらせながら睨みあった。ふたりとももう若くはないし、呼吸は乱れているし、何よりも冷静さをとりもどしつつあった。

「はい、先生がた、お水をどうぞ」

盆《トレイ》に中国陶器の水差しと、ふたつのコップをのせたメープルが、ふたりの間に立った。

ディケンズがまばたきした。

「何だ、ミス・コンウェイじゃないか。すると、ええと、ニーダム君もいっしょだな」

「おひさしぶりです、先生」

一礼すると、私はサッカレーに水を差し出した。ディケンズにはメープルがコップを渡したからだ。

サッカレーは〇・五秒で水を飲みほすと、じろりと私たちをながめ、「失礼した」といって、巌《いわお》のような肩をそびやかしつつ出ていった。安堵のあまり、パーカーが壁ぎわにへたりこむのが見えた。

ディケンズはあとにのこり、五分間ほど会話をかわしたが、内容はとくにどうということはない。ディケンズも多忙な身だ。ベストセラー作家であり、社会活動家であり、妻と十人の子どもがいて、しかもつい最近、エレン・ターナーという若い女優の愛人ができたばかりだった。だからここで私が弁じておきたいのは、イギリス人の日常にとっていかにインドがなじみ深いものになりつつあったか、ということなのだ。

「インドなくして大英帝国なし」

イギリス政府の大臣は年俸五千ポンドという高給取りだったが、インド総督の年俸はその五倍、二万五千ポンドに達した。気の遠くなるような高給だが、もちろん責任も重大だし、格式に応じていろいろと出費もかさむ。それに何といってもインドの気候や風土はイギリス人にはあわない。インド赴任中に死去した総督もいるが、さらに多いのは、イギリスに帰国してほどなく力つきたように死んだ者たちだ。

「暑いのがいやならインドに来るな。だいたい呼びもしないのに押しかけてきやがって」

とインド人にいわれても、返す言葉はない。

ただ、イギリス人は、誰が見ても善いおこないを、すくなくともふたつ、インドでおこなっている。「サティーの禁止」と「サグの討伐」である。

サグについてはイギリスでもけっこう有名だし、話せば長くなるからいずれ述べよう。サティーというのは、おどろくべきヒンズー教の悪習で、古代からの偉大な文明国であるインドに、なぜこのような悪習がつづいていたのか理解できない。

ヒンズー教では死者を火葬にするのだが、夫が妻より早く死んだ場合はどうなるか。生きている妻を、夫の遺体とともに焼いてしまうのだ。妻たる者、夫に貞節をつくして殉死すべし、というのだが、非人道のきわみである。第九代ベンガル総督で、初代の全インド総督になったウィリアム・ベンティンク卿がサティーをきびしく禁止し、多くの女性の生命を救ったのは、りっぱな業績だった。彼はサグ討伐を命じ、カルカッタにインドで最初の医科大学を建てた。インド人にも尊敬されたりっぱな総督だった。このような人がいるから、私たちイギリス人は、インドを支配したことについて、すこしばかり弁明の余地を持てるというものだ。

Ⅴ

一八五七年九月十八日。

姪のメープルと私はメイフェアで馬車をおりた。メイフェアはいうまでもなくロンドンで一、二をあらそう高級邸宅街だ。高くて黒い鉄柵のなかに、広大な庭園と、石づくりの威厳にあふれた建物がならび、落葉の時季をひかえた大樹がつらなって、世界最大の都会のただなかとはとても思えなかった。

料金とチップを支払って、メープルと私は馬車をおりた。それぞれ身の丈にあった革の鞄を持って、フェアファクス伯爵邸の門へむかおうとしたときだ。私は目をうたがった。

ひとりの男が周囲に必要以上に足音をころしながら、とある邸宅の蔭から出てきたのだ。

「ラッド！　マイケル・ラッドじゃないか」

私の声で、男は一瞬、立らつくした。逃げる姿勢になりかけて、表情を変え、全身の緊張をゆるめる。

「こいつはおどろいた、エドモンド・ニーダム、わが戦友よ、元気だったか」

マイケル・ラッドは私より二歳上ということだった。軍の書類ではそうなっているが、本人が正確に申告したかどうかはあやしいものである。ヒゲをはやすと四十歳ぐらいに見えたし、ヒゲをそるとまだ二十代半ばに思えた。

身長は私より三インチほど低く、おさまりの悪い赤褐色の髪と、いかにもはしこそうな青《ブル》灰色《ーグレイ》の瞳をしていた。鳥打帽《ハンティング》をかぶり、安物のジャケットを着こんでいる。ラッドはとくに美男子というわけではなかったが、笑うと愛敬のある顔で、話術にも長《た》けていた。機智に富んでいるというか、調子がいいというか、女性と話すとかならず、いい仲になった。

クリミアの戦場で、私とラッドは、ほぼ二年間、生死を共にした。ロシア軍のセバストポール要塞を攻撃したときには、敵の一発の砲弾で、ふたりまとめて吹き飛ばされるところだった。スクタリ野戦病院、つまりナイチンゲール女史のもとに運ばれたのもいっしょで、ベッドまでとなりどうしだった。イギリスへ帰るとき、彼はフランスに残って私を見送ったのだ。

「じゃあ、あなたがネッドおじさまの帰国を電報で知らせてくださったんですね?」

簡単に事情を聞いて、メープルが叫んだ。

「ありがとうございます。あなたはニーダム家とコンウェイ家の恩人です。いつでもお客さまとしてお迎えしますから、ぜひいらしてくださいね!」

メープルの瞳は秋の陽《ひ》を受けてほとんど黄金色にきらめいていた。ラッドは感心したようにメープルを見たが、私の目つきに気づいて、とりつくろうようにせきばらいした。

「それにしても、何でいまごろロンドンに帰ってきたんだ?」

別れたときのようすでは、マイケル・ラッドは五年か十年くらいはフランスで暮らすように思えた。当人の言《げん》によれば、貢いでくれる女がパリだけで五、六人はいるはずだったし。

つい私は野戦病院時代の気分を思い出して軽口をたたいた。

「何だ、口ほどにもなかったじゃないか、色男ぶりはどこへいった?」

私とおなじく、ラッドは、ナイチンゲール女史に頭があがらない身だった。それでも彼女が目をはなすと、すぐ、うら若い看護婦を口説《くど》こうとしたものだ。

ラッドは溜息をついた。

「女ってやつは、一対一だとやさしいんだがなあ。複数形になると、何でだか、いっせいに爪がのびるんだ。おかげでおれは身も心も傷だらけさ」

「おいおい、被害者面するのはやめろ。いつだっておまえは……」

私は口を閉ざした。メープルの前でするような話ではなかったし、戦争に関しては、忌まわしい思い出のほうがはるかに多かった。ちらりとメープルを見ると、姪は興味と心配とが半々の表情で、私を見返した。私はわざとらしく、せきばらいして話題を変えた。

「それにしても、おまえ、何でメイフェアなんかをうろついてるんだ?」

「え、いや、なに、わからないか」

「わからないから尋いてる」

「手ごろな貸し家がないものかと……」

「おまえが借りられるような家が、メイフェア界隈にあるとは思えんなあ。それともフランスで金鉱でも掘りあてたのか」

私が皮肉っぽくいうと、ラッドの表情がめまぐるしく変わった。何やら高速で計算が成立したらしい。

「いや、ひさしぶりに再会して、つもる話もあるが、今日は何かといそがしい。いずれ連絡させてもらう」

「それはいいが連絡先は……」

「わかるわかる、心配せんでいい」

ラッドは私の鞄を指さした。「M・S・L《ミューザー・セレクト・ライブラリー》」の三文字が記されている。ラッドは愛想よくメープルに笑顔を向けると、鳥打帽《ハンティング》のひさしに手をかけてあいさつし、踵《きびす》を返して一瞬で姿を消してしまった。魔術みたいな早業だった。引きとめる間もありはしない。

「おもしろい方ね、おじさま」

「うーん、いや、おもしろいだけならいいんだがね」

ラッドは模範的な市民とはいえない。法と無法の境界線上を、口笛を吹きながらスキップするような男だ。だが、押しこみ強盗をはたらいたり、自分より弱い者を虐待するような男でもない。

ラッドはフェアファクス伯爵邸に何か興味があったのだ。それはたしかだが、「何か」の内容は見当もつかなかった。

つい考えこんだ私の腕を、メープルがつついた。

「おじさま、そろそろ時間が……」

「ああ、そうだね、おくれたら一大事だ」

私は重い鞄を持ちなおした。メープルが襟もとをととのえてくれる。

あらためてフェアファクス伯爵邸を見やる。表門だけでふたつあった。入口専用と出口専用で、ふたつの門の距離は百ヤードほどもあった。私たちは入口の門へと歩み、あきらかに兵士あがりの大男の門番に名乗って名刺を渡した。

途中経過をくだくだしく書くのはよそう。玄関広間に通されたのは二十分後で、立ったまま私たちは待たされたが、さらに十分後、絵に描いたような初老の執事《バトラー》があらわれた。

「エドモンド・ニーダムさまにまちがいありませんか」

「はい、ミューザー良書倶楽部《セレクト・ライブラリー》からまいりました」

「たしかにニーダムさまとおっしゃるのですな」

「はい、ですが……」

さまなどと呼ばれる身分ではない。たかが貸本屋の社員だ。それなのに、私の姓名をたしかめると、執事はうやうやしく頭をさげた。

「たいへん失礼いたしました。すぐに主人がお目にかかります。どうぞこちらへ」

私とメープルが顔を見あわせ、とにかく鞄を持ちあげようとすると、執事がそれを制した。

私とメープルは、賓客さながら、従僕たちに荷物を運んでもらい、何やら東洋趣味の一室に案内された。

イギリス人の東洋趣味といってもさまざまだ。インドに中国、ペルシアにトルコ……この館の主人の場合はどうなのだろう。

いや、えらそうなことはいえない。異国の文化や芸術に、私が持っている素養なんて貧しいものだ。

「あら、ここにも柳模様《ウィロウ・パターン》のお皿があるわ。ほんと、どこでも見かけるわね」

メープルがささやいた。

暖炉の上に、直径二フィートはありそうな絵皿が飾られている。柳の木やら鳩やら、アーチ型の橋やら寺院やら小舟やらが描かれていて、イギリス人なら誰が見ても、「中国の風景だ」というだろう。

『柳模様の皿の物語《ザ・ストーリー・オブ・ザ・コモン・ウイロウ・パターン・プレート》』といえば、イギリスでもっとも有名な中国の昔話で、青年チャンと美少女クーン・セーの悲しい恋のお話である。ところが不思議なことに、ロンドンの中国人街《チャイナ・タウン》に住んでいる人々は、首をかしげて、「そんな話は知らないね」というのだ。

「オランダ領東インドの影絵人形もあるぞ。どうも統一性がないな」

えらそうに私がいったとき、厚いオークのドアが開いた。いったん去った執事がもどってきたのかと思ったが、ちがった。暗い黄金色の髪に、完璧に燕尾服を着こなした二十代半ばの紳士が、力強い足どりではいってきたのだ。これがフェアファクス伯爵にちがいないが、私の顔を見るなり、朗々たる声をあげた。

「これはこれは、ミスター・ニーダムではないか。一別以来だな」

私はめんくらった。失礼のないよう伯爵を観察しながら、あわただしく記憶の抽斗をまさぐったが、血色のよい秀麗な顔、健康的な堂々とした体格、自信にあふれた態度。いずれも私の記憶を刺激してくれない。

「おいおい、忘れたのかね。私は最初、スクタリの野戦病院で君と対面した。ナイチンゲール女史の仲介でね。そして君と、もうひとりの男、ラッドといったかな、君たちに守られてあの城に着いた。ダニューヴ河畔にそびえるあの城に」

「もしかして……髑髏城《カースル・スカル》の……？」

私はなお茫然たる状況からぬけ出せないでいた。

「そう、ライオネル・クレアモントだ。いまでは第九代フェアファクス伯爵……つまらん肩書だがね」

　声をたてずに、伯爵閣下は笑った。かつて死に瀕して土色を呈し、痩せおとろえていた青年の顔は、いま生命力にあふれ、別人のような強靭さと威圧感をみなぎらせて私の前に在《あ》った。

　私の左手を、いつのまにかメープルの右手がしっかりにぎっている。そのことに気づいて、私は何とか、伯爵の前で立っていることができた。

第二章

戦争がすんでも帰国できない兵士のこと
落日の大河をゆく小舟が災難にあうこと

I

一八五六年三月三十一日。

私エドモンド・ニーダムはスクタリの野戦病院にいた。退院はしていなかったが、もう単なる患者ではなく、灰色の作業衣をまとって奉仕活動をしていたのだ。女性たちにできない力仕事が主で、重い荷物を運んだり、床や壁を修理したり、あばれる患者をおさえつけたり、いくらでも仕事はあった。

気にかかったのはイギリス本国にいる姪のメープルのことだ。身心ともに元気な祖母が生きていたときには、それほど心配はしなかった。だが私は弁護士のカースティン氏から祖母の死を知らされていた。その手紙は百日以上かかって私のもとにとどいたのだ。あの小さなメープルが、ひとりぼっちで学校の寮にいると思うと、いたたまれなかった。

いきなり遠くで叫び声がおこった。

「講和だ！　講和だ！」

暖房用の石炭をつんだ一輪車の把手《とって》をつかんだまま、私は立ちすくみ、耳をすませた。

「パリで講和が成立したぞ！　戦争が終わった、戦争が終わったぞ！」

静寂は三秒ほどつづき、その後、跡形もなく消滅した。「うわあッ」という歓声がとどろき、体の動く者はとなりの者と抱きあって、帽子を宙に放りあげた。

生きのびた。死なずにすんだ。これで生きて還《かえ》れる。故郷へもどれる。イギリスへ、ロンドンへ帰れるのだ。

私は半分泣き、半分笑った。周囲のみんながそうだった。一部の患者たちがこっそりウィスキーの小瓶をまわして祝杯をあげていたが、とがめる気にはなれなかった。

ところが四月になり、五月となっても、私たちはあいかわらずスクタリにいた。海峡ひとつへだてて、対岸には、トルコの帝都イスタンブールの灯《あかり》が小さく見える。昔はコンスタンティノープルと呼ばれていた大都会だ。それを指さしながら、みんな口々に不平を鳴らした。

「戦争が終わったのに、どうして帰国できないんだ⁉」

陸軍上層部のありがたい思《おぼ》し召しによれば、傷病兵は長い旅路に耐えられるほどに回復するまで、ゆっくり療養すべし、ということであった。もちろん、私たちは真相を知っていた。無能な上層部が、帰国のための船を用意できないでいるのだ！

ナイチンゲール女史の功績がどれほど偉大なものであったか、美辞麗句をつらねるより、数字をしめしたほうがよいだろう。

ナイチンゲール女史が赴任する前、スクタリ野戦病院における傷病兵の生存率は二パーセントだった。患者百人のうち、生きて退院できた者は、たったふたり。九十八人は、洗濯されないシーツ、使いまわしの注射針、すでに血のこびりついた包帯、泥だらけのベッド、錆びたメス、投げやりな軍医、不満だらけの看護婦、しつこいノミやシラミにかこまれて、苦しみながら死んでいったのだ。

ナイチンゲール女史の赴任後はどうなったか。スクタリ野戦病院における傷病兵の生存率は八十二パーセントに上った。百人のうち八十二人が生きて退院できるようになったのだ。増えた分の八十人にとって、ナイチンゲール女史は生命《いのち》の恩人だった。私たちは、無能な上官や軍医たちによって殺されるところを、ナイチンゲール女史によって救われたのである。

さらに、彼女は、傷病兵たちが自分の給料をイギリスへ送金できるシステムまでつくりあげた。これによって、国にとりのこされた兵士の家族たちも、生活にこまらなくなったのだ。ナイチンゲール女史は、兵士たちにとって家族ぐるみの恩人だった。

だから私たちは、帰国できなくてもがまんしていた。私たちが面倒をおこせば、ナイチンゲール女史の立場が悪くなる。それでは恩を仇《あだ》で返すことになるというものだ。彼女をねたみ、敵視する上層部《おえらがた》は多かった。とくに軍医長のジョン・ホール博士は陰険な男で、ことごとくナイチンゲール女史のじゃまをし、彼女のひきいる看護婦チームに食料を配給しないという卑劣なことまでやってのけた。

表面上はおとなしく、私たちは帰国の日を待ちつづけた。だがみんな心のなかにベスビアス火山をかかえこんでいて、そろって噴火寸前だった。ジョン・ホール博士に対して本気で殺意を抱《いだ》いている者は、何人いるか知れなかった。

クリミア戦争での醜態を見ると、わが祖国ながらイギリスが世界最強の国家であることが信じがたい。これでよくまあ勝ててきたもんだ、と思うのだが、私の戦友マイケル・ラッド兵長によると、理由は、

「よその国の軍隊が、もっとひどいからさ」

ということになる。

その、他国よりはましなはずの軍隊の代表から、私ごとき一兵士が呼び出されたのは、六月にはいってからのことだった。

私ひとりではなく、戦友マイケル・ラッドもいっしょである。バラクラーヴァの野やセバストポール要塞で肩をならべた仲だが、こんなときまでいっしょになるとは思わなかった。

「ヒューム中佐だ」

病院長専用の応接室で私たちを引見したのは、四十歳前後の士官で、背は低く、頰ヒゲを長く伸ばしていた。私たちは型どおり敬礼したが、中佐本人よりも、そのそばにいる人物のほうに気をとられた。

車椅子にすわったまま、うつろに宙を見つめている。頭部に包帯を巻き、フランネルのパジャマを着て毛布をひざにかけている。こんな特権的な待遇を受けているのは、ただの傷病兵ではないだろう。まだ二十代の前半のようだが、顔は土色で、頰はこけ、すぐ近くまで死が近づいているのがあきらかだった。

「ここにいるのはライオネル・クレアモント少尉だ」

返答しようがなく沈黙していると、中佐は言葉をついだ。

「急な話だが、君たちふたりで彼を母君の実家につれていってほしい」

「はあ⁉ おれ、いや、自分たちがですかい」

ラッドの声には、わざとらしさがあった。この期《ご》におよんで、あたらしい任務とやらを押しつけられるなど、私もごめんだった。

「事情があるのだ」

「お聞かせ願えますか」

ていねいに私は質問した。おどろきと怒りをおさえるのに、努力が必要だった。

「君たちがくわしく知る必要はない。上官の命令だ……といっても納得できんだろうな」

あたりまえだ、と心のなかで私はいったが、ラッドも大きくうなずいて賛同してくれた。

中佐はもったいぶって頬ヒゲに指先をあてた。

「まあ最低限のことは話しておこう。だが、口外することは許さんぞ」

「イエス・サー」と私たちが答えると、中佐は、車椅子の背に手をおき、クレアモント少尉の顔をのぞきこんだ。まるで絶息の瞬間をたしかめるかのように。

「クレアモント少尉の父君はイギリス人だが、母君はワラキアの貴族でな。ダニューヴ河の河口に、代々、城と領地をお持ちなのだ。城の名は髑髏城《カースル・スカル》」

英語でダニューヴ、ドイツ語でドナウ。ヨーロッパ最大の河。今度の戦争中は、河をはさんでロシア軍とトルコ軍がにらみあっていたはずだ。そんなところに城と領地だって？　しかも、名前が気にくわない。よりによって髑髏だと。

「その城で夏至《ミッドサマー》の夜に、重要な儀式がおこなわれる。少尉はその儀式に出席せねばならんのだ」

「儀式、ですか」

私はつぶやき、ラッドが質問する。

「もしまにあわなかったらどうなるというんです？」

「少尉は母方の地位、財産をすべてうしなう。それだけではない。ワラキア有数の旧家が、血統を絶やしてしまうのだ！」

それがどうした、といってやりたいところだったが、私にもすこしは事情が理解できる。有力な豪族の血統が絶えることで、ロシアとトルコの間に存在する微妙な力のバランスがくずれ、成立したばかりの講和が吹きとばされてしまうかもしれない。

「つまり、君たちが少尉を母君の実家に送りとどけるのは、ひとえに大英帝国のため、祖国に対する貢献のためと思ってほしい」

私とラッドは、バラクラーヴァの戦場でロシア軍の砲陣めがけて突進し、セバストポール要塞の攻略戦でも敵弾をあびた。それでもまだ祖国に対する貢献が不充分だ、と、中佐どのはお考えのようである。

「ですが……」

いいかけたとき、ノックの音がした。中佐が「はいりたまえ」と応じると、柳のようにすらりとした人影があらわれた。やぼったい灰色の看護服をまとった三十代半ばの女性。上品な卵形の顔、頬まで垂れた鳶色《とびいろ》の髪、静かだが迷いも揺《ゆ》らぎもない砂色の瞳。フローレンス・ナイチンゲール女史だった。

「ナイチンゲール女史はそのころ美人だったか」

そう問われると、現在でも私は困惑する。彼女の人間としての価値は、容姿にあるのではない。だが、そう答えると、何だか不美人だったというように解釈されてしまいそうだ。何とか私の表現力で述べるとすれば、楚々とした、あるいは優雅な美人ではなかった。だが、気品のあるりっぱな顔だちをしていて、彼女が男性ならまちがいなく美男子だったろう。それに、必要とあらば、やわらかくあたたかい笑顔をつくることもできた。

このとき、ナイチンゲール女史は微笑のかけらも浮かべず、ヒューム中佐と私たちを見くらべた。私たちが校長先生の前の生徒みたいにかしこまったのは当然だ。だが、いかめしいヒゲをたくわえたヒューム中佐まで、何となく姿勢をただしたように見えたのは、私とラッドを愉快な気分にさせた。彼女はていねいに挨拶すると、前おきもなく中佐に語りかけた。

「このふたりは信用できます」

冷静きわまる表情と口調で、ナイチンゲール女史は断言した。その瞬間に、私はさとった。マイケル・ラッドもさとった。ヒューム中佐に背くことはできても、ナイチンゲール女史にさからうことはできない、ということを。

ナイチンゲール女史の視線が私たちに向いた。

「あなたがたにとってはご迷惑でしょうけど、死にかけている若者の望みをかなえてやっていただけませんか」

「…………」

「ヒューム中佐は、あなたがたの貢献をおろそかにはなさいません。すでに、従軍証明書、傷病証明書、現地除隊証明書を用意してくださってます。いかがでしょうか？」

その一言で、いきなり万事が決した。私とラッドは同時に声を張りあげた。

「やります！　やらせていただきます！」

そんな貴重なものが手にはいって、しかもスクタリを去ることができるなら、否《いな》やはなかった。ラッドの魂ぐらい悪魔に売り渡してもよいくらいだ――自分のものならともかく。

十五分ほど後、私とラッドは応接室を辞した。口外を禁じられているとはいっても、興奮して、廊下を歩きながら小声で語りあわずにいられなかった。

「ナイチンゲール姐《あね》さんまで来るとは思わなかったな、ニーダム」

「ああ」

「あれはだな、最善をつくして少尉を髑髏城とやらに送りとどけろ、と、おまえに命じているんだぞ」

「おまえに対しても、だろ⁉」

「どうも解釈に相違があるようだな」

「おい、ラッド、まさかおまえ、証明書だの旅費だのを受けとっておいて、行方をくらますつもりじゃないだろうな。いくら何でも、そりゃフェアじゃないぞ」

「よ、よせやい、おれはこう見えても紳士《しんし》のつもりだぜ。ご婦人との約束は守るさ」

スクタリから公用船に乗って黒海沿岸を北上し、コンスタンツァで漁船でもやとってダニューヴ河口に着く。予定はすぐに立った。南風の時季だから帆船の航行に支障はないだろうし、五日から七日もあれば目的地に着くはずだった。

Ⅱ

十九世紀の半ば、コンスタンツァは黒海の西岸で最大の港ではなかった。古代ローマ時代からずっと繁栄していて、十九世紀末からもまたそうなったのだが、私たちが上陸したときには、いかにも不景気そうな漁村でしかなかった。それでも、ダニューヴまで沿岸をいってくれる舟《ふね》をさがすとすれば、コンスタンツァしかなかった。

時間との競争である。ひとつひとつ経緯《いきさつ》を記していては際限《きり》がないが、コンスタンツァに着いた翌日、私たちは舟と船頭と案内人をまとめて手にいれた。

船頭はキセロという四十代の漁師で、陽《ひ》にやけてたくましく、無口だった。あるいはちがうのかもしれないが、すくなくとも英語はしゃべれなかった。

案内人はブラゼニクという二十代のユダヤ人で、ブダペストの法律学校にかよっていたが、学費がつづかず故郷にもどって小学校の補助教員をしていたという。こちらは英語もロシア語もドイツ語もできた。

私はクリミア戦争を呪っているが、外地へ出征した結果、イギリス以外の広い世界を見聞できたことも事実だ。ダニューヴの流れをこの目で見るなんて、学生時代は想像もしていなかった。

流れとはいっても、きわめてゆるやかで、湖の水が風を受けて波紋をつくっているていどにしか見えない。

ダニューヴ河といえば、いまでは全世界の人々が『美しく青きドナウ』の流麗な旋律を思いうかべるだろう。だが一八五六年には、その名曲はまだ生まれていなかった。芸術とは縁の薄いふたりのイギリス人兵士は、ゆったりと豊かな水面を南から北へ航行していった。

すでに夏至《ミッドサマー》の当日になっていた。舟の右側、黒海の水平線に夏の太陽が最初の閃光を投げかけたのは午前四時前。距離をはかると、この日のうちに髑髏城に到着するのはむずかしいことではなかった。

さて、ダニューヴ河下流の南岸、黒海に面した地方を「ドブロジャ」と呼ぶのだが、最近この地方は「民族の博物館」とも称されているようだ。

まさにその名称にふさわしい土地だった。村ごとに民族が異なり、宗教が異なり、言語が異なるのだ。

ワラキア人、ブルガリア人、トルコ人、ギリシア人、ユダヤ人、モルダビア人、ロシア人、ドイツ人、タタール人、ルテニア人、アルメニア人、セルビア人、ハンガリー人……。ギリシア正教、カトリック、プロテスタント、イスラム教、アルメニア正教、ユダヤ教……。

ワラキア語、ブルガリア語、ロシア語、トルコ語、ギリシア語、モルダビア語、ドイツ語、イディッシュ語……。

「この土地はだれのものだ?」と問うのが、まことにおろかしく思われる。だが、白紙の上にむりやり線を引くのが、近代世界というものだ。

いちおうワラキア公国の領土で、いちおうトルコの宗主権下。実際には各地の領主や教会が分割して支配し、しかも彼らはたがいに対立しあっているだけでなく、状況に応じてトルコについたりロシアに接近したり、ハンガリーとも通じたりしていた。当事者たちも、よくわからなかったのではないだろうか。

「ま、もうおれたちには関係ないこった。それにしても、コンスタンツァで美人に出あわなかったのだけが心のこりだぜ」

舟のなかで、ラッドは酒瓶を手放さない。アンズ酒《スリボヴァ》をつめた陶器の瓶で、もともとは純白だったようだが、いまでは灰色とも卵色ともつかぬ不思議な色をしている。

小舟の底にはワラを敷き、その上に軍用毛布を敷いて、クレアモント少尉を寝かせた。彼はだいたい疲れはてたように眠っていたが、めざめると水をほしがった。水は舟のまわりにいくらでもあるが、河水を飲ませるわけにいかず、水筒の水を海綿にふくませて口にあててやった。

ダニューヴの河口三角州《デルタ》は百五十万エーカーにおよぶ水と陸の迷宮だ。ヨーロッパ随一の大河は何百もの流れに分かれて黒海にそそぎこみ、その間に無数の中州と湿地帯をつくる。

「ダニューヴの北岸はロシア、南岸はトルコの勢力圏」

とはいうが、さて、その中間の中州はどうなのか。中州といっても大きいものはりっぱな島であり、家が建てられ、集落さえ存在する。濃い緑色の木々は、水辺にまで密生し、枝や葉が水面に影を落としている。

イスラム教寺院の尖塔《ミナレット》が左岸に見えた。森のなかで朝日を受けてきらめいている。このあたりはイスラム教徒の土地か、と思いつつ右側に目をやると、十字架が見えた。縦の長さと横の長さがおなじで、いわゆるギリシア十字架である。川に向かって芝生が広く開け、信者らしい人々があつまっていた。ギリシア人かと思ったが、服装や顔立ちを見るかぎりトルコ人にしか見えない。奇妙だな、と思っていると、案内人のブラゼニクが教えてくれた。

「あれはガガウジの村です」

「ガガウジって？」

「キリスト教を信仰するトルコ人のこと」

「へえ」

そんな人たちがいるとは知らなかった。トルコ人すなわちイスラム教徒だと思いこんでいたのだ。しばらく航《ゆ》くと、また十字架が見えてきた。ただ、さっきのと形がちがう。

「あちらはリポヴェンの村」

「イスラム教を奉じるギリシア人か？」

「ちがいます。異端の宗派に属しているロシア人の集団で、迫害を受けて本国から逃げてきたんですよ」

「こっちでは迫害されないのか」

「迫害されないから住みついたんですよ」

今度の十字架はビザンツ十字架というものだった。縦棒が長く、横棒が三本ある。短い横棒の下に長い横棒、一番下の横棒は左上から右下へ、ななめについている。十字架だけでいろいろあるもんだ、と感心していると、ラッドが口を開いた。

「ロシアには異端の宗派が多いらしいな」

「極端な連中もいるらしいよ。死や苦痛を賛美するやつらだ」

「鞭身派《べんしんは》というのを聞いたことがあるぜ。自分の体を鞭でなぐるのが修行だってよ」

「そいつらはまだましなほうさ。自分の体を鞭打って喜んでるんだからな。他人を殺すのが修行だっていうやつらもいるそうだから、おそろしい」

「どういう理屈でそうなるんだよ」

「この世は罪と苦しさにみちているから、殺して天国へ送ってやるのが救済なんだとさ」

セバストポール要塞戦のとき、捕虜になったロシア軍の士官から聞いた話である。

つぎにあらわれたのは、小島ひとつを敷地にした大きな館で、イギリスの田園にあっても
おかしくない感じだった。ブラゼニクが説明する。

「あれはファナリオットの館」

「今度は何だ？」

「トルコの宮廷につかえるギリシア人のことです。財政やら商業やらを担当して、お国の役にも立ったけど、自分たちもたっぷり余得にあずかりました。だから、ああやってイギリスの貴族みたいなお館を建てたんですよ」

「イギリス貴族のお館を見たことがあるのか」

ラッドが意地悪く問いかけると、ブラゼニクはおちついて答えた。

「イギリス人の建築家が、よくやとわれて来てたらしい。給料がいいからね」

「いやだねえ。何ごともカネ、カネ、カネのご時世と来たもんだ」

ラッドがなげいたが、自分が大金を持っていたら、そんなことはいわなかったろう。

私はクレアモント少尉の顔を見やった。少尉は両眼を閉ざし、口を半ば開いて、浅い呼吸を弱々しくくりかえしている。やつれきった顔は戦場そのものだった。生と死とが、執拗に支配権をあらそっている。額にも頬にも、冷たい汗が噴き出していた。

私はタオルで汗をぬぐってやったが、一段と気が重くなった。多すぎる死者を見てきたが、クレアモント少尉の場合も、どうやら死のほうが有利であるように思えた。

ラッドが小声で私にささやいた。

「どうもこりゃ時間の問題だな」

Ⅲ

「死なれたらこまる」

より小さな声で、私は応えた。

「夏至《ミッドサマー》の日没までに、生きた少尉を髑髏城にとどける。そうナイチンゲール女史に約束したんだからな。死体じゃだめなんだ」

「約束したんじゃない、させられたんだ」

と、戦友は皮肉っぽく訂正した。

「ナイチンゲールの姐《あね》さんときたら、まったくもって、何でああもおっかないんだろう。大声ひとつあげるわけでもねえのにな」

溜息をついて、ラッドはアンズ酒《アプリコット》の瓶に口をつけた。瓶の角度をかなりかたむけたのは、どうやら残りがすくないらしい。

「おれたちの生命の恩人だぞ、口をつつしめ」

「わかってるよ。将軍どもに殺されるところを、あの姐さんに救ってもらったんだからな。恩をわきまえてるからこそ、こんなろくでもない場所までやってきたんじゃないか」

ろくでもない場所、とは、住民たちに対して失礼な言種《いいぐさ》である。とはいえ、イギリス人にとっては縁遠い場所であるにはちがいなかった。壮大で美しく、同時に、不安と心細さを駆りたててやまない野性の異郷だった。

大河の河口部である。水は清らかに澄んでいるとはいえないが、指先をひたしてみると、ごくゆるやかに、だが力強く流れているのを感じる。

窮屈そうに、力なく横たわっていたクレアモント少尉が身じろぎした。ひびわれた紫色の唇がわずかに動く。私は水筒の水を海綿にふくませ、少尉の唇にあてた。感謝の意をあらわすつもりか、左腕をあげかけておろす。その腕は、骨と皮だけで、ステッキより細いように思われた。

「助かるとは、とても思えねえな」

またラッドがささやいた。

「あの坊やの頸《くび》に、死神が鎌の刃をあてて、じわじわと食いこませていくのが見えるぜ。気の毒だが、どうしようもねえよ」

ラッドに死神が見えるというのは初耳だったし、まだ生きている人間について不吉なことを口にするのは、紳士らしいふるまいとはいえない。だが、私はラッドをとがめる気にはなれなかった。告白すると、私もあまり紳士らしくないことを考えていたからだ。

わざわざこんなところまで、半死人をつれてきて、苦労の甲斐もなく死なれてしまったら、私たちはどうなるのだろう。少尉の母親はさぞ失望するだろうし、怒りくるうかもしれない。

そうなったら、私たちは髑髏城とやらから、無事に帰れるのだろうか。

ラッドがアンズ酒《スリボヴァ》の瓶を耳によせて二、三度振った。つまらなそうに舌打ちして、瓶をダニューヴの河面に放りこむ。私は首を振り、ブラゼニクに声をかけた。

「髑髏城について、どんなことを知ってる？　船頭に尋いてみてくれ」

ブラゼニクがワラキア語（だろう）でキセロに話しかけると、強い調子で返事があった。

「ゴリヤム！　ロシュ！」

「何ていってるんだ？」

私の問いに、ブラゼニクが答える。

「大きい、悪い。そういってます」

「ふうん、ま、髑髏城なんて、名前からして、心が洗われるってわけにはいかんよな。しかし、大きいのはわかるとして、具体的にどう悪いのかな」

私が考えこむと、今度はキセロがすすんで口を開いた。すこし興奮した口調でしゃべるのを、ブラゼニクが通訳する。

「彼はいってる。髑髏城の近くにまではいくが、城内《なか》へはいるのはごめんだ、と」

「無理強いはせんよ。だが料金分のことはしてくれ」

私の言葉をブラゼニクが通訳してつたえると、キセロはうなずいたが、その表情はかたかった。礼金につられて、まっとうでない仕事を引き受けたことを、後悔しているようにも見えた。だが、彼は手をぬくこともなく、黙々と小舟をあやつり、ダニューヴの広大なデルタを海ぞいに北上していった。途中、何隻もの舟に出あったが、戦争が終わったことをしめすように、のんびりとすれちがって、のどかにわかれた。

「夏至《ミッドサマー》のうちにまにあいましたぜ、少尉どの、元気を出してくださいよ」

ラッドの声は陽気だが、無邪気ではなかった。この横着な戦友が、内心、強い不安と警戒心を抱いていることに、私は気づいた。なぜなら、私も彼とおなじだったからだ。

現地除隊証明書に目がくらんで、奇妙な役目を引きうけたものの、何やら兇々《まがまが》しい事態にかかわってしまうのではないか、という思いがしだいに強まってくる。

「ペリカンだ！」

ブラゼニクが指さした。やたらと下クチバシの大きい、ピンクの羽を持つ水鳥が前方に群らがっている。一羽一羽を見るとユーモラスな姿だが、数を見ると笑ってはいられなかった。何百羽、何千羽、いや何万羽か。水面を埋めつくしてピンクの島をつくっている。

「すごいな、いっせいに飛び立ったら風がおこるぞ」

私はあっけにとられてただ見つめるだけだった。

落日はいよいよ不吉なかがやきを増し、世界を染めあげた。赤みをおびた黄金色が、ゆらりとゆれたかと思えたとき。

風がおこった。何万羽ものペリカンが、騒々しく鳴きかわしたかと思うと、いっせいに羽ばたきつつ水上を滑走しはじめたのだ。

私の予測など、あっというまに超えられてしまった。単なる風ではなく、暴風だった。ごうごうと大気が鳴りひびき、ちぎれた羽が私たちの頭上に降りそそいだ。帆や帆柱にペリカンがぶつかり、もがいたりはね返ったり、それはもうイギリスにいては絶対に経験できないさわぎだった。

後に聞いたところでは、五月から六月にかけて、全世界に棲むペリカンの七割がダニューヴ河口に集結するという。繁殖のためだ。

ペリカンの声にかき消されないよう、私たちは大声で話さなくてはならなかった。

「ペリカンはきらわれ者でしてね。このあたりの漁師たちから悪魔みたいに思われてますよ」

「魚を食うからかい？」

「食うなんてものじゃない、まとめて飲みこみますからね。一羽で、そう、人間の十歳ぐらいの子どもの体重とおなじくらいの量をね。おまけに網を破るし……」

ユダヤ人の若者は急に口を閉ざした。私やラッドの肩ごしに何かを見つめている。私とラッドは上半身ごと振り向いて、彼の視線を追った。

赤い靄のかかったような夕陽が、空と河面を染め、小さな波をかがやかせている。乱舞するペリカンの群れが、耳ざわりな鳴き声をたてて高く低く黒影をまきちらしている。暑く湿った空気が無色のカーテンのようにゆれて——その向こうに異形のものが見えた。

円と三角をかさねたような形の岩。いや、単なる岩ではない。上方にふたつの大きな穴、中央にふたつの小さな穴。その形に気づいて私が茫然としたとき、近くで声がおこった。

「あれだ、髑髏城だ」

いつのまにか上半身をおこしたクレアモント少尉の声であった。

「帰って来た、まにあった、夏至《ミッドサマー》の夜までに帰って来たぞ」

目に見えない氷片が、私の背中をすべり落ちていった。髑髏城という名も、その姿も、熱病にかかったかのようなクレアモント少尉の姿も、何もかもが不吉に感じられた。

クレアモント少尉の顔はずっと土色だったが、こけた頰にわずかな赤みがさしたようにも見える。どんよりしていた眼にも、こわれかけたガス灯のような光がちらついていた。

髑髏城とは、あくまでも城の名であろうと私は考えていた。古代ローマ風のものにせよ、トルコ風のものにせよ、とにかく城壁やら城塔やらがあって城の形をしているだろう、と。だがちがった。私たちの前方にあるのは髑髏そのものだった。

「岩山を彫ったんだろうなあ」

「わざわざこの形にかい？　ご苦労なこった」

「形はともかく、こりゃ攻めにくいぜ」

周囲は川と湿地帯にかこまれている。雨が降れば一面の沼地になってしまうだろう。軍隊の行動は困難をきわめるにちがいない。

クレアモント少尉が声を出した。

「東ローマ《ビザンチン》帝国のユスティニアヌス大帝、モンゴル帝国のバトゥ汗《ハーン》、オスマン・トルコ帝国のスレイマン大帝、ポーランド王国のウワディスワフ二世……歴史上の覇王たちが幾度となくこの城をわがものにしようとした。だが成功した者はだれもいないのだ……」

あいかわらず熱に浮かされた口調で、何やら歴史の講義をはじめたが、長くはつづかない。苦しげな息を吐いて、おとなしくなった。

ラッドが肩をすくめた。

「ご先祖さまがえらけりゃえらいほど、子孫のフガイなさがめだつよな」

「おたがい、その点は気楽でいいよな」

口を閉ざして、私たちはクレアモント少尉を見やった。二十何歳というより、二百歳をこしているように見える。ことに、頬がこけているため頬骨が突き出し、それこそ髑髏の上に薄く皮をはりつけただけのように感じられた。

死にかけて故郷にもどろうとする人間に、私たちは同情すべきだったし、ほんとうに同情もしていた。だが、正直なところ、同情以上に不気味さがまさっていたし、こんな奇妙な役目を押しつけられた不快感ときたら……。

突然、目の前で水が噴きあがった。

私もラッドも、なまぬるい河水を頭からあびてしまった。「何だ⁉」というまもない。横あいから衝撃が来た。舟はかたむきかけて何とかもちこたえたが、下からきた第二の衝撃には耐えられなかった。舟はひっくりかえり、私たちは五人とも水中に投げ出された。長さ六フィート以上ある、黒いグロテスクな物体が、水面に躍りあがった。

「大ナマズだ！」

ブラゼニクの叫び。

私はぞっとした。あの巨大な口、細い鋭い針みたいな歯で嚙みつかれたら、体に無数の小さな穴がうがたれるだろう。散弾銃で撃たれるより、しまつが悪い。

私は水中でオールをつかみなおし、大ナマズめがけて横なぐりの一撃をくらわせた。だが、たいして効果はなかった。水底が泥で、足をふんばることができず、力がこもらなかった。それにナマズの皮膚はヌルヌルしていて、オールがすべってしまうのだ。

「せっかくロシア軍の砲弾を逃れたのに、ナマズに食われてたまるかよ!」

ラッドがどなった。私もまったく同感だった。

船頭のキセロは、ひっくりかえされたボートをもとにもどそうと必死だ。案内人のブラゼニクはクレアモント少尉の身体をささえながら、大ナマズからすこしでも遠ざかろうとしている。当然、大ナマズと闘う役目は、ふたりのイギリス人が引き受けることになった。

大ナマズの顎が、ふたたび私にせまってきた。私はオールを振りまわそうとして思いなおした。槍騎兵《ランサー》のようにオールをかまえ、開いた口めがけて思いきり突き出した。

そのあと、私の記憶はしばらく混乱している。頭から水をかぶった。太い尾で、肩から背中にかけてたたかれた。水中にもぐった。足に水草がからまった。大ナマズの歯が折れて飛び散った。叫び声が聞こえたが、自分の声かラッドの声かわからない。

大ナマズの動きがにぶった。小さな眼の片方がつぶれたようだった。河の水が黒くにごったのは大ナマズが出血したからで、ラッドのナイフがどこかに突き刺さったようだ。

ようやく冷静さをとりもどしたとき、私は大ナマズの死骸にしがみついて、あえぎながら空気をむさぼっていた。

「ラッド……」

よくやった、といいかけて私は口を閉ざした。ラッドは血相を変えて胸のポケットをさぐり、ナマズの死骸を手さぐりしていた。乱闘の間に、だいじなものをなくしてしまったのだ。

Ⅳ

「現地除隊証明書！　ちくしょう、現地除隊証明書だ。どこにいった⁉」

私もラッドも、パニック寸前になった。現地除隊証明書がなければ、私たちは脱走兵と誤解され、祖国へ帰っても逮捕されて銃殺されてしまう。本人が必死になって事情を説明するよりも、一枚の紙きれのほうが有効なのだ。

舟底を手さぐりし、水にもぐって水草をかきわける。ない。どこにもない。

「ここ、ここ、ここにあります！」

ユダヤ人の若者の声がひびいた。私とラッドの血走った目に映ったのは、ブラゼニクが片手に持ちあげた防水布の袋で、そのなかに、私たちの証明書が油紙につつまれてはいっているのだ。

ようやく五人全員が小舟に乗りなおすと、私とラッドは、コンスタンツァからの同行者たちに感謝の言葉をあびせかけた。まったく、いくら感謝してもたりないくらいだった。めずらしく船頭のキセロが口を開いた。ブラゼニクの通訳によると、やっつけた大ナマズを自分にくれないか、ということである。

「ナマズを食うのかい」

「もちろんだよ。ボルシチの材料になる。これだけ大きいやつだと、ちょっと大味になるがね、それだけスープがよく沁みこむ」

「ナマズの胃に何がはいってるか、考えたことはないのか」

よけいなことをラッドが尋ねると、キセロはおちつきはらって応じた。

「さあね、内臓は豚の餌にしちまうからね」

つまり私たちは、間接的に豚の餌にならずにすんだというわけだ。私とラッドは異存なく、キセロの要求に応じた。

小舟での前進が再開される。

見わたすかぎり、世界は赤かった。

夕陽は赤く、それを反射して河面も赤い。赤い水は巨大な鏡のようになめらかで、ボートがつくる航跡だけが、細いひびを鏡面につくり出している。

赤い髑髏はしだいに近づいてきた。船頭のひとこぎごとにそうなるのは当然のことだが、近づくにつれて現実感が遠のいていく。平凡で申しわけないが、「悪夢のよう」という表現がぴったりだった。

　水中に投げ出されたクレアモント少尉は、いよいよ死者みたいに見えたが、ひびわれた耳ざわりな声を出した。

「……いま何時だ？」

「七時になるところです、少尉どの」

　懐中時計を見ながら私が答えると、ラッドが皮肉っぽくつけくわえた。

「時計が合っていればね」

　すぐに、よけいなことをいったと自覚したらしい。

「何たって、この季節だ。八時すぎまで、陽は沈みませんや。第一、ごらんなさい、見わたすかぎり赤い赤い。黒いところなんて、どこにもありゃしませんぜ。な、そうだろ、ニーダム」

「そうだな、黒いのはおまえの肚《ハート》ぐらいのものだ」

「肚黒《ブラックハート》いってか、なかなかしゃれてるじゃないか。これからそう名乗ろうかな」

　私とラッドとがくだらないおしゃべりをやめないのは、沈黙がこわいからだった。

　バラクラーヴァの野で、ロシア軍の砲陣めざして前進をはじめたときもこわかった。だが、老勇士《ふるつわもの》のカーディガン将軍を先頭に、ゆっくり前進していたときには、自分たちがロシア軍の砲列に正面から向かっていっているとは気がつかなかったし、いったん「突撃《チャージ》！」の号令がかかると、あとは無我夢中だった。砲弾が炸裂し、銃弾が暴風のごとく飛びかうなか、馬を躍らせて、私たちはむらがるロシア兵のただなかへ飛びこんでいったのだ。

いまはちがう。

不吉な畏怖《いふ》の思いは、目に見えないロープと化して、私の咽喉《のど》もとをじわじわとしめつけてきた。バラクラーヴァでの勇戦、というより狂乱は二十分で終わったが、髑髏城の姿が見えはじめてから、門の前に着くまで、一時間以上かかった。

キセロが無言のまま舟を岸に着けた。かたい陸地ではなく、葦《あし》のおいしげる湿地で、門まで百ヤードというところだった。

私とラッドも無言で舟をおりた。足もとをたしかめて、私が背を向けると、キセロとブラゼニクがふたりがかりで、クレアモント少尉の身体を私の背にあずけた。私の軍靴《ぐんか》は半分以上、泥にしずんだ。

ラッドは振り返り振り返り、私の先に立って進んだ。すこし赤サビの浮いた鉄の扉の前にくると、ラッドは奇妙なことをした。城の壁面に手をのばし、爪先でひっかくと、指をなめたのだ。

「おどろいたね、もしかしてと思ってたが、やっぱりこいつは塩だぜ」

「ということは……岩塩か⁉」

私はあらためて城を見あげた。

岩塩の山ひとつをくりぬき、髑髏の形にしたてあげた城塞。それは私みたいな凡人の想像をこえていた。こんなものが地上に存在するとは。

「さて、いれてもらうとするか」

気のすすまないようすで、ラッドが扉をたたこうとしたとき、異様な音がひびいた。長く尾をひく狼の咆哮。

それもひとつではない。最初に右方向からおこって、左や背後からの咆哮がそれにかさなり、夕空に反射して周囲をみたした。

私たちは厚い扉をたたき、大声で城内へ呼びかけた。英語が通じるかどうかわからないが、とにかく気づいてもらわねばならない。

「おい、あけてくれ!」

「ここをあけてくれ! お宅の若君をつれてきたんだ。あけてくれ!」

ブラゼニクとキセロは、舟を陸から遠く離せば安全なはずだ。危険に直面しているのは私たちだった。

ふいに、髑髏の片眼が光った。私はぎょっとしたが、すぐに気づいた。髑髏の眼は、城の砲眼か見張り窓であり、そこに灯火がともったのだ。

「何かいるな」

「誰か、だろ」

「そういいきれるのかよ、ニーダム」

私が答えないうちに、扉がきしんだ。

私たちが三、四歩後退すると、それにつられるように両開きの扉が外へ向かって左右に開いた。いくつかの人影があらわれた。全員がフードつきの黒衣をまとい、ひとりをのぞいて獣骨でつくられたらしい燭台をかかげている。中央にたたずむのは若い女性で、彼女だけが手に何も持っていなかった。

V

彼女の容姿について、どう表現すればよいのだろう。美しいといっても、誰《だれ》も反対しないと思う。ただ、見る者に畏怖《いふ》の念をおこさせる美しさだった。生きた人間の女性というより、氷でつくられた女神像を思わせる美しさ。色の白さは、大英博物館の至宝といわれる千年前の中国の白磁の花瓶。唇の紅《あか》さは、女王陛下の宝冠に飾られたルビー。瞳はさながら氷に封じこめられたサファイア。

お気づきだろうか。先ほどから私は彼女の美しさを喩えるのに、生命のないものばかり使用している。この世ならぬ美しさは、凡人に、あこがれよりおそれをいだかせるものだ。

「ああ、夏至《ミッドサマー》にまにあわせてくださいましたね、イギリスの方々」

ルビーの唇から洩れたのは完璧な英語だった。ただ、現代の英語ではなく、シェークスピアを教材として読みこなす人の、古風な英語だった。だがとにかく話が通じる。

招じいれられ、背後で扉が閉ざされて狼の声を遮断したとき、私は安堵の息をついた。

「このあたりには狼が多いのですか」

「あれは狼ではありません。よく似ておりますけど」

「どうちがうんです?」

「妾《わらわ》どもに忠実です。妾どもの客人を守り、妾どもの敵を追いはらってくれます」

回答になってないな、と思いつつラッドを見やると、かるく両眼を細めている。新種の動物なら曲馬団《サーカス》か動物園に高値で売れる、とでも考えているにちがいない。

「私はニーダム、こちらはラッドと申します。上官の命により、クレアモント少尉どのを母君のご実家におつれいたしました」

「ごていねいに。妾はドラグリラ・ヴォルスングルと申します。したしい者からはリラと呼ばれております」

「まことに失礼ですが、少尉のご姉妹で?」

「いえ、一族の者です。ここでは何ですから、どうぞ奥へ」

ドラグリラがすこし手を動かすと、黒衣の者たちが私の背からクレアモント少尉の体をはがし、用意されていた車椅子にすわらせた。黄金と赤い天鵞絨《ベルベット》を組みあわせた豪奢な車椅子は、さぞ高価なことだろう。スクタリ野戦病院の車椅子を千台まとめて買えそうだ。

私は、キングズ・カレッジを中退して雑誌記者をしていたころ、何人かの貴族の令嬢と二、三、会話をかわしたことぐらいはある。だが、このドラグリラと名乗る女性ほど特異な印象を受けたことはなかった。

黒衣の者たちは、うやうやしく車椅子を押しはじめた。ドラグリラが先に立ち、私とラッドは彼女と車椅子の間を歩くことになった。

城門の広間から、三方向へ通路がのびていた。ドラグリラが歩みいったのは中央の通路で、幅は十フィート、天井はアーチ形で、一番高いところは十フィート以上あった。ところどころに壁龕《へきがん》があって、どうやら馬の頭蓋骨とおぼしき灯火台の上で、太いロウソクが燃えていた。黒衣の者たちはすでに自分たちの灯火を消している。二、三十歩あゆんだところで、ドラグリラが沈黙を破った。

「ご存じでしょうか、東ローマ帝国《ビザンチン》には古くからヴァリャーギという外国人部隊が存在いたしました。彼らは、はるばるスカンジナビア半島から水路をへて、帝都コンスタンティノープルまでやってきたのです」

バルト海、リガ湾、ドニエプル河、黒海などという名が彼女の口から出た。これらの水路を使えば、船に乗ったまま、ヨーロッパ大陸を北から南へ、ほぼ一直線に縦断できるのである。

「初代のハルヴダーン・ナムピーテスは、九世紀半ばに東ローマ皇帝《ビザンチン》の信頼を得て、ヴァリャーギの司令官となりました。彼は神話時代からの名門ヴォルスングル王家の末裔で、誇り高く、勇猛な人物でした」

私とラッドは沈黙したまま聞きいった。彼女の話は興味ぶかいものだったが、どこまでが事実でどこからが伝説なのか、無学な私には判断がつかなかった。

「彼はスキタイ人やアラブ人、ハザール人をはじめ、多くの強敵と戦って武勲をかがやかせ、ついには、ヴラヒア国王の称号を受け、ダニューヴ河より北の地をことごとく支配してよい、との勅令を受けたのです」

「皇帝も気前のいいこって」

ラッドはつぶやいたが、私はかならずしもそうは思わなかった。たぶん初代のヴラヒア国王とやらは、北方の蛮族と戦って、自分の力で領土を手にいれなくてはならなかっただろう。

「その後、一時、血統がとだえかけましたが、十三世紀の初頭に十字軍の騎士ユースタス・ド・サンポールを一族にむかえ、ふたたび隆盛をとりもどしました。そして今日にいたっております」

「その……サンポールという方が、あなたの直接のご先祖ですか」

おそるおそる私は問いかけたが、返答はなかった。ドラグリラは足をとめた。私たちはふたたび広間に到着していた。はるか頭上で白くシャンデリアがかがやいている。

ラッドがささやいた。

「あの岩塩でつくられたシャンデリア、あれひとつで一万ポンドはする。まちがいないぜ」

そう断言されると、私の心の奥では、つい、

「ラッドのやつ、盗品の故買《こばい》にでもかかわってたんじゃあるまいな」

という疑惑が頭をもたげるのだった。ラッドは身元のはっきりしない男だが、すくなくとも、シャンデリアのきらめく豪邸で生まれ育ったお坊ちゃんではないだろう。だいたいお坊

ちゃんはカネのことなど気にしないものだ。

クレアモント少尉をのせた車椅子が、正面の扉へとすすんでいく。今度の扉はオーク製の両開きで、紋章らしきものがきざまれていた。複雑なデザインで、よくわからない。

私とラッドはためらいつつ立ちつくしていた。少尉について扉のなかにはいってよいのかどうか、判断がつかなかったのだ。好奇心と忌避感とがせめぎあっている。と、ドラグリラが静かに告げた。

「申しわけありませんけど、神聖な儀式は、外部の方にお見せすることはできません」

「ごもっともです」

「ご理解いただけて、さいわいです。お食事の用意が別室にととのえられておりますので、そちらへご案内いたします」

「いや、もう私どもの用はすみましたので……」

ことわりかけたとき、お恥ずかしいことに、腹が鳴った。考えてみると、この日は朝から何も食べていなかった。

笑われてもしかたないところだったが、ドラグリラは笑わなかった。黒衣の者がひとりのこっていて、ドラグリラの命令を受け、私たちに一礼して先導した。先ほどから「者」と記しているが、どうも男女の区別がつきにくかったのだ。

私とラッドは食堂らしき一室に案内された。賓客用ではなさそうで、広くはないが、それでもりっぱなオークの円卓があって、食欲をそそる匂いがたちこめていた。

鯉のすり身を丸めて油で揚げたダンゴ。熱々のボルシチ。鶏《とり》の丸焼き。ゆで卵。酸味のある黒パン。それらはむしろ素朴な料理にしか見えなかったが、銀の食器に山盛りになった黒い物体は、たいへんな代物だった。

「おいおい、あれはキャビアってやつじゃねえか」

上流階級で珍重されるチョウザメの卵が、塩づけにされて山盛りになっているのだった。こんな光景は、どんな大貴族のパーティーの取材でも見たことがない。

文字どおり、ラッドは舌なめずりした。

「こいつは豪儀だ。キャビアを食いすぎて腹をこわすなんざ、女王陛下だってできねえ経験だろうぜ」

案内を待つまでもなく、ラッドは椅子のひとつに腰をおろした。

私はあまり上品とはいえない疑惑にとらわれていた。料理に毒がはいっているのではないか、という疑惑だ。私たちには毒殺されるようなおぼえはないのだが、この奇怪な城には何か尋常ではない秘密があって、外部からの侵入者をきらっている、という印象を禁じえなかった。

ラッドは大きな銀のスプーンにキャビアを山盛りにし、口いっぱいにほおばった。そして口を動かしながら、またスプーンを突き出してキャビアをすくいとり、私に見せつけるように口に運んだ。

何だか頬袋いっぱいに木の実をつめこむリスみたいだった。だが、ラッドがいかにあつかましい男とはいっても、不死身でないことはたしかなので、私はようやく毒殺の疑惑を解いて自分のスプーンを手にとった。

キャビアはたしかにおいしくて、絶妙の塩味がひと粒ごとに口のなかではじけた。だが、私には少量で充分だった。ぜいたくというものが似あわない性分なのだ。私は体力をたくわえるため、むしろボルシチや鯉ダンゴや鶏の丸焼きをたいらげた。

食事がすむと、すぐ辞去することになった。つましい話だが、私がキセロとブラゼニクのために黒パンと鶏の丸焼きをつつんでもらっていると、どこかへ姿を消したラッドが小さな鹿皮の袋を右手にさげてもどってきた。左手はなぜか腰のうしろにまわしている。

「ロンドンまでの旅費だとよ。ギニー金貨が五十枚あるが、存外ケチだな」

「いいじゃないか、それで充分だ。謝礼なんかより時間が惜しい。さっさと出発しよう」

いい終えるより早く、私はラッドに背を向けて歩き出していた。当然、ラッドがどんな表情をしていたか、知る由もない。私の心はすでにロンドンへと飛んでいた。

門を出て五歩めに、扉の閉ざされる重々しい音が背後にひびいた。五十歩めで、葦の間からボートが姿をあらわした。私とラッドは、やわらかな泥に半ば足をとられながらボートに近づいた。

天上からの光は、すでに月影に交代しており、世界は赤から青白色《ペイル》に変わっていた。それでも不吉さはへっていなかった。

「おふたりとも、ご無事で何より」

ブラゼニクの声には、どこかとりつくろったところがあった。船頭のキセロは無言だったが、ふたりとも、私とラッドが生きて城を出てこられるとは思っていなかったのだろう。大いそぎで城を離れ、コンスタンツァにもどると、ブラゼニクとキセロに一ギニー金貨を三枚ずつ渡して、礼をいって別れた。

コンスタンツァからイスタンブールに着くと、その日のうちに私たちはマルセイユ行きの船に乗ることができた。やっと運が向いてきたように思えた。マルセイユに上陸すると、ヨーロッパの文明世界に帰ってきたことを肌で感じた。

ここでラッドはフランスの若い女性と葡萄酒《ワイン》をゆっくり味わおうと主張したが、私はそれをつっぱね、リヨン経由パリ行きの列車に乗りこんだ。しぶしぶラッドもついてきた。パリでもおなじようなことがあったが、私はラッドの抗議を無視して、カレー港への列車に乗りかえたのである。

カレーに着いたところで、ついにラッドはフランスの肥沃《ひよく》な大地に根をおろしたかのごとく、動かなくなった。私にとっては、「美《うま》しき国フランス」も、故郷への単なる通過地にすぎなかったが、ラッドにとっては、「地獄より天国にずっと近いところ」だったという次第だ。

私はラッドと握手して別れ、ひとりでイギリス行きの船に乗りこんだ。そしてドーバーの港に着いたとき、群衆のただなかに、

「お帰りなさい《ウェルカム・ホーム》!

ネッドおじさま《アンクル・ネッド》！」
と記されたプラカードを見つけた。
ようやく私の旅は終わったのだ。

第三章

若き伯爵閣下が生命《いのち》の恩人に感謝の意を表すること
ハイド・パークのリスが人間から名前をもらうこと

I

第九代フェアファクス伯爵ライオネル・クレアモント閣下。その姿は、若々しく、光かがやくばかりに美しかった。鼻といい口もといい、非の打ちどころがなく、両眼は快活さにあふれ、身ごなしは優雅をきわめている。

どんな魔法によって、あの不幸な半死人が、健康そのものの美青年に変貌したのか、私には想像もつかなかった。彼のほうから名乗ってくれたので、そうでなければ、誰だかわからなかったと思う。

おどろきから完全に立ちなおるまでには時間が必要だったが、とりあえず私は一介の市民として、鄭重《ていちょう》な礼をほどこした。

メープルもきちんとカーテシーの礼をした。身分の高い人に対し、左脚をかるく引き、ひざをまげて全身を低くする。優雅というより、活発さをひかえたという感じ。

私たちはずいぶん辞退したのだが、若き伯爵はどうしてもといいはって、とうとう私たちをソファーにすわらせた。

「私が君と君の戦友に、どれほど感謝しているか、わかってもらえるだろうね。君たちは、死にかけている私を黒海に放りこんで、さっさと帰国してしまうことだってできたのだ。だが君たちは、律義に約束を守って、私を送りとどけてくれた」

「ナイチンゲール女史との約束を破ることなど不可能です、伯爵閣下」

ヒューム中佐の命令だけだったらどうだかわからない。言外の意味をすぐにさとったようで、

「ナイチンゲール女史か。たいした女《ひと》だ。女王陛下は彼女を引見なさって、男ならすぐにでも陸軍大臣に就任させるのに、と、おおせられたそうだが……」

いったん言葉を切って、ライオネルはいささか不審そうに私を見やった。

「しかし、君が貸本屋の社員なんかをしているとはね」

この発言に対して、私は、礼儀の範囲内で口調を強くした。

「自分なりの誇りを持って、つとめております、閣下」

「ああ、いや、これは失礼。気にさわることをいうつもりはなかった」

率直に、ライオネルは自分の非を認めた。その態度には貴公子らしい鷹揚さがあったが、つづく台詞が私を啞然とさせたのである。

「ただ、ちょっと不思議に思ったのでね。君は二千五百ポンドを資本《もとで》にして、自分で何か事業をはじめるものと思っていた。他人に雇われているとは思っていなかったのだよ」

メープルの表情で、私は、自分が思わず口をあけてしまったことを知った。

「二千五百ポンドとは何のことでしょうか、閣下？　ミスター・ニーダムには憶えがないようです」

メープルが伯爵に問いかけたとき、私の脳裏をかすめた光景がある。城を出る寸前、ラッドが一時、姿を消し、小さな袋を持ってあらわれた光景だ。あのとき彼は左手を私の視線からかくすような身ぶりをした。私は気にもとめていなかったが……。

「おいおい、もしかして受けとっていないとでもいうのかね。君と君の戦友が髑髏城を出るとき、ひとりにつき二千五百ポンドの謝礼をわたしたはずなんだが……」

クレアモントもと少尉は口をとざし、考える表情になった。三秒ほどで、疑問が氷解したようである。

「なるほど、もうひとりのほうが君に報せず、五千ポンドをひとりじめにした、ということらしいな。これは当方の不手際だった。ひとりずつにきちんと渡すべきだった」

ラッドならやりかねないし、フランス残留にこだわった理由もよくわかる。五千ポンドあれば、さぞお大尽《だいじん》あつかいを受けることだろう。

しかし私は生死をともにした戦友を信じたいと思った。何よりも、もとクレアモント少尉、いまでは第九代フェアファクス伯爵と称しているこの人物を信じてよいものだろうか。彼は何ひとつ証拠をしめしているわけではない。五千ポンド渡した、といっているだけだ。

「君もまぬけだな。五千ポンド持ち逃げされて気づかなかったのか」

とは、クレアモントもと少尉は口には出さなかった。安楽椅子の上でかるく姿勢を変えながら、苦笑めいた表情をつくる。

「となると、不本意なことだな。私は生命《いのち》の恩人に対して謝礼も出さない男だ、と、思われていたことになるじゃないか」

「そんなことは考えたこともありません」

私の口調はわずかに強くなっただけだが、ライオネルは表情をまじめなものに変えてうなずいた。

「いや、わかっている。君が謝礼めあてでやってくれたのではない、ということはね。だが私としてはまだ君に借りがあると思っている」

「貸し借りなどということは、閣下……」

「気にしないでくれ。私がかってにそう思っているだけだから……ところで、君の愉快な戦友は、いまごろ、どこで何をしているのかな」

「つい先ほど、ご近所であったばかりです」

そう答えようとして、寸前、私は舌を動かすのをやめた。かわって答えたのはメープルである。

「フランスから電報をもらって、ミスター・ニーダムが無事に帰国すると教えてもらいました」

私の姪は、一言も嘘をついてはいない。私も姪に倣《なら》うことにした。

「彼は、フランスの女性たちが、彼に貢《みつ》いでくれると豪語しておりました」

「なるほど、フランスで、トルコ皇帝《スルタン》のような生活を送っているというわけか」

冷笑をまじえて、ライオネルはうなずいた。

私は想念をまとめるのに必死だった。マイケル・ラッドが伯爵邸の近くをうろついていたのは、ようすをうかがっていたにちがいないが、その目的は何だろう。盗みにでもはいるつもりだったのか、それとも恐喝か。いや、そこまで明白な悪事をはたらくような男だとは信じられないし、信じたくもなかった。

「まあ、ここにいない男のことはどうでもよい。私は君にきちんと借りを返さなくてはならんが、いまさら金銭を持ち出すのは非礼だ。仕事のほうで返礼するとしよう」

ライオネルはわずかに身を乗り出した。

「図書室《ライブラリー》だけではない。書斎《スタディ》も書庫《スタックス》もまかせたい。それでどうかな」

「それはたいそうありがたいことですが……」

私がためらっていると、ライオネルの瞳が私の姪に向けられた。

「お嬢さん、図書室と書斎と書庫、似たようなものだが、君が責任者だとすれば、どのようにそれぞれの部屋をととのえてくれるかな」

メープルの瞳に光が走った。私と視線をかわすと、整然と話し出す。

「こう考えてよろしいでしょうか。書斎は伯爵さまがおひとりで読書や考えごとをなさるお部屋で、デスク中心。図書室には書棚や安楽椅子やソファーを適正に配置して、したしい方たちとくつろがれるように。書庫は実質的に、より多くの本を安全に収納できるよう、頑丈な書棚をならべ、作業台をひとつ置くということで」

低い声をたてて、ライオネルは笑った。

「イチャモンをつけてやろうと思っていたのに、残念だ。完璧だよ。お嬢さん、この件はどうあっても君たちにまかせるしかなさそうだな」

「おそれいります。店の先輩がたにいろいろ教わりましたので」

私は表情を消していた。書斎と図書室と書庫がそれぞれ独立している家というのは、メープル自身の夢だということを私は知っていたのだ。メープルは自分の夢を語っただけなのである。

「失礼だが、年齢をうかがってもよいかな」

「十七です」

「十七歳か。そろそろ社交界にデビューしてよい年ごろだな。君の叔父上は、そのあたり、きちんと手配しているのかな」

「いえ……」

「おやおや、すこし手ぬかりではないかな、保護者としては。こんな魅力的なお嬢さんを、ロンドンの男どもが放っておくはずはない」

「ご配慮いただいて、ありがとうございます。でも、わたし、社交界には興味がございません。第一、貸本屋づとめの小娘に、声をかけてくださるほど物好きな殿方は、ロンドンにはいないと存じます」

流れるようにメープルはいってのけたが、ライオネルはさらに興味を抱いたようだった。父親

「東ローマ《ビザンチン》帝国《ていこく》の最盛期をきずきあげたテオドーラ皇后は、サーカスの踊り子だった。父親はたしか熊の飼育係だったはずだが」

「テオドーラ皇后は絶世の美女であったと聞きおよんでおります。残念ですけど、わたしはそうではございません」

私は姪を美少女だと信じているが、「絶世の」と形容がつくとまでは思っていない。メープルより美しいだけの少女なら何人もいるだろう。

だが、妙な方角に話が向いたものだ。私は天井を見あげ、うかつにもはじめて気がついた。髑髏城で見た岩塩製のシャンデリアが吊《つ》りさげられていたのだ。思わず声をあげてしまう。

「閣下、あのシャンデリアは……」

「気がついたかね。そうだよ、髑髏城から運ばせた」

若きフェアファクス伯爵は、誇りにみちた口調で応じた。

「世界にまたとない逸品だ。べつに見せびらかす気はないが、自然に評判になっていくだろうな」

「他の物もお運びになったのですか」

城内で見たグロテスクな調度のかずかずを私は思い出した。とくに、馬の頭蓋骨でつくられた燭台を。あれは社交界のお上品な紳士淑女がたには不評を買うだろう。妙なものだ、彼

らは剝製なら平気なくせに。

ふいにライオネルが抑揚をつけて言葉を発した。

Ⅱ

「栄誉など蛍の光のごときもの。遠くから見ればかがやいているが、近くに寄れば熱も明るさもありはせぬ……」

「『マルフィ公爵夫人』の台詞ですね」

いってから、メープルは口をおさえた。それも両手で。視線が、ちらりと私に向けられる。お客にむかって知ったかぶりをしないように、というのがミューザー良書倶楽部《セレクト・ライブラリー》の社員たちに課せられたマナーの第一だったのだ。お客に質問されたとき、正確に答えられればよいのである。あわてて私は頭をさげた。

「失礼しました。出すぎたまねをお恕《ゆる》しください」

「いや、失礼ではないさ、商品について知識のない商人など論外だ。ミューザーの社員はちゃんと本を読んでいるようだな」

どうやら私たちは試されたようであった。

「ご寛恕のほど、おそれいります。それで、閣下、図書室にそろえる本として、とくにお望みのものがありましたら、書名をお教えいただければ幸いでございますが……」

「そうだな、一任するつもりだったが、いちおう最低限の注文は出しておこうか」

ライオネルは宙にすえた視線を、すぐにもどした。

「『白魔《ザ・ホワイト・デビル》』と『マルフィ公爵夫人』はぜひいれてほしいな」

「かしこまりました」

「それに『マンク』もだ」

もとクレアモント少尉、いま第九代フェアファクス伯爵である人物は、皮肉とも揶揄ともつかぬ笑いを浮かべた。彼の視線はメープルに向けられていた。『マンク』という書名に、うら若い女性がどう反応するか、観察する目つきだった。

おちつきはらって、メープルは答えた。

「かしこまりました。ただ、『マンク』に関しましては、社長の決裁を必要といたします。伯爵さまのご希望でしたら、否《ノー》のはずはございませんが、形式として」

『マンク』は物語としてはじつにおもしろいが、偽善的な聖職者が魔女に誘惑されて、女性に対して悪事をかさねていく話なので、保守的な上流階級には好まれていなかった。わがミューザー良書倶楽部《セレクト・ライブラリー》でも、店頭には置いてなくて、客から注文を受けたとき、社長の許可を受けて書庫から出してくることになっていた。

「なるほど、ミューザー社長はなかなか、かたい人のようだな」

「わたし個人は『マンク』が悪書とは思いません」

「ほほう、なぜかな？」

「結末でちゃんと悪党は破滅するようになっておりますもの。悪を批判するために悪を描いたりっぱな作品だと思っております」

メープルはこの意見をミューザー社長にも述べていたが、社長自身よりむしろ古株のがんこな重役たちに反対されていたのである。

扉が開いて、執事自身が紅茶を運んできた。貸本屋の社員なんぞに対して、おどろくべき厚遇である。いまさら辞退してもしかたないので、私とメープルは開きなおって、ありがたくお茶をいただいた。銀の小皿に、くだかれた砂糖まで盛られている。

角砂糖なんて便利なものができたのは、一八七〇年代にはいってからだ。一八五七年ごろには食料品店にいって、なぜだか円錐形をしている砂糖のかたまりを店員に砕いてもらい、必要な量だけ買って帰ったものである。家では必要に応じて、さらに小さく割ったり、すりつぶしたりした。

これはめんどうくさい作業だったが、わがニーダム家には、それをストレス発散に使う人物がいた。メープルは不愉快なことがあると、キッチンテーブルの上に布をひろげ、形も大きさも不ぞろいな砂糖のかたまりを袋からあける。そして、シブソープだのグローブナーだの、大きらいな政治家や失礼なお客の名をとなえながら、棒で徹底的にたたいて粉々にした。

メイドのマーサは、

「メープル嬢ちゃま、淑女らしくございませんよ」

と、いちおうはたしなめたものである。

私たちがお茶をいただいている間、ライオネルは座をはずして隣室へと消えた。要するに、簡単な用をすませるあいだ待っていろというわけである。

メープルが私にささやいた。

「おじさま、いい方向に考えましょう。だって、フェアファクス伯爵邸の図書室だけでなくて、書斎や書庫までまかせていただけるなんて、ひさしぶりの大仕事よ」

「そうだね、でも、どちらにしても私自身の功績《てがら》じゃないよ」

クレアモント少尉、というよりフェアファクス伯爵の陽気さは、私に奇異な印象をあたえた。健康で、快活でおまけに美青年。ロンドンの社交界は、あたらしい征服者《ナポレオン》の前にひれ伏すことになるだろう。

たゆたう紅茶の香気のなかで、私はすこし浮かない気分だった。それが表情に出て、姪に注意されてしまったのだ。どうも話がうますぎるぞ、というのが、たぶん私の正確な心理だったろう。メープルはというと、ライオネルの両親について興味を持ったらしかった。

「イギリスの上流階級と、ワラキアの領主だか城主でしょ？　どういうなれそめがあったのかしら」

「メープルでも気になるかい？」

「でもって、どういう意味かしら、おじさま」

姪が形のいい眉をすこし動かした。私は紅茶の香りをかぐふりをした。

「ま、舞踏会ででも出あったんだろう。そういう機会をつくるために、舞踏会ってやつはあるんだから」

「海外旅行なさったときに、パリあたりで出あいがあったとか」

「ああ、それもありえるね……」

私があまり気のない返答をしたとき、ライオネルがもどってきた。私とメープルは立ちあがったが、ライオネルはめんどうくさそうに、すわるよう手ぶりでしめした。

「そうかたくるしくしなくてもいい。そもそもフェアファクス伯爵家なんて、ありがたがるほどの家門《いえがら》でもないのだからな」

ライオネルの端麗な口もとに微妙な波が走った。

「いっておくが、フェアファクス伯爵家のほうが分家筋なのだよ。名誉革命のときうまく立ちまわって、本家の上に立ったが、たかだか百七十年ばかりのことだ。それでも、絶やすわけにはいかないということで、私が当主の座を引き受けたのだ」

ここで、とめる間もなくメープルが質問した。

「伯爵さまは、もしかして、お母上のご実家のほうに親しみを感じておいでなのでしょうか」

「ふふ、わかるかね。はっきりいえばそうだね」

「ご両親はどのようにしてお知りあいになったのでしょうか」

「興味があるかね、お嬢さん」

「はい、女としてはとても」

熱心そうにメープルはいったが、私の姪はいまのところ恋愛自体にたいして興味はない。だからつい私は「メープルでも」などといって、彼女のご機嫌をそこねてしまったのだ。

「たいして劇的な話でもない。父は若いころウィーンに旅行し、その地の仮面舞踏会で母に出あった。そしてまあ、恋の炎とやらが黄金色に燃えあがったというわけだよ」

やはり舞踏会での出あいだったようだ。若い女性の多くは、きわめてロマンチックな想像を舞踏会に対して抱いているが、メープルは例外だった。それどころか本気で首をかしげていた。

「初対面の女と男が足をふんづけあって、何がおもしろいのかしら」

私がどうしても浮かぬ表情を隠《かく》しきれずにいたのだろう、ライオネルが問いかけた。

「何か不審かね？」

「あ、いえ、失礼ながら、閣下は母君のご実家をお嗣《つ》ぎなのかと思っておりました」

「すでに嗣いでいるよ」

あっさりと若い伯爵はいってのけ、私を当惑させた。

「イギリスにいるのは、一時《いっとき》のことだ。だが、こちらにも活動や滞在のための根拠地が要る。メイフェアに父方の屋敷があるのを、わざわざ放棄する必要もないからね」

ライオネルは妙に強い視線を私たちに向けた。

Ⅲ

「君たちにこんな話をしてもしかたないのだが、利害関係のない知人に対して、打ちあけたくなる場合もある。この屋敷を出たらすぐ忘れてくれ」

かってな言種《いいぐさ》だが、私たちは承知するしかなかった。

「私には敵がいる。一族内部の敵だ」

フェアファクス伯爵の発言を、私は吟味してみた。思いきって応じてみる。

「敵とはおだやかでないお言葉のように思われます。単に仲がお悪いというのではすまないのですね」

「すめばどんなにいいか、と思うよ」

さりげない口調に、細いが深刻な一条のひび割れがあった。

「ま、いま彼らは遠くにいるのだが……」

「彼らがあなたを追ってイギリスまでやって来る。そうおっしゃるのですか」

「充分にありえることなのだ」

ライオネルはそう答え、眉間に薄い翳りをたたえた。

「彼らは度量がせまく、執念ぶかい。私が一族の長になることを好まず、何とか阻止しようとしている。正々堂々と挑戦してくれれば、こちらも対応できるのだが、家系が旧《ふる》いからといって、生まれながらの紳士や騎士ができあがるわけでもないようだ」

用心しつつ私は口を開いた。

「すでに閣下は、ご一族全体の長になられたと思っておりました。去年の夏至《ミッドサマー》のことですが……」

「ニーダム君には世話になったな」

「いえ、そのようなお言葉はもったいのうございます」

「おかげで私は重要不可欠な儀式にまにあった。だが、儀式そのものを無効と主張する輩もいるのだ」

ここでメープルが慎重そうに提案した。

「伯爵さまがもし身の危険を感じておいでなのでしたら、警察にご相談なさってはいかがでしょうか」

「警察?」

若い伯爵の声と表情には、あからさまな侮蔑があった。

「なるほど、警察か、そいつは気づかなかった。ミス・コンウェイ、感謝するよ。ただし君が提案してくれたことに対してであって、提案の内容に対してではない」

「警察などには絶対、介入させぬ。そうご決心なのですね」

「そのとおりだよ。私は彼らのために、わが家の門を一インチだって開く気はないね」

この当時、警察という歴史のあさい組織に、どれほど信用がなかったか、私は述べていただろうか? とくに上流階級のなかには、警察をはなはだ見下した人々がいて、どうやらライオネルもその一員らしかった。

「それに、自分の身は自分で守る。誤解しないでほしいな、私は一族の者を恐《おそ》れてなどいない。すこしばかり、わずらわしいだけだ」

「お気にさわりましたらお恕《ゆる》しください」

「いや、気にすることはない。それよりも……」

また何やら伯爵は思いついたようだった。

「ついでといってはなんだが、ノーサンバーランドの荘園屋敷《マナーハウス》のほうも、君たちにまかせようと思う。どうかね」

私とメープルは視線をかわしあったが、もう何度めのことか、おぼえていられないくらいだった。

「フェアファクス家は歴代あまり本を読まない家系でね。狩猟と戦争、それにクリケットが当主のたしなみだった。だが、今後はちがう」

こいつは大仕事だ。千ポンド単位の収益になるかもしれない。髑髏城にクレアモント少尉を送りとどけてから一年と三カ月あまり、こういう結果が実るとは想像もしなかった。

「ありがたいお言葉です。もどりましたらさっそく社長に報告いたしまして、最適任の者を派遣させていただきます」

「人選？　そんな必要はない」

　ライオネルは断言した。

「君たちふたりに来てもらえばいい。いや、ぜひ来てもらいたい」

　私のほうはいささか当惑せざるをえない。

「私どもにはロンドンでの仕事もございますし、わが社には経験ゆたかなベテラン社員もおおぜいおります。彼らに分担してもらって、閣下のご希望にそわせていただけましたら」

「私の申し出を拒絶するのかね」

「いいえ、閣下、そんなだいそれたことではなく……」

「ではなぜ引き受けてくれないのだ」

「ねたまれるところなのです、伯爵さま」

　メープルが援軍を出してくれた。

「ねたまれる？」

「はい、ミスター・ニーダムはあまりにも有能で実績がありますので、こころない同僚のなかには、ねたむ者もそしる者もおります。すこしは仕事をわけてあげませんと……」

　私は恐縮の体《てい》でフェアファクス伯爵に一礼した。メープルはすました顔で、実体以上に私を持ちあげつつ、社内事情を説明してみせたのだ。

「ねたみ深い小人《しょうじん》の常だ。放っておくがよい。ところで、唐突だが、ミス・コンウェイ」

「はい？」

「君はイギリスが好きかね」

「好きです。でも、変な国だと思います」

「ほう、変な国か。なぜそう思うのかね？」

興味ぶかそうにライオネルは問いをかさねたが、そのようすが私に不安をおぼえさせた。ごく漠然とした、小さな不安だったが。

「だって、女性は国王にはなれるのに、大臣にはなれないんですもの」

ライオネルはかるく目をみはり、失笑をこらえる表情をした。

「なるほど、しかしそれはイギリスにかぎったことでもあるまい」

「ええ、女性が国王になれない国すらあると聞いております」

「さまざまな国があるからね。議会などというめんどうなものがなければ、君主の意思ひとつで変えることができる。私の先祖が勅令を実現させることができていれば、理想の国をつくることができていたかもしれないな」

「勅令と申しますと……」

「かたじけなくも、東ローマ《ビザンチン》皇帝陛下よりたまわった勅令だよ。ヴラヒア国王の称号をあたえ、ダニューヴ河以北の土地すべての領有を許す、という」

「それはたいへんな栄誉ですね」

「現在の地名でいえば、ウクライナ、モルダビア、ワラキア……もっと広いかな。考えようによっては、ロシアもポーランドもすべてふくまれる」

私はすこし皮肉な気分になった。

「その勅令を、現代によみがえらせようと、お考えなのですか？」

「すくなくとも、ロマノフ家だのハプスブルク家だのといった成りあがりの田舎貴族どもに、大きな顔をさせるつもりはない。やつらの先祖が毛皮を着て山賊まがいの行為にふけっていたころ、私のご先祖は偉大な東ローマ帝国の守護者だったのだからな」

ロマノフ家はロシアの皇室、ハプスブルク家はオーストリアの皇室だ。いずれもヨーロッパきっての名門である。それを若い伯爵は、まとめて「田舎貴族」と決めつけたのだ。いささか茫然として、私は第九代フェアファクス伯爵を見つめた。昨年の夏、私が髑髏城へ送りとどけた青年は、休の病気こそなおったものの、誇大妄想にとらわれてしまったのだろうか。

私はいうべき言葉を知らなかったが、姪はちがった。濃い褐色の瞳を、まっすぐ伯爵に向けて、メープルは問いかけた。

「ハノーバー家に対してもおなじようにお考えでしょうか」

ハノーバー家とは、一八五七年現在のイギリス王室である。ハプスブルク家やロマノフ家より、もともとは格下で、それこそ北ドイツの田舎貴族にすぎなかった。ややこしい王位継承の結果、イギリス王室となったのは、一七一四年のことである。

「気にいったよ、ミス・コンウェイ、君は機転もきくし、ユーモアのセンスもあるようだ。私の冗談を、ちゃんと理解してくれたようだな。本気にとられたら、私は大英帝国政府に危険人物として監視されているところだ」

ライオネルは笑ったが、その笑いの波動が、私は気にくわなかった。からかわれた、というより、ごまかされたような気がしたのだ。

ライオネルは視線を動かした。部屋のすみに置かれた大時計を見て、残念そうにかるく首を振る。

「さて、なかなか愉しい時をすごさせてもらったが、残念なことに、俗事が私を待っている。今後のことは、従僕を通して連絡するよ。ミューザー社長によろしく伝えてくれたまえ」

執事に見送られてフェアファクス伯爵邸を辞去したとき、私の頭脳は、思いもかけない出来事の連続で、すっかり飽和状態になっていた。

機械的に私の脚はミューザー良書倶楽部《セレクト・ライブラリー》へと向かいかけたが、メープルが私の手をとり、ちがう方角へとみちびいた。

Ⅳ

メイフェア地区の西には、広大なハイド・パークの緑がひろがっている。ハイド・パークにはケンジントン・ガーデンが隣接しているから、あわせて六百エーカーをこす森と芝生が、湖をはさんでつらなっているのだ。

この緑の楽園が、ロンドンの空気を浄化し、ロンドン市民の眼と肺をいたわってくれる。一八五一年には万国博覧会がもよおされ、水晶宮《クリスタル・パレス》が建設されて、人波で埋まった。一八五五年、私がクリミアの戦場にいたころには、史上有名な「ハイド・パークの大暴動」がおこった。ロバート・グローブナーという世にも愚《おろ》かな下院議員が、「日曜日にはすべての商店の営業を禁止する。いっさい買物をしてはならない」という法律を国会で成立させようとしたのだ。怒《おこ》ったロンドン市民十五万人がハイド・パークで反対集会を開き、そこへ武装警官隊が警棒をふるっておそいかかった。何千人もの負傷者が出たが、さいわいにも悪法の成立は阻止された。このとき、ディケンズはもちろん市民のがわに立って、権力者たちの横暴をさんざんやっつけたものである。

二輪馬車《ハンサム・キャブ》がゆったりと、ベンチの前を通りすぎていく。

私は何だか疲れてしまって、ベンチで手足を伸ばしながら、大きな溜息をついた。なまいきそうなリスが、五、六歩はなれた芝生の上から私を見あげて、勤務評価でもしているかのような目つきをした。どうも気にくわないやつだ。

「社長にいいつけたりしたら承知しないぞ」

私がいうと、リスは、

「おまえの指図なんか受けないよ。いいつけてやるいいつけてやる、こんなところでさぼってるって」

そういいたげに、大きな尻尾を振ってみせる。私が靴をかるくあげてみせると、あわてて逃亡していった。

私がリスと対等の立場であらそっている間に、メープルは近くの屋台《ストール》で何やら買い求めていたらしい。

安っぽい盆《トレイ》にカップや小皿をのせて、メープルがもどってきた。

「熱いミルクとコーヒーと、それにスコーンを買ってきたわ。すこし休んでいきましょ」

生の牛乳を人々が口にするようになったのは、一八七〇年代にはいってからだ。それまでは、牛乳は飲むよりバターやチーズやクリームの原料として使われていた。だいたい、水で薄められていたし、その水がまたあまり衛生的ではない、ときているので、生の牛乳を一気飲みするような勇者（?）は、ロンドンにはいなかった。

熱いミルクとコーヒーをすすり、スコーンをかじりながら、私と姪はしばらく無言だった。たがいに頭のなかを整理していたのだが、姪が整理しおえたとき、私のほうはまだ混乱の火花が頭のなかでパチパチはじけていた。

やがて私が三度ばかりせきをして姿勢をただすと、待ってましたとばかりメープルがひざの上で盆《トレイ》を持ちなおした。

「メープル、伯爵の話で見当がついたと思うけど、私は去年、帰国前にダニューヴ河にいったんだよ」

「七月に月蝕島《ルナ・イクリプス・アイランド》で、『ナマズに食われそうになったことがある』って、おじさまがおっしゃったのは、そのことだったのね」

「そうなんだけど、メープル……」

「はい？」

「あのときから君は、その件についてくわしく知りたかったんだろう？　どうして尋かなかったんだい？」

私の疑問に対して、メープルは、あっさりと答えた。

「おじさまが話してくださるのを待ってたのよ」

「そうか……」

「でも、じつはそろそろ限界だったの。どうやったら話してもらえるかな、と頭を悩ませてたら、フェアファクス伯爵家のお仕事がまわってきたのよ。偶然ってあるものなのね」

私のほうも、いつかは話さなくては、と思いつつ、きっかけがつかめないでいたのだ。ようやく私も、メープルにすべてを話す心の準備ができたのだった。私は呼吸をととのえて話しはじめた。スクタリの野戦病院でヒューム中佐に呼び出されてから、夏至《ミッドサマー》の当日髑髏城をおとずれたことにいたるまで、思い出せるかぎりのことを。

マイケル・ラッドと謝礼の件については、メープルはたいそうおもしろがった。ラッドはたぶん、五千ポンドをひとりじめしたことに、さすがに気がとがめて、私の帰国を電報でつたえたのだろう。

「だとしたら、わたし、五千ポンドの電報を受けとったわけね。すごい、世界一高価な電報だわ」

「ま、そういう考えかたもできるかな」

苦笑しながら、私はまだ釈然としない気分だった。私は凡人だからして、二千五百ポンドという大金が手にはいっていたら、うれしかったはずだ。それなのに、あまり惜しいという気になれなかった。なぜか、受けとっていたら、かえってめんどうなことになっていたような気がする。

私やマイケル・ラッドがキャビアの山をスプーンで掘りくずしていたころ、髑髏城の奥では、どのような儀式がおこなわれていたのだろう。

気にならないでもなかったが、そのとき私は一日も早くイギリスへ帰りたかった。異国の、辺境の、えたいの知れない儀式より、私の胸にひびいていたのは、スコットランド高地連《ハイランドれん》隊《たい》が戦死者を弔うべく奏でていたバグパイプの旋律《しらべ》だった。

身は異国にあろうとも、わが心は高地《ハイランド》に
夜ごと北の島々《ヘブリジーズ》を夢に見る……

私はロンドンっ子でイングランド人だが、故郷への想いはスコットランド人に劣《おと》らないつもりだ。

「それにしても、おじさまからうかがうのでなかったら、信じがたいお話よね。髑髏城！名前もだけど、よくまあ、トルコやロシアなんかに征服もされず、何百年もつづいたものね」

「ああいう地点だからこそ、こう、スポッと穴があくんだろうな。列強の力が均衡して、空白ができる。敵対国の勢力圏になるよりは、緩衝地帯になっていてくれたほうがましだ……どの国もそう思ったろうし、形式的に頭をさげてくれればよし、ということだったんだと思うよ」

「何だか昔の人のほうが知恵があったみたい」

「そうだね」

　クリミア戦争に参戦した国々は、空白の存在ががまんできなかったのだ。

　いったん姿を消していたリスがまた姿をあらわして、私とメープルの前をわざとらしく右往左往しはじめた。目的を察したメープルが、笑ってスコーンの小さなかけらを投げてやると、リスは電光石火の早業でそれをかかえこみ、だれにもやるもんか、とばかり口いっぱいにほおばった。髑髏城でキャビアをほおばってご満悦だった戦友のことを思い出し、私は苦笑を禁じえなかった。

「それにしても、『白魔』と『マルフィ公爵夫人』か。フェアファクス伯爵はジョン・ウェブスターがお好きと見えるな」

　ジョン・ウェブスターについて、いちおう説明しておくと、十七世紀のはじめごろに活躍した劇作家だ。シェークスピアよりすこしあとの人になる。今日までのこっている作品はすくないが、『白魔』と『マルフィ公爵夫人』の二作品で永久にイギリス文学史に名をのこすだろう。どちらもイタリアの歴史上の実話をもとにした作品で、陰謀やら復讐やらがからんでかなり血なまぐさいストーリーになっている。だが、登場人物の性格や心理がよく描かれているし、全篇をおおう不吉な死の影が、高く評価されている。シェークスピアとちがうのは、喜劇がまったく書けなかったことだ。

「ウェブスターならわたしも好きだけど……おじさま、クレアモントもと少尉というか、フエアファクス伯爵というか・彼と再会なさって、よっぽど意外だったのね」

「うん、そうなんだ。彼には悪いが、てっきり死んだものと思っていた」

「でも死人が生きかえったわけじゃないでしょ？」

おちついて、メープルが指摘した。

「瀕死の重病人だったとしても、治療が適切なら助かるかもしれないし、半年か一年もすれば健康を回復できる。ナイチンゲール女史が証明なさったことじゃないの？」

「そうだね、そうなんだろう、たぶん」

たよりなく私が応じると、メープルはあごに手をあてて考えこむ表情になった。何かに思いあたったようすで、上半身ごと私に向きなおる。

「おじさま、そもそもクレアモント少尉はどんな病気だったの？　コレラとか赤痢《せきり》とか、そういう伝染病ではなかったようだけど、傷を受けてそれが悪化したのかしら」

「傷はあったが、たいしたものじゃなかった。とにかく衰弱してたんだよ。私にいえるのはそれだけだ」

「彼の敵とやらがひそかに毒を盛っていたとか……」

「ずいぶん大胆な想像をするね。しかし、そもそも、伯爵のいってたことが真実とはかぎらない」

「そうね、伯爵の敵とやらの言分《いいぶん》も聞いてみないと、公正じゃないものね」

「メープル」

私は思いきり、ものわかりの悪いおとなの声を出した。メープルとリスが、おどろいたように私を見つめる。

「いいかね、メープル、伯爵のいってたことが真実だろうと、そうでなかろうと、私たちには関係ないことだ。真実だとしたら、そんな争いに巻きこまれちゃいけない。嘘だとしたら、そんな嘘をつく相手を信用しちゃいけない。どちらにしても、フェアファクス伯爵家とは仕事上のつきあいだけにしておくんだ。くれぐれも、よけいな好奇心を持つんじゃないよ」

私がガラにないお説教をしている間、メープルは濃い褐色の瞳を大きく開いて、私の顔を見つめていた。まんまとスコーンをせしめたリスは、まだ私たちの足もとをうろついている。

「わかったね、メープル」

「はい、わかりました」

「それならよろしい」

「でも、おじさま」

「何だね」

「どうしてそんなにムキになってらっしゃるの？」

「え？　いや、べつにムキになんか……」

私はにわかに返答できなかった。聡《さと》い姪に指摘されて、はじめて気づいたのだが、たしかに私はムキになっていた。お説教の内容は、ごく常識的なもののはずだったが、現実にまだ何もトラブルが発生していないうちから、何でこうムキになるのだろう。

姪は私を追いつめないでくれた。話題を転じる。

「東ローマ《ビザンチン》の歴史って、くわしくないけど、フェアファクス伯爵のご先祖が皇帝からヴラヒア国王に封《ほう》じられたってほんとかしら」

V

「ヴラヒア王国ねえ……」

現在のウクライナ、モルダビア、ワラキアなどを統合した新国家が、ロシア、オーストリア、トルコの三大帝国のどまんなかに誕生したら、世界の情勢はどれほど変わることだろう。

「実現したら、フェアファクス伯爵は、閣下どころか、国王陛下になるのね」

「実現したらね」

「すると思う、おじさま!?」

「うーん、何ともいえないなあ」

以前の記録にも書いたことだが、一八五七年にはドイツもイタリアも統一国家ではなかった。逆に、オーストリアやアメリカは、いつ分裂してもおかしくなかった。アジアやアフリカは未知の土地がいくらでもあり、ヨーロッパ列強が探検や占領をあらそっていた。中国は内戦状態にあった。

あたらしい国が生まれ、正体不明の人物が王を名乗っても、たいして不思議ではなかったのだ。一八一七年には「ジャヴァ国のカラブー内親王」事件がおこったし、一八二五年にはマグレガーという男が、「ポヤイス国」というありもしない国の土地や国債を多くの人に売りつけて逮捕された。

いや、未知の国ばかりではない。一八〇四年にナポレオン・ボナパルトがフランスの皇帝になることを、その五年前にだれが想像しただろう。あれだけ憎みあっていたイギリスとフランスが連合してロシアと戦うなど、だれか予言した者がいるだろうか。

だから何年かのうちに「ヴラビア国王ライオネル」が誕生しても、けっしておかしくはない。まったくもって「ピンとこない」話ではあったが。

例のリスは、メープルに甘えたいのか、友だちがいないのか、まだ近くにいて、芝生の上をころがったり、ベンチの背もたれを駆けあがったり駆けおりたり、一匹でいそがしく動きまわっている。私は肩をすくめて歎《たん》じた。

「まったく、ダニューヴの河口みたいなややこしいところは、他にはないよ。世界じゅうのどこにもね」

するとき意外なことに、姪は賛同しなかった。スコーンのふたつめのかけらをリスに投げてやってから、まじめくさって応じた。

「あるわ、おじさま」

「え、あるって？　いったいどこだい、それは？」

メープルは足をあげて、ハイド・パークの芝生をいきおいよく踏んでみせた。

「ここよ、おじさま、ロンドンよ。いろんな民族と宗教と言語が、ここに集中してるでしょ」

スコーンのかけらをほおばったリスが、まねをして後肢《うしろあし》をあげてみせる。

「たぶんロンドンのほうがすごいと思うの。だって、ダニューヴの河口には、インドや中国の人は住んでないでしょう？　でも、ロンドンには、どちらも何万人も住んでる。そして、ロンドンには、世界で最高の善も、この世で最大の悪も、きっと存在してるんだわ」

私は無言ですこし考えこんだ。

「こじつけだと思う？　おじさま」

「うーん、すこしだけね」

「じつは、わたしもそう思ってるの」

メープルは笑い、そうすると私は、自分の姪が、どんなに着飾った貴族のご令嬢よりもかがやいて見えた。

「でも、ロンドンにいれば、全世界が見えるわ。見たいという意思さえあればね」

メープルは、盆《トレイ》を持ってベンチから立ちあがった。

「おじさま、ひとつおねがい」

「何だい、いってごらん」

「一時間ばかりさぼりたいの。先に会社に帰って、社長に伯爵家の件を報告しておいてくださらない？」

私は承知した。ただ、どんなに甘い叔父であっても、いちおうたしかめておかねばならない。

「さぼって、どこへいく気だい？」

「もちろん大英図書館」

メープルはリスをかるくにらむまねをした。

「社長にいいつけたりしたらダメよ」

するとリスのやつめ、メープルに対しては愛想よく両方の前肢をそろえて後肢だけで立つと、ちょこんと頭をさげた。私のときと、えらい態度の差である。

「まるでマイケル・ラッドみたいなやつだな」

私が毒づくと、メープルはそれが妙に気にいったらしく、声をたてて笑った。

「じゃ、これからあの子をマイケルって呼びましょう。マイケル、また今度ね」

リスはもったいぶって尻尾を立ててみせると、小さな体をひるがえして、芝生の上を弾丸のように走り去った。

私とメープルは盆《トレイ》を屋台に返し、保証金の二ペンスを受けとってから、ハイド・パークを南へ歩いていった。リス以外の目撃者がいたことには気づかぬまま。ふと左前方を見やると、屋並みの向こうに建築途上の塔が見えた。

「時計塔よね、あれ」

「あと二年で完成するそうだよ」

国会議事堂の時計塔は一八五九年に完成し、「ビッグ・ベン」と愛称されることになる。

「ビッグ・ベンの鐘《かね》の音が聞こえる場所で生まれた者だけが、ロンドンっ子と名乗れるんだ」

とまでいわれるようになった。だが、もちろん、時計塔の完成以前にロンドンで生まれ育った者は、もっといばっていいはずだ。

私は大英図書館の前でメープルとわかれ、会社へもどった。

閉店時刻がせまっていたので、店内はお客と店員が、静かに、だがあわただしく動きまわっていた。十冊ばかり本をかかえたカニンガムという同僚をつかまえて、社長の所在を問いかけると、

「屋根裏の物置だよ」

という。すぐ三階に上って、フェアファクス伯爵家でのことを報告した。ただし、仕事のことにかぎって。

報告を聞きおえると、ミューザー社長は、夫婦ゲンカに負けた雄ライオンみたいなうなり声をあげた。同業者たちにおくれをとるなど、彼の第一人者としての矜持《きょうじ》が許すはずもない。

「ニーダム君、わが社がつかまえた獲物は……いや、お客さまは、とんでもない大魚だったわけだな」

「はい、そのようで」

「それをみすみす逃がすなど、貸本屋としてのプライドが許さない。もちろん、君もそう思うだろう?」

「はい、そう思います」

「それではさっそく、君たちが企画をたててこの大仕事《ビッグビジネス》を……」

「その点は、ちょっとお待ちください」

ようやく私は踏みとどまった。要するに、フェアファクス伯爵家との関係を良好にたもたなくてはならないのは、ミューザー良書倶楽部《セレクト・ライブラリー》という会社であって、私個人ではない。私やメープルはロンドンにとどまって伯爵邸の図書室のプロデュースに専念し、ノーサンバーランドへの出張は他の社員にやってもらう、それでよいはずだった。しかし、ミューザー社長の考えはちがった。

「いろいろと考えてみるに、フェアファクス伯爵が信用しているのは、わが社ではなくてニーダム君個人のようだ。わからんでもない。友人の友人がいいやつとはかぎらんのが、世の中というものだからな。このさいフェアファクス伯爵家との関係は、ニーダム君たちにまとめて委任しようと思うのだがね」

「おことわりいたします」

とは、私はいわなかった。いえなかったのである。ミューザー社長の期待を裏切るのはこころぐるしかったし、もっともこまるのは、ことわるだけの正当な理由を、私が持ちあわせていないという事実だった。

もちろん社長はメープルの報告も聞きたがったが、「彼女は、しつこいお客さまのクレームに対応しています」とごまかした。社長室を出ると、店にガス灯がともりはじめている。一八五七年当時、家庭用の照明といえば、まだランプやロウソクが圧倒的だった。ガス灯のほうが明るかったが、ガスもれやガス爆発の危険がつねにつきまとっていたし、ガスの匂いで頭痛をおこす人もいた。銀の食器がどす黒く変色するので、大邸宅の厨房や食堂でも好まれなかった。

だからガス灯は主として屋外で用いられるものだった。屋内で使われるとすれば、商店のショーウィンドウや屋内体育競技場ぐらいだった。ランプの天下は十九世紀いっぱいつづくのである。

もどってきたメープルは、四、五人の客の間を泳ぐように通りぬけたが、その間に、

「わたし、ずっと前からここにいました」

といわんばかりの態度をつくりあげていた。あきれたことに、また幸いなことに、私以外のだれもその事実に気がつかなかった。

「大英図書館で何かわかったかい」

小声で私が問うと、メープルは、返却された本を整理するふりをしながら答えた。髑髏城の最初の主ハルヴダーン・ナムピーテスについて、簡単に調べたという。

「ナムピーテスというのはね、おじさま」

メープルは声をひそめたが、口調は真剣そのものだった。

「スカンジナビアの古い言葉で、ナウビトゥルというのがもとの形なの。その意味は……」

メープルの声が一段と低くなり、私は全神経を耳に集中させた。

「死者をついばむ者、ですって」

第四章

秋の一夜にテムズ河口で怪事件が発生すること「招かれざる客」の反対語に関する考察のこと

Ⅰ

十月になった。

ロンドンの秋は深まり、朝晩は暖炉に火が欠かせない。雨でも降れば、吐く息は白くなる。それでも、「最悪の十一月」にはまだ間があって、晴れた日の空は、極上のサファイアより青く深く澄んでいた。

十一月になれば空はひたすら暗く、地上には煙霧が立ちこめ、冷たく意地の悪い雨がじっとりと服をぬらす。ガス灯の黄色いあかりは小鬼《ゴブリン》たちの目のようだ。

私はいそがしく、三角形の三辺を往《い》ったり来たりしていた。自分の小さな家と、フェアファクス伯爵家の大きな屋敷と、ミューザー良書倶楽部《セレクト・ライブラリー》とをつなぐ線上だ。それ以外のロンドン市街は消えてしまったかのようだった。

フェアファクス伯爵家からは、仕事の手付金としてすでに百ポンドがミューザー側に支払われていた。正式に契約は成立し、私とメープルが担当者に任じられて、社長にのみ報告の義務を負うことになった。

こうして私たちはフェアファクス伯爵から直々に、図書室《ライブラリー》、書斎《スタディ》、および書庫《スタックス》のプロデュースを委任されることになったのだから、それにきちんと応えねばならなかった。

十月十二日、私とメープルはまず三百冊の本を馬車につみこみ、フェアファクス伯爵家に運びこんだ。

その日、ライオネルは不在だった。私は内心安堵《ホッと》して、執事を相手に事務的な話しあいをした。執事はオブライエンというアイルランド系の初老の男で、愛想もないかわりに意地悪でもなかった。プロの執事として、あたらしい主人にやとわれ、きちんと給料分の仕事をするというタイプで、理不尽な目にあう心配はなかった。

メープルのような少女が、大きな仕事をまかせられているということに、オブライエンはおどろいたにちがいない。だが、表情にも口にも出さず、こちらの要請に応じ、必要な手配をしてくれた。

メープルはというと、オブライエンが常人であることに落胆《がっかり》したのが、私の目にはあきらかだった。執事が髑髏城からやってきたあやしげな人物であることを、メープルは期待していたのだ。だが、すぐに気持ちを切りかえ、貸本屋の社員として、書物のプロとして、きちんと仕事をしようとした。必要な礼儀は守る子だし、きびきびと動きまわって、予定をこなしていった。それどころか、一日かかる予定の仕事を午前中にすませてしまい、午後にはオブライエンが書類の整理をするのをてつだうことまであった。働きすぎではないだろうか。

もっとも、メープルには、いささか思惑があったようだ。

「だって、おじさま、まず仕事で信用を得て、親しくしてもらうようにならないと、秘密なんてしゃべってもらえないでしょ？」

私の姪は、とんだ策略家だったのだ。

仕事は熱心にまじめにやって、誰にも文句はいわせない。一方では、屋敷の使用人たちの大半をたちまち味方につけてしまって、メイドたちはさまざまな情報をメープルに提供してくれた。それをまたメープルが私に報告する。

「ロンドンのお屋敷では、以前からの使用人がみんなそのまま雇ってもらえるので、ホッとしてるんですって。でも、ノーサンバーランドの荘園屋敷《マナーハウス》では、使用人は全員、やめさせられたそうよ。気の毒だわ」

私はメープルをしかるべきだったが、つい応じてしまった。

「あたらしい使用人と総いれかえってわけかい？」

「そうなのよ！　おじさまの推理どおり」

「推理ってほどじゃない。貴族さまが使用人なしで生活できるわけないしね」

「あのね、それで、あたらしい使用人たちはみんな外国から来るらしいんですって」

「べつにめずらしいことじゃないだろう」

執事がドイツ人で、家政婦長がスウェーデン人で、家庭教師がフランス人で、料理人がイタリア人で、従僕頭《じゅうぼくがしら》がインド人で……などという上流家庭は、いくらでもある。何だかこうして見ると、イギリス人はいばりかえっているしか能がないみたいな気もするが。

「それじゃ地元の事情がわからないんじゃないか、と思うんだけど、土地管理人《ファクター》だけは例外なんですって。でもその土地管理人は、二マイル離れたところから通ってくるそうよ」

「メープル・コンウェイ、ほどほどにしておきなさい。お客さまのご家庭の内情に、よけいな興味を持つものじゃないよ」

私はたしなめた。べつに私の独創的な意見というわけではない。ミューザー社長の考えがそうだったし、お客の家庭内のことを詮索するような業者は、信用をうしなうに決まっている。

メープルが髑髏城のことに興味を持つのは自然なことだが、いくら生命《いのち》の恩人といっても、身分がちがう。しがない貸本屋の社員ごときが、伯爵閣下に対して何を問い質《ただ》せるというのだろう。お話をうけたまわるだけだ。先方につごうのいい話を、もっともらしい表情で。

メープルのバラ色の頰がすこし色を濃くした。もちろん彼女にも、私のいいたいことはわかっているのだ。すこし妥協することにして、私は、周囲に人がいないことをたしかめた。

「死体をついばむ者、というのは、たしかに不吉な表現だね」

「そうでしょ、おじさま」

「ただ、ついばむ《ピック》という言葉は、鳥がクチバシで何かを食べるときに使われるものだろう？ワシかタカかハヤブサか、そういった猛禽類を紋章に使っている一族、ということじゃないのかなあ」

「きっとそうね、おじさま」

「そうだ、それだけのことだよ」

「でも、おじさま、ご自分でおっしゃったこと、信じてらっしゃる？」

私はかるく口をあけ、一言も発することができずにまた閉ざした。だれに似たのか——たぶん祖母だと思うのだが、私の姪は、いいかげんなおとなが返答に窮《きゅう》するような質問をする術《すべ》をこころえている！

「ごめんなさい、おじさま、なまいきいって」

メープルが恐縮するので、私は笑顔を返したが、たぶんすこしこわばっていただろう。

「あやまる必要はないよ。そうだな、正直いうと、私も、ただそれだけのこととは思ってない。何か他にありそうな気はする。だけど、それはたぶん、髑髏城の件があって、妙な先入感を持ってしまったからだと思うんだ。仕事に先入感を持ちこむのはよくない」

賢明な人々にはおわかりのことと思うが、私は自分自身にそういいきかせていたのだ。

さて、奇妙といえば奇妙なことだが、メープルも私も、ひとつの可能性をすっかり失念していた。それは、一八五七年にも一九〇七年にも、俗世間では大いに関心を持たれ、ゴシップの種になるようなもので——つまり、「身分ちがいの恋」と呼ばれる代物である。

第九代フェアファクス伯爵ライオネル・クレアモントは美青年の貴族で、十七歳の中流階級の少女がたちまち恋愛妄想のとりこになっても当然の人物だったが、メープルはけろりとしていた。ライオネルに対して関心はあったが、それは、大英博物館の研究員が古代バビロニアの彫像に対して抱くような関心で、バラ色の雲や甘い香りとは縁のないものだった。

メープルの保護者である私としては、姪がちっとも浮わついていないことに安堵《ホッと》していた。同時に、すこしぐらい浮わついたほうが年ごろの娘らしいのではないか、という気もした。要するに、私のほうが定見を持っていなかったのだ。

「まあ、とにかく私たちは、ミューザー良書倶楽部《セレクト・ライブラリー》の社員として、きちんと責任をはたすことだけ考えよう。いいね？」

私が結論づけるようにいうと、メープルはちょっと微妙な表情をしながらも、すなおにうなずいた。

「ところで」

と、私はつづけた。

「今夜、テムズ河口の沖合で最後の囚人船が燃やされるんだ。気ばらしに見物にいってみようか」

一九〇七年の今日《こんにち》では、囚人船の実物を見た経験のある人も、ずいぶんすくなくなった。地上の監獄のかわりとして使われた船のことである。

ロンドンの人口がふえ、イギリス全体の人口がふえると、残念なことに、犯罪の数もふえた。保守反動の権化シブソープ議員などは口から泡をとばして、

「外国人を追い出せ！　外国人をイギリスに入れるな！　外国人が犯罪と疫病をわが国に持ちこむのだ！」

と吼えたてたものだが、さいわいなことに賛同する者はすくなく、ロンドンは国際都市でありつづけた。

とにかく囚人の数がふえて、地上の監獄だけでは収容しきれなくなったので、イギリス政府は廃棄寸前のボロ船を何隻か買いこみ、テムズ河に浮かべて、それらに囚人たちを鎖つきで放りこんだのである。

もともとボロ船を改装もせず、定員も無視してつぎつぎと押しこめたのだから、地上の監獄よりさらにひどいことになった。空気の汚れた船底に押しこめられた囚人たちは圧死や病死に追いこまれた。彼らの死体はすぐに船外に運びだされることはなく、そのまま放置されたので、船内に死臭がみち、テムズ河の岸にまでいやな匂いがただよってきた。

さすがに、「非人道のきわみだ」と非難の声がわきおこり、政府もこの制度を廃止して、囚人船を処分することになった。

どうやって処分するかというと、囚人たちを外に出して、無人になったボロ船をタグボートで曳《ひ》いていき、テムズの河口を出たあたりの海上で火を放つのである。この計画は、夏からすこしずつ実行され、すでに九隻の囚人船が焼却処分されていた。

その囚人船の最後の三隻が、この日の夜、海上で燃やされることになっていた。それを見物にいこう、というのである。

世界一かどうかはわからないが、物見高いのがロンドンっ子の性質《さが》。ことに、公開処刑が廃止されて残念に思っていたような連中は、

「せめて囚人船の最期《さいご》ぐらいは見とどけてやらなきゃ、義理がたたん」

などと理由をつけて、わざわざテムズ河口まで半日がかりで出かけていく。そのなかには、けっこう身分の高い人や有名人もいる、ということだった。

東洋の人々が、花火を見物にいくようなものだ、といったら、怒られるかもしれない。とにかくもう二度と見られるものじゃない、というわけで、メープルも乗り気になり、ふたりで半休をとって、午後ロンドンを離れた。

Ⅱ

テムズの河口はおどろくほど幅が広く、両岸には湿地帯がひろがっている。その点、ダニューヴの河口に似ているようだが、人家はなく、荒涼たる雰囲気だった。ロンドン港の東端としてティルベリーの町がつくられたのは一八八六年になってからで、それまではロンドンを海からの敵から防衛するための要塞やら砲台やらが点在するだけだった。

「ナポレオンのやつが英仏海峡の向こうがわでいばりくさっていたときは、いつわが国に大軍を上陸させてくるやら、知れたものじゃなかった。このあたりには、いつも十隻ばかりの砲艦が往来して、フランス軍の上陸を警戒してたもんさ。あのころはわしも十代で……」

なつかしげに語る老人がいる。

例外ともいえるのが、サウスエンド・オン・シーの町だった。十八世紀の終わりごろから、海辺のリゾート地として発展しはじめた。牡蠣《オイスター》の養殖地として有名で、王族の方々もおとずれる。だから小さなホテルが「ロイヤル・ホテル」なんてえらそうに名乗っている。

牡蠣料理とならんで有名なのは、長い木製の桟橋で、海と河の境界あたりに、陸から一マイルも突き出している。幅はまあ十五フィートというところだろう。遠浅の海なので、一マイルも沖にならないと、中型以上の船が接岸できないのだ。

この桟橋が、囚人船の炎上を見物するのには、もってこいの場所になっていた。

また、前年の一八五六年には、ロンドンから直通の鉄道が開通している。

それやこれやで、サウスエンド・オン・シーの駅をおりてから桟橋までの道は、かなり混雑していた。道の左右には屋台まで出ている。エール《ビール》やら菓子やら果物やら、それに出まわりはじめた牡蠣を焼く匂いが、潮風に乗ってただよってくる。

「たいへんな人出ね」

「みんな囚人船の炎上を見に来たわけだ。物見高いことだな」

「わたしたちもそのお仲間よ」

「ちがいない」

これだけの人出だと、私やメープルの知人も加わっているのではないか。そう思ったが、大混雑のなかでばったり出くわす確率などゼロにひとしい。

そう思いながら歩きはじめたとたんに、声をかけられた。

「おや、ミューザー良書倶楽部《セレクト・ライブラリー》のニーダム君と姪御さんじゃないか」

「ゼロにひとしい」は「ゼロ」ではなかった。知った顔が私たちに笑いかけていた。ウィルキー・コリンズである。

「あのときは、めんどうをかけたね」

コリンズがいったのは、ディケンズとサッカレーがインド料理店で壮絶なカレー決闘をおこなった件である。他に用件もあったので、コリンズは賢明にも、さっさと決闘の場から去ったのだった。

「コリンズ先生も、囚人船を見物にいらしたんですね」

「そうなんだ。ああ、紹介しよう、こちらはロンドン警視庁《スコットランド・ヤード》のウィッチャー警部だよ」

そうコリンズに紹介されたのは、中年の男性だった。髪には白いものがまじり、目は明るい灰色で、豊かな頬ヒゲをはやし、背はそれほど高くないが頑丈そうな体つきをしている。黒い服と帽子に白いネクタイという姿だ。

後にコリンズの『月長石《げっちょうせき》』に登場するカッフ刑事のモデルになった人である。

「おあいできて光栄です」

私はそういったが、けっしてお世辞ではない。ウィッチャー警部は警視庁創立以来のメンバーで、いわばイギリス最初の刑事だった。ゼロから近代警察をたちあげた偉人たちのひとりだったのである。

この三年後、一八六〇年の夏には、ウィッチャー警部は、有名な「ロードヒル・ハウス殺人事件」を捜査することになる。

ところで、ロンドン警視庁がなぜスコットランド・ヤードと呼ばれるのか、ちがう時代のちがう国の人に対して、説明しておいたほうがよいかもしれない。

イギリス連合王国が成立する前、イングランドとスコットランドはべつべつの国だった。イングランドの首都であるロンドンのチャリング・クロスには、スコットランド王室のりっぱな御用邸が建てられていた。ロンドンを訪問するスコットランドの王族や貴族は、みんなここに宿泊する。大使館兼専用ホテルみたいなものだ。

イングランドとスコットランドが合併して、この御用邸もなくなったが、その広大な構内《ヤード》の隣に警視庁が建てられた。それで警視庁のことをスコットランド・ヤードと呼びならわすようになったわけだ。

一八二九年のことで、当時の首相はかのウェリントン公爵アーサー・ウェルズリー。初代の警視総監はチャールズ・ローワンであった。

「ぼくはいま作家人生を賭けて、大作の構想をまとめているところなんだ。それで、ウィッチャー警部に、専門家としての意見をいろいろ聴いているんだよ」

コリンズは意欲的な口調でそう語ったが、あとで思えば、その作品というのは『白衣《ウーマン・イン・》の女《ホワイト》』だった。

コリンズは一八二四年生まれの三十三歳だったが、まだ独身だった。正確にいうと、生涯、独身で、何人かの愛人とのあいだに子どもはつくったが、とうとう結婚はしなかったのだ。

理由は私などにはよくわからないが、メープルの観察によれば、どうやらヴィクトリア時代の結婚制度に反感を持っていたようだという。

なにしろ「既婚婦人財産保護法」がさだめられる以前の時代で、女性が結婚すると、その財産はすべて夫のものになっていた。財産めあてで結婚した男が、まんまと目的を達成すると、無一文になった妻を家から追い出す、などという無道がおこなわれていたのだ。

コリンズやウィッチャー警部に挨拶して別れ、二、三十歩あるいたところで、またしても知人に出くわした。なれなれしく知人よばわりするのがはばかられる人物だ。帽子からはみ出したちぢれ毛、すこしかすれた声。下院議員のディズレーリだった。

ディズレーリは将来、大英帝国宰相として名声を得ることになるわけだが、一八五七年当時はまだ大政治家としての地位を確立させてはいなかった。もちろん無能だというわけではなくて、政治以外のことで変に有名だったのだ。どんなことかというと、彼の妻は、夫より十歳以上も年上だったのである。

だから「あいつはディズレーリなんだ」というと、「妻よりずっと年下の夫」という意味になるのだった。ディズレーリ本人も、政治家だけに人の悪いところがあって、

「何であんな年増女と結婚したんだ」

などと失礼な質問をされると、にやりと笑って、

「そりゃもちろん財産めあてさ！」

と答える。それが新聞にイラスト入りで載って、冗談を理解できない連中に批判されたり

したものだ。実際は、ディズレーリはたいへんな愛妻家だった。

彼が宰相になったのは、六十四歳になってからで、感想を問われると、こう答えた。

「権力と結婚するには、私はもう年齢《とし》をとりすぎたと思うけどねえ」

以前にも書いたと思うが、私はおおむね自由党の支持者として人生を送ってきた。ディズレーリが保守党の代表だったのは、ちょっと残念である。

「ディズレーリ議員も、こんなものを見物しにいらしたとは存じませんでした。それとも視察ということですか?」

どんな大物を相手にしても、ものおじしないメープルが問う。

「これは見るに値するものだよ。イギリスの法と社会が一歩ずつ前進しているという証明だからね。急進派の連中は、すぐにジャンプしたがるが、階段は一段ずつ上っていくのがいいのさ」

メープルは微笑しただけで応えなかった。何しろ彼女は、政治的には急進派どころか、過激派といってもいいくらいだったから。

その過激派が、天使みたいな表情で、ディズレーリに問いかけた。

「わたくしたち、フェアファクス伯爵のお屋敷で仕事をさせていただいておりますけど、代がわりなさった伯爵は政界に進出なさるのでしょうか」

ディズレーリはすこし不審そうにメープルを見やった。

Ⅲ

「ほう、フェアファクス伯爵邸で仕事をね」

いまさらいうまでもないが、わが国では、爵位を持つ貴族は自動的に上院議員に任命される。ただし……

「もしフェアファクス伯爵が、自分からその権利を放棄して、下院議員選挙に出馬するというなら、話はべつだ。前例のないことではないが……そこまで彼は政治に熱心なのかな」

「ディズレーリ議員のお考えはいかがでしょうか」

かさねて問いかけるメープルに、ディズレーリは興味ぶかげな視線を向けた。

「さて、あまり責任のある返答はできそうにないな。何しろ私はフェアファクス伯爵と話をしたこともないのでね。姿を見たことはある。もし彼が私の対立候補だったとしたら、私は生命《いのち》がけで女性の選挙権に反対するだろうな」

あまり出来のいい冗談ではなかったが、意味はよくわかった。メープルと私は笑ったが、これは礼儀とサービスをかねた笑いだった。とにかくディズレーリは、答える必要のない質問に答えてくれたのだ。

ディズレーリは、帽子に手をかけて去っていった。長身の紳士が、声をあげて彼を呼んだのだ。ハンサムな中年男性だった。

「ありゃブルワー・リットン議員だぞ」

「有名人がたくさんね」

E・G・E・ブルワー・リットンは作家あがりの政治家だった。ディズレーリとおなじ、といいたいが、ちがうのは、上流階級出身でしかも大流行作家だったということだ。『ポンペイ最後の日』とか『ペラム』とかはベストセラーになって、ミューザー良書倶楽部《セレクト・ライブラリー》でも、よく貸し出されていた。

後の話だが、ディズレーリが首相になって、ヴィクトリア女王陛下をインド皇帝に推戴《すいたい》したとき、インド総督をつとめていたのがリットンの息子である。考えてみると、イギリスには作家あがりの政治家がけっこう多いようだ。

見たところリットンは多くの従僕やら信奉者やらにかこまれている。わざわざ群衆をかきわけてまで、挨拶にいく必要もなさそうだった。

「いずれきちんと食事はとることにして、何かかるいものを買ってこよう」

私がいうと、メープルも賛同したので、すぐそばのガス灯の下から動かないよう指示して、私は群衆をかきわけた。いちばん清潔そうな屋台を見つけ、スリに用心しながら財布をとり出す。私と視線があったとたんに、こそこそ姿を消したやつが三人はいた。彼らにとっても、だいじな稼ぎ時である。

生姜水《ジンジャーエール》と生姜ビスケット《ジンジャーブレッド》をようやく買ってもどってくると、姪は、人波に押されないようガス灯につかまっていた。

「ありがとう、おじさま、でもエールぐらいめしあがったらいいのに」

「エールと牡蠣《オイスター》はロンドンでゆっくり味わうさ。こんな騒々しい場所じゃ、味もよくわからないからね」

いよいよ栈橋が近づくと、警官だか役場の人間だか知らないが、何人かの男が警棒を振りまわしながらどなっている。

「はいはい、きちんとならんで！　列をつくって！　ひと列は六人まで、それ以上になると栈橋から落ちてしまうからな。ほら、そこのご婦人、無理をしないで！」

「えらそうな警官《ピーラー》だこと」

そういったのは、厚化粧をした中年のご婦人だった。警官を「ピーラー」と呼ぶのは、「ピールの手下」という意味で、ピールは警視庁の創立に苦労した内務大臣の名である。有能だが強引なところもあった人で、庶民の人気はあまりなかった。なお「探偵《デテクテイブ》」という言葉がつくられたのは一八四三年のことだから、ごく最近のことだ。地方に住んでいる人は、ほとんど知らない。ロンドン市民は、まあ、それよりすこしはましかもしれない。

ひとくちに「ヴィクトリア朝」といっても六十四年間におよぶ長い時代だ。さまざまな変化があった。政治でも科学でも社会生活でも、毎日のように小さな変化があり、それがかさなって大きな変化になった。過去はもどらず、思い出は感傷をまじえて薄れてゆく。

午後五時半。

群衆が待ちに待った時刻が来た。

沖合にかたまった三隻の囚人船へ向けて、三隻のボートが近づいていく。それぞれのボートに四人の漕ぎ手がおり、そのほかに二名ずつ海軍の兵士が乗りこんでいた。彼らは一本の擲弾筒《てきだんとう》をボートにつんでいた。

ほどなく囚人船の周囲から、ポンポンと、妙にのどかな音がして、赤い尾をひきながら焼夷弾が弧をえがいた。囚人船の甲板に赤い球がはじけ、油脂が飛びちった。

「おう、火がついたぞ」

「お愉しみはこれからだな」

「なるべく景気よく燃えあがってくれよ」

桟橋上にひしめく群衆の間から、歓声がわきあがる。

すでに黄昏は完全な夜へとうつろいはじめている。空と海の暗さがますにつれ、反比例して囚人船の炎は大きく、明るくなっていく。ときに紅《あか》く、ときに黄金色に。

三隻の大型ボートは、五分間ほど囚人船の周囲をまわっていたが、陸地へともどりはじめた。海面に炎が映って、ボートは火の上を渡っているように見えた。

「ねえ、おじさま」

メープルがささやいた。

「まさか、あの囚人船の中に、とりのこされた人はいないでしょうね」

私は苦笑して姪を見やった。

「メープル、想像力が暴走しかけてるよ」

「ごめんなさい、考えすぎよね」

メープルは赤面したようだったが、私たちの周囲では、陽気で無責任な会話が、にぎやかにかわされていた。

「で、あの囚人船に乗せられてた連中は、どこへつれていかれたんだ？　陸上《おか》の刑務所かい？」

「まさか、陸上が満員だから船に押しこめられてたんだぜ」

「じゃあ、どこだ？」

「オーストラリアだってよ。ええと、ポートアーサー監獄だったっけ、この世の地獄だって話だぜ」

「あわれなもんだ。生きちゃ還れねえな」

「それどころか、生きてたどりつけるかどうか、あやしいもんさ」

一九〇七年現在、オーストラリアは羊毛や小麦の輸出で、世界でももっとも豊かな国のひとつになっている。何年か前には、メルボルンで万国博覧会も開かれた。だが一八五七年当時のオーストラリアには、金鉱と流刑地という、極端に分裂したイメージしかなかった。私の場合にはもうひとつ、下の姉夫婦が渡航したままついに帰ってこなかったといういやな記憶もある。

囚人船の炎は、大きくなったり小さくなったりをくりかえし、それに応じるかのように、群衆のざわめきも強弱をくりかえした。海からの風が勢力をますと、薄い煙やこげくさい匂いが群衆の上にばらまかれて、男たちをよろこばせたり、ご婦人がたにハンカチで鼻や口をおおわせたりした。

まあ見世物としては大成功だったろう。サウスエンド・オン・シーの町も、おおぜいの見物人をむかえて、レストランの経営者や屋台の主人たちは、ほくほく顔だった。

そのはずだったのだが。

けたたましい悲鳴が、桟橋を走りぬけた。

群衆の一角がくずれる。あらたな悲鳴がおこる。桟橋を踏みならす音。人が倒れ、巻きぞえをくって、隣の人がころぶ。

突然まきおこった混乱を圧するように、大型犬らしい咆哮がとどろいた。

「だれが犬なんか放したんだ⁉」

「ちがう、海のなかから出てきたんだ！」

怒号は、さらに大きな悲鳴にかき消されてしまった。犬らしい影が、人々の頭上に躍るのが、ちらりと見えた。避けようとして、逃げようとして、人々がもみあう。

「押すな、落ちる、落ちる、押すな！」

「落ちる、押すな、落ちる！」

鈍い水音がして、何人かが桟橋から海へ押し出された。今度は海面から、悲鳴や、救いをもとめる叫びがあがった。

いくら遠浅の海岸といっても、潮は満ちつつある。しかも海水は冷たい。桟橋をささえる柱にしがみつく者。胸まである水のなかを陸地へ歩こうとする者。おぼれている人に、桟橋の上からステッキを差しのべる者もいる。

「つかまれ！」

「ご婦人が落ちたぞ！」

「子どもが落ちた、助けろ！」

つづいて重い水音がおこった。何人かの男たちが、女性や幼児を救うために桟橋から海へとびこんだのだ。

りっぱな行為だったが、暗い海にむやみにとびこんだので、泥の中に頭をつっこむ者がいる。桟橋の柱に頭をぶつけて目をまわす者までいた。「事態は悪化の一途」とはこのことだ。

混乱が大混乱に成長していく。

「天罰だ！　囚人船の炎上なんか見物に来たのがいけないんだ」

「どうして見物がいけないんだよ」

「囚人船には、虐待されて死んでいった囚人たちの怨念がこもってる。無責任に見物に来たりしたら、呪われるのがあたりまえだ」

「だったら何でこんなところへ来たんだよ⁉」

「おれは敬虔な気持ちで、彼らの魂《たましい》が救われるよう、お祈りしにきたんだ……わあッ！」

ひときわ大きな悲鳴。敬虔な心の持ち主はどうやら、みさかいなしの呪いにおそわれたようだった。

怪犬《かいけん》が、くわえていたものを勢いよく吐きすてた。桟橋上にころがったのは、くいちぎられた人間の手首だった。私は戦争の記憶を刺激され、吐き気をおぼえて、手近のガス灯につかまった。呼吸をととのえろ。メープルの手がけんめいに背中をなでるのを感じた。

海水や泥にまみれているはずなのに、怪犬の体はそれほど汚れていなかった。毛皮は奇妙な光沢をおびてすらいた。口を開くと、牙が鈍く光り、たけだけしい咆哮がもれた。

何に似ているかといえば、狼が月光をあびている姿に、であった。生物というより、生物のまねをしている何か別のものに見えた。絵に描かれた狼が、現実世界にとび出してきたかのよう。

「もう一匹いるぞ！」

海中から躍りあがったもう一匹の怪犬の姿が見えた。そいつが桟橋に立つまでに、ふたりの男が首すじや顔をおさえて転倒した。噴きこぼれる血。轟然《ごうぜん》と銃声がとどろき、火薬の匂いが潮風に吹きちぎられた。

Ⅳ

「ばかもの！　発砲するな！」

ウィッチャー警部がどなったが、その声も悲鳴と銃声にかき消された。

「メープル、こっちだ！」

ようやく立ちなおった私は、つかんだ手を引っぱったが、その先にあったのは、恐怖にゆがんだ中年男の顔だった。酒くさい息がしたので、私は冷たく彼を突き放した。

「メープル⁉」

「おじさま、こっち！」

どうやら、はぐれたのは私のほうだったようだ。今度こそ私は正確に姪の手をつかみ、人人のもみあうなか、とにかく陸地をめざした。

私たちは、囚人船炎上の見物人としては出おくれたが、このさい、それが幸運だった。桟橋の突端にいた人たちは、絶景を独占してよろこんでいたはずだったが、倒れたり踏まれたり、海に落ちたり、怪犬にかみ裂かれたり、いまやあらゆる不幸にみまわれて、たえまなく悲鳴をあげていた。

最後の囚人船は、なお燃えつづけている。背景の海と空は暗く、その境界上に赤く明るい炎のかたまりがあって、上下左右に触手をのばし、奇怪なダンスを踊っているかのようだった。

残念なことに、わざわざテムズ河口にまで足を運んだはずの見物人たちは、ほとんどその光景を見ていなかった。

ようやく陸地まで五十ヤードほどの距離に来たとき、メープルが強く私の手をつかんだ。

「おじさま、あれを見て！」

「メープル、陸地に着くのが先だ」

「でも、あれ……」

姪の声に、ただならぬものを感じて、私は人の流れにさからいつつ、肩ごしに振り向いた。

そして見たのだ。

逃げまどい、もみあう群衆のなかから、何かが伸びあがった。囚人船の炎と、桟橋のガス灯と、天上の月と、三種類の光が弱々しく照らし出すなか、それは完全に地上を離れた。伸びあがったのではなく、舞いあがったのだ。

「翼……⁉」

私は目をこらした。囚人船の炎を背景として、宙に浮かんだそいつは、横に大きくひろがっていた。全身が、ではなく、左右に、腕ではないものをひろげていたのだ。

「うわあ、悪魔だ……！」

その声で、たぶん何十人かの淑女が気をうしなったと思う。何度めのことか、いっせいに悲鳴があがった。混乱は大混乱をへて、いまや狂乱と化した。

夜気《やき》が鳴った。怪物がはばたいたのだ。それほど重く、威圧感のあるはばたきの音を、私は聞いたことがない。さしわたし十五フィートほどもある翼は、羽毛ではなく、皮膜でつくられているようだった。鳥ではなく、コウモリを思わせた。

その姿が人々の頭上をかすめるように、怪犬へ向けて飛びはじめる。逆上した男たちは、自分や同伴者《つれ》を守るつもりで、ステッキを振りまわした。

私のステッキがかたい音をたて、火花を散らした。だれかのステッキとぶつかったのだ。何人もの男たちが夢中でステッキを振りまわしていたのだから、当然ありえることだった。

「あぶない、おちつけ！」

叫んだつぎの瞬間、私はメープルをかかえて身を低くした。メープルの頭があった位置を、うなりを生じて、ステッキが通過していった。横なぐりの強烈な一撃で、あたっていたら頭蓋骨が割れていたかもしれない。

「何をする⁉」

私は頭に血が上り、体を起こしながら、すくいあげるようにステッキをふるった。

またしてもステッキどうしがぶつかりあった。だが、激突したわけではなかった。私は、相手のステッキを自分のステッキで受け流し、何インチか引きずりこむようにすべらせておいて、いきなり手首を返したのだ。

相手のステッキは私のそれに巻きこまれた。たまらず相手が手をはなすと、ステッキは重い音をたてて桟橋の上に落ちた。すかさず私はステッキを踏みつけ、相手をにらみつけた。

「そこまで！　ふたりともおちついて！」

ディズレーリの声だ。私は、白手《すで》で立ちつくすリットン議員の姿を見た。彼の肩をつかんでディズレーリが早口に何かささやく。リットンが、ばつの悪そうな目を私に向けた。

「失礼、しかしこれはお見それした。君は、バラクラーヴァの勇士だったんだな」

「べつに勇士ではありません」

そっけなく私は応えた。リットンに悪意がないことはわかっているが、バラクラーヴァの名を聞くのもいやな気分だし、議員ともあろう人物には、もうすこしおちついていてほしいものだった。メープルがだまってステッキをリットンに差し出したあと、私の手をとった。

「おじさま、おけがはない？」

「だいじょうぶだ、メープル、君のほうこそ、どうなんだ」

「おかげさまで、髪の毛ひとすじ傷ついてないわ。心配なさらないで」

栈橋から陸上へ、群衆の逃走はつづいていた。海の上でも、悲鳴や怒声がひびいている。そして無人となった栈橋上では、ダンテの『神曲・地獄篇』にでも登場するような怪物たちが、あらそいをつづけていた。

空中の怪物が、あきらかに有利になっている。というより、余裕を持って、栈橋上の二匹をあしらっているように見えた。わざとらしく下肢《かし》をたらす。二匹が躍りあがって、くいつこうとする。下肢をあげる。二匹は空《くう》をかみ、上下の牙がぶつかりあって、おそろしい音を立てた。

空中の怪物が急降下した。咆哮があがる。空中の怪物が今度は急上昇した。両手に、二匹の尻尾をつかんでいる。二匹は咆えたけり、身をよじり、四肢《しし》をばたつかせたが、もはや抵抗の術《すべ》はなかった。

人間たちが茫然と見送るうち、翼をはやした怪物は夜の海上へと姿をとけこませてしまった。呪縛がとけて、人間たちがさわぎ出す。

「……水棲《すいせい》の狼？　そんなものがこの世に……」

「いるとしたら、動物園や博物館が喜ぶだろうな」

リットンは興奮した口調だった。ステッキで何度も地面を突く。

「いっぽうでは翼のついた人間ときたものだ……わが国は、意外や、珍獣の宝庫だったらしいな。ナイル河の水源まで出かけていく必要はないぞ」

リットンは名家の出身だが、地底王国とか超人類だとか、怪異な話が大好きで、読みもすれば書きもした。彼の書く小説を事実と信じこむ神秘主義者のグループもいたほどだ。

その間に、ウィッチャー警部は、人々にさまざまな指示を下し、事態を収拾しようとしていた。負傷者やら失神したご婦人がたを一カ所にあつめさせ、見物人のなかにいた医者や薬屋に声をかけ、緊急の治療をさせる。といっても、包帯を巻くとか、阿片チンキを飲ませるぐらいしかできなかったが。

阿片チンキについては、いちいち説明するまでもないかもしれないが、睡眠薬や鎮静剤がなかった時代には、けっこう家庭薬として重宝されたものだ。阿片をアルコールと水で溶かし、サフランやシナモンやクローブなどをまぜて飲みやすくしてある。

ごく普通の薬局や、ときには食料品店で売っていた。大量に使うものではないから、一滴二滴というぐあいに売られていたが、一ペニーで二十滴は買えた。

痛風《つうふう》に苦しむ老人も、泣きさけぶ赤ん坊も、悪夢になやむ主婦も、阿片チンキを飲めば静かになる。習慣性や中毒性があるし、飲む量をまちがえれば昏睡し、ときとして死んでしまう。当然、といういいかたは不適切だが、殺人の道具としても使われた。

百人以上の淑女たちが店先のテラスにならんで横たわり、つぎつぎと阿片チンキを飲まされていく光景は、なかなか壮観だった。風が吹きわたると、あちらこちらでクシャミの音がひびきわたった。身分の高い人たちは、自分たちの馬車で早々に引きあげていく。これ以上、騒ぎに巻きこまれるのはごめんだし、ふたたび怪物があらわれたら、惨事が再現されるおそれがあった。新聞記者たちにつかまって質問をあびせられるのも、名誉なことではない。

メープルと私も、二時間近く待ってようやく列車に乗りこみ、ほうほうの態《てい》で、夜おそくロンドンのわが家に帰り着いた。


さんざんな一夜があけて、一八五七年十月十三日。

起きて簡単に身づくろいをすませると、メープルは朝食もとらずに家から飛び出していった。どこへいったか、想像はついたので、私は厨房《キッチン》のテーブルについて、マーサがいれてくれた紅茶をすすった、安物の茶だが、マーサがいれてくれると、二割ほどおいしくなる。

ほどなく、息を切らしてメープルがもどってきた。両腕に新聞の束をかかえて。

片手に大英図書館の蔵書目録、片手に一ペニーのタブロイド新聞。それがメープルの調査のやりかたである。姪にいわせると、

「最高点と最低点とを確認しておいたら、その範囲内にかならず真相があると思うのよ。だから、タイムズ紙だけ読んでいても、世の中のことはわからないわ」

ということになる。まあ理屈としては正しい。しかしもっと重要なのは、メープルも私も、ロンドンっ子のはしくれということだ。

メープルが買いこんできた新聞は、十四種類もあった。なかには破れかけたものもあって、メープルが他のロンドンっ子と激しい争奪戦を演じたことがあきらかだった。

「ご苦労さま」

私がいう間に、せまいテーブルはいっぱいになった。マーサがベーコンや卵の皿をならべ、メープルが新聞をひろげたからだ。

「テムズ河口に怪物出現！　死傷者多数！」

「怪物の攻撃に軍隊も警察も無力！」

「大自然の脅威か、某国の陰謀か⁉」

どぎつい見出しのわりに、記事の内容はとぼしかった。新聞の大さわぎは、むしろこれからだろう。

「囚人船の焼却《しょうきゃく》処分なんぞ、どこかへ飛んでしまったな」

「挿画《イラスト》はどれもひどいものね。きちんと描く時間がなかったのね」

「むしろ今日の夕刊や明日の朝刊に期待すべきだろうね」

ベーコンや目玉焼きをつつきながら、メープルと私が語りあっていると、マーサが左手の拳を口にあてて、せきばらいした。私たちが彼女を見ると、深刻な表情である。

「使用人の分際で、こんなことを申しあげるのはセンエツでございます。でも一言……」

あわてて私たちは白旗をかかげた。

「わかってるよ、マーサ、もう軽率なことはしない」

「心配しないで、マーサ、ニーダム家とコンウェイ家の名誉に傷をつけるようなまねはけっしてしないから、信用してね」

V

雨が降ろうと風が吹こうと怪物が出ようと、フェアファクス伯爵家の仕事はつづけなくてはならなかった。

十月十五日、朝のうちからメイフェアへ出向くと、前後して、関連する業者たちもやってきた。壁紙やら暖炉やら書棚やら、さまざまな物品を納入する人たちだ。ビリヤード台の上に図面をひろげていると、執事のオブライエンが顔を出した。

「ミスター・ニーダム、喫煙室《シガールーム》へおこしくださるよう、主人が申しております」

必要以上に重々しく告げるのは、執事という人種の特徴だ。私は服の埃をはらい、襟もとをととのえて、喫煙室へ足を運んだ。

「ノーサンバーランドの荘園屋敷《マナーハウス》の件だがね」

安楽椅子に腰をおろし、脚を組んでいるライオネルの姿は、暖炉の火影《ほかげ》を受けて、まったく、彫像めいて見えた。

「はい、何か変更でもございますか」

私の質問に、直接ライオネルは答えなかった。火をつけない葉巻を手にしたまま、

「今日はミス・コンウェイは来ていないのだな」

「ディケンズ先生の御用がございまして」

事実を述べると、ライオネルは、皮肉っぽい下目づかいをした。

「それならまあいい、ノーサンバーランドへいってくれ」

「いつでございましょう」

「すぐにだ」

「すぐと申しますと……」

私はとぼけたわけではないが、ライオネルは不機嫌そうに眉を動かした。

「十一月にはいったら、ノーサンバーランドなどへいく気はなくなるぞ。毎日毎日、雨と風だ。冷たい湿気が灰色の空から降りそそいで、人と大地を痛めつける」

なるほど、『嵐が丘』や『ジェーン・エア』の世界だ。

「君とミス・コンウェイには、明後日、ロンドンを発《た》ってもらう」

喫《す》わないままの葉巻を、彼はボヘミアン・グラスの灰皿においた。

「今回、ノーサンバーランドにいってもらうのは君たちだけじゃない。十人以上のご婦人に来ていただくことになっている」

これは、はじめて聞く話だった。

「最高のご婦人がたをそろえて、母の身辺を世話してもらうつもりなのだ。待遇も、もちろん最高」

あわただしく私は、直面する事態を整理してみた。

「おそれいりますが、伯爵閣下、お話が急すぎるかと存じます。私ひとりで参上するわけにはまいりませんか」

「すまんが、私は君よりさらにミス・コンウェイのほうを気にいってるんだ。私の専用の司書として雇いたいくらいにね。私の母も、きっとミス・コンウェイを気に入ってくれるだろう。私に親孝行させてくれないものかね」

言葉づかいはくずれていないが、ライオネルの声にも目つきにも、高圧的な雲がかかっている。これがこいつの本性か？

「私どもはしがない市民ですが、それなりの矜持と社会的な立場がございます。メープル・コンウェイが未婚の女性であることを、何とぞお忘れなくいただきたいと存じます」

ライオネルは私を見て、高圧的な態度が通じないことを、すぐにさとったようである。やわらかい微笑を浮かべてつくろった。

「君だって『ジェーン・エア』を読んでいるだろうに……彼女は就職先のロチェスター家に

ひとりで出かけていったぞ」

「そして、いろいろおそろしい目にあいました」

私の反撃に、ライオネルはいらだったようだ。それでも自制心はうしなわず、ひややかな口調で告げた。

「たがいの意見はわかった。これ以上、話をつづけてもしかたない。ミス・コンウェイがひとりでノーサンバーランドにいくか、君がつきそってくるか、どちらかを選びたまえ」

私は進退きわまった。かくれる場所もない平原のただなかで、敵軍の砲門にかこまれた気分だった。しかも、ライオネルには、私が警戒心を抱いていることを、さとられたにちがいない。選択の余地は、だが、まだある。私はせいぜい愛想よく笑顔をつくってみせた。

「かしこまりました、伯爵閣下。ふたりそろって参上いたします」

「賢明な選択だ、といいたいが、すこしばかり時間がかかったね」

優雅に皮肉をいうと、ライオネルは、かるく手を振った。用はすんだ、出ていけ、という意味だ。椅子から立ちあがりもしない。私はつつしんで退出した。甘く見させ、油断させてやるという手段を、私は使うことにしたのだ。

「招かれざる客」という言葉を、私は思いおこした。呼ばれもしないのに押しかける訪問者。その逆に、呼ばれたくもないのに呼びつけられる訪問者は、何というのだろう。イギリス人のくせに、適当な英語を、私は思いうかべることができなかった。

伯爵邸を出ると、メイフェアの路上で、私はない知恵をしぼった。

とりあえず武器を入手するとしよう。

そうは思ったものの、口のなかが苦くなった。拳銃を隠し持って、顧客の屋敷をおとずれる貸本屋の社員が、どこにいるというのだろう。

だが、私は、メープルを守るために、できることは何でもしなくてはならなかった。この年の七月、スコットランドの西北海岸の小さな島で、私は、にがにがしい体験をしたばかりである。

ミューザー良書倶楽部《セレクト・ライブラリー》にもどって、ノーサンバーランド行きのことを、メープルと社長に告げた。反応は予想どおりだった。メープルは手を拍《う》って、とびあがってよろこんだ。社長もよろこび、手を拍ち、とびあがろうとして失敗したので、社長室に盛大に埃がまいあがった。

「チャンスよ、おじさま！」

「チャンスだぞ、ニーダム君！」

口にした台詞もそっくりだった。ただし、意味はすこしちがう。

メープルの興味がどこへ向かっているか、知っている私は釘をさした。

「好んで危険なまねをするようなことがあったら、フェアファクス伯爵が何といおうと、君をロンドンに帰すからね、メープル」

社長に対しては、こういった。

「ちょっと話がうますぎる気も、正直いたします。あまり過剰な期待をなさらないでいただきたいのですが」

これに対し、ふたりの返答はというと……。

「はい、わかりました、おじさま」

「わかっとるとも、わかっとるよ、ニーダム君」

ついに私は、本にとりつかれたこの二人組が、手をたずさえて、常識人である私をあやしげな地下世界《アンダーグラウンド》に引っぱりこもうとしているのではないか、という疑惑にとらわれた。しかしもはや引き返し可能地点《ターニング・ポイント》はすぎていた。

それやこれやで、メープルとともに帰宅したとき、私はかなり複雑な気分だった。そして、戸口の近くにいくつかの吸殻を見つけたのである。

「紙巻タバコだ」

この当時、紙巻タバコはあまり普及していなかった。上流階級から中流階級にかけては葉巻を喫ったし、一部の芸術家や労働者たちはパイプをくわえていた。私はというと、どちらとも縁がなかった。タバコの煙のかわりにロンドンの空気を吸っていれば、私の肺にはたくさんだ。

クリミアの戦場では、紙巻タバコがけっこう流行していた。パイプがなくても喫えるし、お手軽に自分でつくることもできたからだ。クリミア戦争から生還した兵士たちが、イギリス本国で流行させたものがいくつかあるが、紙巻タバコもそのひとつである。

「まあまあ、こんなところに吸殻をすてていくなんて。掃除しないと、ニーダム家のメイドはだらしないと思われてしまいます」

私たちを出迎えたマーサは、憤慨しつつホウキをとりにもどった。その間に、私はしゃがみこんで吸殻を観察した。私のとなりで、メープルも身をかがめた。

「ミスター・ラッド……かしら」

ささやくようにメープルがいい、私は眉をしかめた。マイケル・ラッドかどうか、吸殻だけではわからない。もしラッドだとしたら、何をこそこそ、戦友であるはずの私を避けてまわっているのだろう。五千ポンドの謝礼金をひとりじめにした、というライオネルの発言が事実だとしたら、うしろめたくもなるだろうが、だとすれば私の家に近づく必要もないはずだ。

てきぱきと掃除をはじめたマーサの前で、私は、メープルに手を引っぱられるまで、ぼんやり考えこんでいた。

第五章

仇敵《きゅうてき》どうしが再会すること
旧友どうしも再会すること

I

一八五七年十月十七日。

午前六時半キングズ・クロス駅発の列車で、私とメープルは北へ向かった。途中で何ごともなければ、午後四時にはニューカッスルに到着するはずだ。そこから馬車で二時間近くかけて、フェアファクス伯爵家の荘園屋敷《マナーハウス》に着くことになる。

私たちはあやうく列車に乗りおくれるところだった。充分な余裕を見て駅に着いたのだが、二等車の座席に荷物をおくと、メープルが、駅の構内にある支店を見てみたい、といったからだ。

わが「ミューザー良書倶楽部《セレクト・ライブラリー》」は、その年の九月に、ロンドン市内の四つの駅の構内に支店を開設したばかりだった。ロンドンを発《た》つとき、本を借りて列車のなかで読む。バーミンガムなりマンチェスターなり、目的地に着いたら、そこの駅の構内にある支店で本を返せばよいのだ。

よくできたシステムだが、この分野に関しては、めずらしくミューザー社長は他社に出おくれた。だが、いったん手をつけると、それこそ蒸気機関車みたいに突進して、たちまち、イギリスじゅうの駅という駅に支店を設置した。英仏海峡をこえて、フランスやオランダの主要駅にもだ。一時期、ヨーロッパ全土の鉄道地図が社長室の天井にはられていたことがある。そこ以外に、地図をはるところがなかったからだ。

ベルの音が鳴りひびいて、私は、はっとした。

「列車が出るぞ、メープル！」

「え、だって、発車まであと三分……」

それ以上、話をしている余裕はなかった。

以前に記したかもしれないが、この当時、列車には内部の通路がない。車室《コンパートメント》ごとのドアから直接、乗りこむしかないのだ。したがって、いちばん近いドアから飛び乗って、列車内を移動するという芸当は不可能だった。私とメープルは、必死になってホームを走り、動きはじめた列車と競走するはめになった。

紳士淑女の方々は眉をひそめ、労働者諸君は口笛を吹いたり声援を送ったりしてくれた。何の役にも立たなかったけれど。とにかく、閉まる寸前のドアにしがみつき、まずメープルを乗せ、最後に何とか私自身がころがりこんだ。

この季節、八時近くにならないと夜は明けない。白々とした秋の朝日が車室に射《さ》しこむころ、列車はピーターバラ近くの田園を走っていた。

私たちが乗りこんだ六人乗りの車室には、他に四人の乗客がいた。赤ん坊を連れた中年の夫婦と、七十歳ぐらいの老紳士で、型どおりに挨拶をかわすと、中年夫婦の夫のほうはすぐ顔に帽子をかけて眠りこんでしまった。妻のほうはメープルと他愛ないおしゃべりをはじめる。

私は何とか買いこんだ新聞をひろげることにした。三紙あったので、一紙を老紳士に差し出す。老紳士は礼をいって受けとった。

先日、サウスエンド・オン・シーで生じた怪事件について、ロンドン警視庁は、事件の責任を問われるのをきらってのことだろう、いたって冷淡な態度をしめしていた。

「人間以外の犯罪は、警視庁の関与すべきことではない」

もっともである。ただ、多数の死傷者が出たので、新聞は大よろこびで、上流階級向けの一紙はわざわざ論説にとりあげていた。

「海中に棲息する狼はまだしも、翼のはえた悪魔などという目撃談は、非科学のきわみである。いまは暗黒の中世にあらず、科学と技術の十九世紀なのだ。集団ヒステリーによる妄想や幻覚で、多くの死傷者を出すなど、大英帝国の恥といわねばならぬ」

まことにりっぱな意見だが、もうすこし死傷者に同情してもいいのではなかろうか。

「いや、物騒な世の中になったものですな」

ありきたりの意見をのべながら、老紳士が新聞を私に返してよこした。名乗りによると、建築士で、フィリップ・モリソンという人である。

「ところで、スコットランドまでおいでなのかな」

「いえ、その手前で降ります」

「というと、ノーサンバーランドあたり？」

「ええ、フェアファクス伯爵のお屋敷で仕事をすることになっていまして……」

匿《かく》す必要もないから、事実を答えた。ところが、建築士フィリップ・モリソン氏は、半白の眉を動かして私を見なおした。メープルのほうへも、かるく視線を向ける。

「ほう、こいつは奇遇だ。いや、それほど奇遇でもないか。おなじ時期に、同じ方向へいく列車に乗っていれば、目的地がおなじという可能性は高くなるものだろうね」

いささかまわりくどい表現をしているが、モリソン氏がいいたいことはわかる。

「というと、あなたもフェアファクス伯爵家へいらっしゃるのですか」

モリソン氏がうなずく。メープルは私たちの会話に加わりたいようすだったが、相手のミセス何とかが彼女を離そうとしなかった。

「あれは妙な一族だよ。いや、フェアファクス伯爵家は、ま、何といったらいいか、とりたてていうべきこともないが……」

「普通の貴族ですか」

「普通？　そうだね、べつのいいかたをすれば、ありふれた平凡な貴族だ。だが、その本家というのが……」

「クレアモント家ですか？」

「いかにもイギリス的な家名ではあるな。だが、もともとはスカンジナビアの出身で……」

「東ローマ帝国《ビザンチン》につかえていたらしいですね」

「ほう、よくご存じだ」

「あたらしいご当主とクリミアの戦場でいっしょでした」

できるだけ簡単ないいかたをしたが、それでもモリソン氏は感銘を受けたようだった。

「クリミア帰りか。それは苦労しただろう。しかし、君はヒゲをはやしておらんのだね」

クリミアからの帰還兵には、ヒゲを伸ばした者が多く、その風潮がイギリス全土に広まったほどだった。あまり自分の経験を語りたくなかったので、私は、できるだけさりげなく話をモリソン氏のほうへ持っていった。その結果、モリソン氏は以前に、伯爵家の荘園屋敷《マナーハウス》をおとずれたことがあるとわかった。

「以前は退屈館《ハムドラル・ホール》といわれてたんだからね」

「サッカレー氏の小説に出てくるような？」

「そう、型どおりで散文的で、退屈そのもののお屋敷だった。代々の伯爵は、さっきもいったが、それほど風変わりな人たちではなかった。建築や内装の好みもありきたりで、建築士が苦労するようなこともべつになかったたな」

ライオネル・クレアモントは、風変わりな人間ということだろうか。貴族なんて人種は、地位と財産に応じて、いくらでも風変わりなことができる。風変わりという表現ではすまないようなことも……。

「今回は、お屋敷の改築か何かでいらっしゃいますの？」

ようやくメープルが会話に加わってきた。ミセス何とかは夫を見習うことにしたようで、ハンカチを顔にのせている。赤ん坊もすやすや眠っていた。

「さあ、じつはよくわからんのさ。お嬢さん。ライオネル卿の要請を受けてはいるんだが、話はなかったことになるかもしれん」

「ですが、あの方は伯爵家のご当主でしょう？」

「法的にも形式的にもな。だが……」

「実質的にはちがう、と、そうおっしゃいますの？」

メープルの質問は、いささか性急で、あえていえば淑女的ではなかったが、私がたしなめるより早く、モリソン氏はメープルのほうへ体ごと向きなおっていた。

「実質的には、まあ、半分というところかな。一族のなかに、不満分子がうようよおるらしい。若い当主どのは、いつか、その連中と対決せねばならんようでな」

「よくご存じですね」

疑惑の念を押しかくして、私は感心してみせた。モリソン氏はせきばらいした。

「伯爵家のほうとは代々のつきあいだからね。ま、それはそうと、じつは私もあの夜、サウスエンド・オン・シーの桟橋にいたのだよ」

私はおどろいた。

「水棲の狼を見たとおっしゃるのですか？」

タブロイド紙に描かれた毒々しい怪物の絵を見やって、モリソン氏は鼻を鳴らした。

「いや、見てはおらんが……だいたい狼は水の中には棲まない。だから、水の中に棲む狼そっくりの動物、といいかえるべきかもしれんね。いずれにしても、私は専門家じゃないから、あまり正確なことはわからんが……」

モリソン氏は掌で顔をなでた。

「世界は広い。アフリカやらアジアやら南極やらの奥地に何がいることか、知れたものではなかろうよ」

何やら、とりとめのない話になってきた。

私は知っている、南極の奥地どころか、イギリスの国内にだって、得体の知れない怪生物が存在しているかもしれない、ということを。イングランドとスコットランドの境界あたりには、「赤帽子《レッド・キャップ》」と呼ばれる性質《たち》の悪い妖精が跳梁《ちょうりょう》しているといわれるし、私自身、スコットランド西北部の海岸で出あった生物の正体がいまだにわからない。

私の服の内ポケットには、拳銃がおさまっている。一昨日、ストランド街の銃器店で買いこんだものだ。ベルギー製の軽いもので、五十発の銃弾をつけて二ポンド四シリングだった。店主は、私がクリミア戦争からの帰還兵だと知ると、いささかもったいをつけながら、二シリングまけてくれたのだ。彼の従兄弟も出征し、セバストポール要塞で砲弾のため左耳を吹きとばされたということである。

私は複雑な気分だった。二ポンド四シリングという金額が、大金といえるかどうかは微妙なところだ。だが、使いたくないものに代金を支払うというのは愉快ではないし、何よりも姪のメープルに、この出費について説明できないのが残念だった。

乗客と貨物を満載して、列車は北上をつづけた。

Ⅱ

説明は不要かもしれないが、ノーサンバーランドはイングランドの東北端に位置する。東は北海、北はスコットランドに接し、山地や丘陵が多い。石炭や羊毛の産地として、今後ずいぶん発展するだろう。

フェアファクス伯爵家の荘園は、スコットランドとの境界ぎりぎりの地域にあった。内陸部で、山を三つばかりこさないと海は見えないということだ。

ニューカッスル駅におりると、十一世紀にきずかれた城壁の一部が目にはいった。タイン川にかかる石の橋も見えるし、空気には列車のものではない石炭の匂いがただよっている。一種あらあらしい活気にあふれた産業都市なのだ。風はロンドンより一段と冷たく、厚い灰色の雲は頭上にのしかかってくるようだった。

馬車をさがしたが、出はらっているらしい。最後の一台が西へ走り去るのを目前に見た私は、舌打ちして、所在なげにとまっている荷馬車の馭者《ぎょしゃ》に話しかけた。

「すまないがフェアファクス伯爵の……」

「髑髏城《カースル・スカル》にいくのかね」

私は二重に愕然とした。行先をいいあてられたのにもおどろいたが、「髑髏城」という名を告げられたのもおどろきだった。

「昨日から、これで何人になるかね。あの気色悪いお屋敷にお客を乗せていくのは。ま、あれでももとは黒鷹城《カースル・ブラック・ホーク》なんて、そこそこりっぱな名前があったもんだが、あたらしい伯爵さまが変えてしまいなさった。えらいお人のやりなさることはよくわからんが、おれにいわせりゃいい趣味じゃないね」

「いくらだね？」

乗せてもらうことに決めて、私が問うと、初老の馭者はすこし計算高い表情をした。

「何人乗ってくれるかによるね。そうさな、八人なら、前ばらいでひとり一シリング半にしておくさ。良心的だろ？　二時間歩かずにすむんだから。しかもいっしょに荷物も運んであげるときたもんだ。もちろん、おまえさんには拒否する権利ってもんがあるが……」

「乗せてちょうだい！」

メープルが叫んだ。私に片目をつぶってみせると、駅前広場にたむろする人々のほうを振り向いて、さらに声を張りあげる。

「あと六人乗れますよ！　おいそぎの方はどうぞ！」

馬車の絶対数はたりず、天候はといえば、いつ雨が降り出してもおかしくない。決心した人々が駆けてきた。そのなかにモリソン氏もいた。

これほど多くの人々がニューカッスルで下車して、フェアファクス伯爵邸へおもむくのだとしたら、車室でモリソン氏と対面するなど、偶然とはいえなかった。べつの車室に乗りこんでいても、フェアファクス伯爵邸への訪問者と同席することになっただろう。

いずれにしても、メープルは、荷馬車とはいえ自分と叔父のために一番いい席（ワラの上）を確保し、上機嫌の馭者にはお世辞までいわれる結果となった。馬車は動き出した。

くずれかけた石の壁が、なお頑強に、丘陵の上につらなっているのが見えた。大きくもない市街地を出て五分もたたないうちである。

「ああ、あれが『ハドリアヌスの長城《ハドリアン・ウォール》』か」

古代ローマの五賢帝《けんてい》のひとり、ハドリアヌス皇帝がきずいた千七百年あまり前の城壁だ。イギリスの国土を東西に横断し、それがいまでもだいたいイングランドとスコットランドの境界になっている。

一時間ほどで、馭者が告げた。

「もうすぐ着きますぜ、フェアファクス伯爵のお屋敷に」

「領地にかい？」

「領地には、とっくにはいってまさあ」

周囲を見わたすと、起伏の多い山野が視界にはいるだけだ。白い点がいくつも見えるのは羊だろうが、灰色の空の下に、人工的なものといえば、貧乏たらしい田舎道と、手入れのよくない柵だけだった。それでもしばらく走りつづけると、道がひろがり、正面に巨大な鉄の門が見えた。門扉は鉄の格子で、高さは十フィート以上ある。開いたままで、内側に門番小屋らしい家が二軒ならんでいるのが見えた。

馬車が通りぬけると、屈強な門番ふたりが鉄製の門を閉ざした。そのひびきが、灰色の空の下で、いやに重々しく、陰気に感じられた。

イギリス人としていうが、イギリスの風景は美しい。ただし、季節や天候によって、印象がまったくちがってくる。きらめく陽光が降りそそぐ初夏には、若葉とバラの香りにみちた緑の楽園。雪まじりの冷たい雨に閉ざされ、寒風にさらされる冬には、格子のない牢獄。現在は、牢獄の一歩半ばかり手前というところだった。雨が降らないだけが救いで、寒くて暗くて、おまけに空腹だった。八人の客は陰気な顔を見せあいながら、ほとんど無言である。メープルでさえ、手袋をはめた手で私の手をにぎりながら、「声を出したらお腹がへるわ」といわんばかりの表情だった。

さて、石垣はイギリスの田園風景をいろどる名物のひとつだと思う。牧草地と、小麦畑や果樹園とを分離し、牛や羊の通路をつくる。荷馬車の行手にそれが見えてきた。石垣と石垣との間隔は、一定していないが、せまいところでも二頭の羊がすれちがえるていどはある。幾重にも野をとりまいていて、陰気で単調な風景に、多少の変化をあたえていた。

「迷路で追いかけっこができそうだな」

「それより、これだけ幅があると、石垣の上でダンスできそうね」

ひさびさに私たちは軽口をたたきあったが、ニーダム家およびコンウェイ家の家系には、予言者の血は流れていなかったようだ。私もメープルも、石垣に対する関心をすぐにうしなってしまった。

「食事は出してくれるんだろうなあ」

男の声に、女の声が応じる。

「着くのは六時よ。何かしら出してくれるでしょ」

「何でもいい、体があたたまるようなやつなら」

客たちはまた沈黙した。例外は、ごく小声でささやきあう私と姪だけである。

「古城とか抜け穴とかは、もうごめんこうむりたいね。一生に何度も経験するものじゃない」

「たいていの人は、一度も経験しないわ」

「まあそうだろうね」

「一方で、何度も経験する人たちもいるのよ、きっと」

「気の毒な人たちだね。そうなりたくないもんだ。そんな人とつきあっちゃいけないよ、メープル」

心の底から私がいうと、メープルはくすくす笑った。つい三カ月ほど前に、それらのことを経験をしたのは私たち自身である。

平和、平穏、平凡。それこそが私の願いであり、姪の将来に対しても望むところである。それを妨害しようとするやつは、地獄に転落する覚悟をするがいい。

「あれだけは変わっとらんようだな」

モリソン氏の声だ。右前方の崖に、黒々とした穴があいているのが見えた。どうやら人工洞窟《グロットー》のようだった。岩山を掘ったり、石をつみあげたりして、わざわざつくるのだ。ご苦労なことだ、と思ってしまう。イギリスよりはイタリア諸国やフランスの庭園に多い。

「どれぐらい深いのかね？」

だれかが問いかけた。

「さあてね、まあ雨やどりぐらいの役には立つんでしょうよ」

興味がなさそうに馭者は答え、かるく鞭を鳴らした。馬は大儀そうに人工洞窟の前を通りすぎた。よく見ると、穴の周囲は石でアーチ形にかためられ、半径は六フィートぐらいで、私がうっかりはいったら頭をこすりそうだった。内部はまったく見えない。

「もうこの先、長くはないはずだ」

モリソン氏はいったが、べつに他の客たちをはげますつもりはなかったようで、ひとりごとのような調子だった。

五分ほどでゆっくりカーブを左へまがると、ついにそれが見えた。灌木《かんぼく》のしげる丘にかこまれた草地は、すくなくとも十エーカーの広さがあった。

いまわしい髑髏の形をした灰白色の奇岩。ではなかった。威嚇と陰鬱さをたたえた暗い色あいをしてはいたが、ゴシック様式の四階建てで、イギリス各地に見られる貴族の豪壮な城館《カースル》だった。客たちの間から小さなざわめきがおこった。

「やれやれ、どうやら名前だけらしい」

私の口からも、思わずつぶやきが洩れた。

考えてみれば、どのようなことであれ、イギリス国内のことなら、たいてい新聞で報じられる。社交界で評判の第九代フェアファクス伯爵が領地に髑髏形の城など建てたら、たちまち評判になるだろう。せめて名前だけは変えたかったにちがいない。

とはいえ、城の内部はわからない。さまざまな、気味の悪い調度品が、はるばるダニューヴの河口からヨーロッパ大陸を横断して、運びこまれているかもしれなかった。

月蝕島の海岸にそびえていたゴードン家の古城には、邪気がたちこめていた。このフェアファクス伯爵家の荘園屋敷《マナーハウス》にたちこめていたのは、妖気だった。その妖気からは、ダニューヴの河口にひろがる湿地帯の匂いが、沁み出してくるように感じられたのである。

建物が近づくにつれ、さまざまなものが拡大して見えてきた。屋根を持つ玄関は、建物正面の前方に突き出しており、二本の円柱でささえられていた。彫刻つきの円柱は、象の肢《あし》より太く、キリンの頸《くび》より長かった。雨が横なぐりに吹きつけた場合は、屋根の下にいても、ずぶぬれになってしまいそうだった。

だが、とにかく、私たちは到着したのだ。

Ⅲ

玄関は無人ではなかった。すでに何台もの馬車がとまっていたし、何十人もの使用人が客たちを迎えに出ていた。

これほど大きな城館なら、総支配人《スチュワード》の下に、幹部が三人いる。男性の使用人たちを統轄する執事《バトラー》。女性の使用人たちを統轄する家政婦長《ハウスキーパー》。食物と料理をすべて管理する料理長《シェフ》。別格として、主人の秘書やら、子どもたちの家庭教師《ガヴァネス》や乳母《ナニー》がいるが、ライオネルは独身だから、その種《しゅ》の人たちはいないはずだ。

このあたりまでが使用人としては上格なわけだが、私たちはどのあたりにランクされるのだろう。ロンドンの街屋敷《タウンハウス》では執事が応待してくれたが。

私たちは荷馬車からおりた。まず男たちが荷物を持って半ば飛びおり、ご婦人たちに手を貸しておりさせた。服についたワラくずをはらっている間に、荷馬車は方向転換し、おどろくような速さで駆け去った。車体がかるくなったから当然のことだが、一秒でも早くこの場を去りたいようすで、またたく間に夕闇の奥へ消え去った。

それまで一言も発しなかった同乗者の老人が、いきなりメープルに声をかけた。

「おまえはどこの家の者じゃ?」

「はい？　あたくし、貸本屋の社員ですけど……」

「何じゃ、候補者ではないのか」

「と、おっしゃいますと？」

「関係ない、おまえの知ったことではない！」

老人は粗暴な手つきでステッキを振ったので、運の悪い者がその場にいあわせたら、一撃をくらったにちがいない。メープルは、運がどうこういう以前に、春の燕《つばめ》みたいに身が軽かったから、ごく自然にステップを踏んで危険を避けた。

私は老人の粗暴さと傲慢さに腹を立て、歩みよって警告してやろうとしたが、メープルがそっと私の腕をおさえた。

「……わかったよ、メープル、短気はよそう」

苦笑して、私は左右の手にトランクの把手をつかんだ。とりあえず玄関へ歩き出そうとして、私の足はとまった。メープルは濃い褐色の瞳を大きく見開いて、私の肩ごしに何かを見つめている。私は振り向いたが、メープルが何におどろいたのかわからなかった。何人かの男女がいるだけだ。

「どうしたんだ、メープル？」

「だって、あのヘンリエッタ・ドーソンがいたんですもの！」

「……有名人なのかい？」

「いずれ有名になるでしょ、いえ、悪名のほうね、きっと」

頬を紅潮させて断言するメープルを、私は、思わず見つめてしまった。

「いずれにしても平凡な女性じゃなさそうだが、いったい何者だい？」

そう問いかけてから、私は自分のうかつさに気づいた。私が帰国する以前に、メープルは寄宿制の女学校にいて、友人にめぐまれていなかったのだ。

「同級生よ。いえ、同級生だったわ」

メープルの口調をきくと、「同級生」とはどうやら「仇敵《きゅうてき》」とおなじ意味を持つようだった。

「それでもって、彼女の望みは、身分ちがいの結婚をして貴婦人になることだったのよ！」

メープルは一度足をあげて地面を踏んづけた。

「貴婦人なんかより魔女になりたいわ」

というのがメープルの信条だから、ヘンリエッタ・ドーソンと話があうはずはない。たぶん学校ではヘンリエッタのほうが大多数派を主導していたにちがいなく、ヘンリエッタのほうから見れば、彼女の価値観をまっこうから否定するメープルの存在が、さぞ目ざわりだったことだろう。

メープルが「牢獄から脱出」したことで、ふたりの対決はおしまいになったはずだった。ところが、あんがいイギリスはせまい。両者はロンドンを三百マイル近くも離れた僻地で再会することになったわけである。

メープルが気づいたことに、ヘンリエッタ・ドーソンなる女性も気づいた。黄色に近い金髪がゆれ、土耳古石色《ターコイズ・ブルー》の瞳に敵意の光がきらめいた。彼女は好戦的にあごを突き出すと、まっすぐ仇敵の前へと歩みよってきた。歩きかたまで対照的だ。メープルはとびはねる。ヘンリエッタはすべるような足どりだ。

「あら、メープル・コンウェイ」

「まあ、ヘンリエッタ・ドーソン」

灰色の空の下で、はなばなしく火花が飛散した。

「おひさしぶり、元気そうね」

「元気で悪かったわね」

「あいかわらず礼儀をご存じないみたい」

「あんたみたいに、元気をとったら、あとに何にものこらない乱暴者と、いっしょにされたくないのよ、メープル・コンウェイ」

「ご心配なく、ヘンリエッタ・ドーソン、あなたには悪意と虚栄心がありあまっているから、わたしなんかと同一視されるわけないわ」

らちもないことを、私は思い出してしまった。呪われたバラクラーヴァの地で、騎兵師団長ルーカン将軍と、軽騎兵旅団長カーディガン将軍とが、味方どうし馬上でにらみあってい た光景だ。じつのところ、ふたりの将軍の見解は一致していた――こやつよりロシア軍の士官のほうが、よっぽど紳士だ、と。

「こちらの殿方は？」

ヘンリエッタは私を見たが、あきらかに品さだめする目つきだった。私は一礼した。

「エドモンド・ニーダムと申します、お嬢さん、メープルの叔父です」

「あら、そうですの」

たちまち彼女は興味をうしなったようである。私はべつに腹も立たなかった。一家の総年収が三百ポンド未満で生活している、しがない中産階級の男性など、彼女の人生に存在する余地はないだろう。美人に対して人なみの関心はあったが、ヘンリエッタには惹《ひ》かれなかった。姪と同年《おないどし》で、話がまったくあわないとすれば、私とも話があうはずはない。

「メープル・コンウェイ、学友のよしみで忠告してあげるけど、すこしはレディに近づく努力をなさったほうがよろしくってよ」

「努力の方向が、あなたとはちがうのよ、ヘンリエッタ」

「負けおしみはほどほどにして、たまには鏡をごらんになったらいかが？」

彼女は「ミラー」とはいわず、「ルッキング・グラス」といった。上流階級の言葉づかいである。なるほど、彼女なりに、いろいろとこころがけているようだ。

「そのあたりで、おやめになったらいかがでしょうか、レディ？」

私の口調で、ヘンリエッタは危険を感じたらしい。あきらかに動揺したようすで一歩さがった。バラクラーヴァやセバストポールを経験したことのない人に対しては、効果のある口調だったはずだ。いささかお恥ずかしいが、紳士的な態度の裏に何かある、と思わせる口調である。

感心なことに、ヘンリエッタはどうにか踏みとどまった。

「あら、ひさしぶりの再会ですもの、ついなつかしくなっただけですわ。メープルがはたらくためにこの城館《カースル》に来たとしたら、もうめったにあえないでしょうしねえ」

メープルは、もはや噴火寸前のように見えた。

「あなただって、はたらくためにここへ来たんじゃないの?」

「あら、わたくし、伯爵夫人の話し相手《コンパニオン》として選んでいただきましたのよ。他の召使い風情といっしょにされてはこまりますわ、ホホホ」

ヘンリエッタは口もとに指をあてて笑った。どうも女優にでもなったほうがよさそうだ。

メープルが何か辛辣な台詞をいい返してやろうとしたとき、「失礼」という短い声がして、ひとりの男が早足でそばを通りすぎた。年齢はよくわからない。黒い眼鏡をかけ、顔の下半分を黒っぽいヒゲでおおっていたからだ。ただ、背すじがのびていることや、足どりから見て、老人ではなさそうだった。

手には古ぼけた頑丈そうなトランク。服は着古したダッフルコート、帽子も使い古したものので、フェアファクス伯爵家の縁者には見えなかった。それとも落ちぶれた身だろうか。

六本の視線を、私は感じた。二本はメープルのもので、二本はヘンリエッタ・ドーソンのものだ。どちらも強い視線で、学校ではさぞ教師をひるませたことだろう。

もう二本の視線は、私のそれとぶつかった瞬間、音もなくはずされた。黒縁の眼鏡をかけ、顔の下半分を黒ヒゲでおおった、あの男だった。

私のほうは彼を見つめつづけた。奇妙な疑惑の針が、ちくちく私を刺していたのだ。あの男は、クリミアでの私の戦友マイケル・ラッドであり、何か公言できないような目的のために、変装して私をつけてきたのではないか。背の高さも似ている。

男に飛びかかり、黒いヒゲをむしりとってやりたい、という衝動を、私は感じた。ところが、私がそう感じたつぎの瞬間、メープルが私の耳にささやいたのだ。

「ミスター・ラッドじゃないと思うわ、おじさま」

姪も私と同じ疑惑をおぼえたらしい。ただ私とちがって、一瞬で、疑惑をはらいのけたようだ。いつのまにかヘンリエッタは姿を消していた。

「どうしてだい？」

「ミスター・ラッドはもっと痩せていたんじゃない？」

「そうだな、だが厚着しているのかもしれないぞ」

黒ヒゲの男は、いささかわざとらしく早足で玄関へ向かっている。いずれにしても注意をおこたらずにいたほうがよさそうだ。考えていると、つぎつぎと声がひびきわたった。

「ナイトン准男爵さま、ご到着！」

「ポンティプール子爵さま、ご到着！」

「レディ・フィッツアース、ご到着！」

何台もの馬車が玄関先にあらわれ、何人もの紳士淑女が降り立ちはじめた。ニューカッスル近辺の馬車屋は、来年からこの日を祝日にするかもしれない。

濃くなりまさる夕闇のなかで、風の向きが変わったらしい。炭鉱から運ばれてきたらしい石炭の匂いが鼻先をかすめていく。

Ⅳ

どうやらライオネルは、ヨーロッパの各地から可能なかぎり多くの親族を呼びあつめた、ということらしい。彼らがどこの国の言語をしゃべっているのやら、私には半分以上、見当もつかなかった。

それでも、ときおり、ギリシア語らしい言葉が聞こえた。一八五七年には、ギリシアはいちおう独立国だったが、国王はドイツの貴族出身で、イギリスやフランスの保護下におかれていた。だがギリシア人の官吏《かんり》や商人はトルコのどこにでもいたから、クリミア戦争のさなかに、何度も耳にしたものだ。

「こんなにたくさんの人が泊まるのかしら」

「日帰りってわけにはいかないだろうね。まあ部屋の数だけはありそうだが……」

話しながら何歩か進んだとき、

「ミスター・ニーダムではありませんか」

質素なよそおいの青年が、鳥打帽《ハンティング》をぬいで挨拶した。私はかるく目をみはった。

「やあ、君はたしかブラゼニク……」

その青年は、私とマイケル・ラッドが城への案内をたのんだユダヤ人ブラゼニクであったのだ。ほぼ一年三カ月ぶりの再会だった。私はメープルを紹介して、話をかわした。

「あのときは世話になったたな。しかし、まさか君がイギリスに来ているとは思わなかった」

「来たばかりです。ロンドンもろくに見物していません。まあ、ぜいたくをいえる身分じゃありませんが」

「で、なぜイギリスへ？」

「通訳です」

「通訳？」

「英語をしゃべれない方が多くて……やとわれたんですよ。こちらの伯爵さまのご親族に」

ブラゼニクが視線を動かしたので、つられて私もそうした。三十人ほどの男女が馬車の周囲にかたまっている。何となくロシアやドイツあたりから来たような印象があった。

「そういえば、あのとき舟を貸してくれた男はどうしてる？　大きな男だったが……」

「キセロですか」

「そうそう、大ナマズをボルシチにして食うとかいってたが、食えたのかな」

私は単純になつかしさをおぼえてそういったのだが、ブラゼニクはやや冷淡だった。

「よくは知りませんが、元気だと思いますよ。それじゃひとまず失礼します。仕事しなきゃなりませんので」

かるく一礼すると、ブラゼニクは私の前から駆け去った。夫婦らしい老年の男女の前で何度もおじぎすると、両手に巨大なトランクをさげた。玄関へと向かう老夫婦が、それぞれステッキをついて歩くあとにしたがう。通訳としてやとわれた、といっていたが、荷物を運ぶのも給料のうちだろう。

「やあ、待たせていてすまないね」

にこやかな声がして、第九代フェアファクス伯爵ライオネルが姿をあらわした。

「とりこんでいてすまないが、内装工事がまだ終わっていないのだよ。画廊《ギャラリー》の天井など、高さが四十フィートある。煤《すす》はらいもすまぬうちに、客ばかり押しよせる」

「たいへんですね」

「冬至《ミッドウィンター》までには、すべての準備を終わらせたいのでね。もちろん君たちは、歓迎されるべき少数の客のうちにはいるから、気をつかう必要はないのだよ」

「恐縮です、閣下」

夏至《げし》や冬至《とうじ》は、ライオネルの一族にとって重要な日なのだろうか。たくみに疑問を表明したのは、メープルだった。

「クリスマスのお祝いでもなさるのですか」

「クリスマス？」

ライオネルの声には、かくしきれない侮蔑の念がこもった。メープルに向けたものではない。

「イエス・キリストが十二月二十五日に生まれたなんて、聖書のどこにも書いてないぞ。あんなもの、北方の蛮族どもの祭日を、キリスト教にこじつけたにすぎない」

「はい、そうでした、由《よし》ないことを申しあげて、おゆるしくださいまし」

「いや、いいんだ、君に怒ったのではない」

風が吹きわたり、寒気をつのらせた。

健康によい土地とは、とても思えなかった。夏はロンドンですごし、冬はフランス南部かイタリア半島にでも滞在すればよい。そのていどの財力はあるはずだ。

ライオネルはこの土地で何をしようとしている？

フェアファクス伯爵家の当主として、先祖伝来の荘園屋敷《マナーハウス》を守るのは当然のことだ。だが、このような僻地に引っこんで、おとなしくすごすような人物とも思えなかった。

「ご領地はずいぶん広いのでしょうね」

たいして関心もなく、問いかけてみる。質問にふさわしく、熱のない返答がかえってきた。

「二十マイル四方ぐらいとかいってたな。書類はあるが、二百年ばかり昔のものだし、境界線だって正確かどうか、あやしいものだ。羊を飼う以外に何の役にも……いや、待て」

ライオネルは薄く笑った。

「ここからすこし離れた場所で、泥炭《でいたん》がとれるんだ。先代の伯爵がそこで死んだ」

「は、それは……」

「異常に暑い日があってね、泥炭が自然発火して火災がおこった」

ライオネルの舌が小さく躍って、上唇をなめた。

「火はたいしたものじゃなかったが、煙がひどかった。彼は火災のようすを見ようと、馬を走らせた。あいにくと、風向きが変わって、濃い煙が押しよせてきた」

先代のフェアファクス伯爵は、肢《あし》を踏みはずした馬もろとも、崖道から転落した。五十フィート下の泥炭の沼へ。

馬が肢を折り、伯爵はその下じきになった。

「彼は助けを呼ぼうとしたが、煙のために咽喉《のど》をやられて、声が出なかった。身動きもできず、燃えくすぶる泥炭のなかで、彼はじわじわと焼け死んだ……いや、焙《あぶ》り殺されたといったほうがいいかな」

「それはお気の毒なことで……」

私としては、他にいいようもなかったが、ライオネルは妙に愉しそうにつづけた。

「全身、火ぶくれして赤くなってたそうだ」

メープルがわずかに眉をひそめたが、ライオネルの話はまだ終わらなかった。

「じつに旨そうだったと聞いているよ。まるで、中国風のたれをぬって丸焼きにした豚みたいにね!」

名門貴族らしからぬ下品な冗談だった。いや、冗談か? ライオネルの瞳の奥で燃えているのは、ユーモアの灯火《ともしび》ではなく、悪霊の松明《たいまつ》ではなかろうか。

私と同年代の男性がいそぎ足で近づいてきて、うやうやしく一礼し、ライオネルに何やらささやいた。執事にしては若いから、執事補《アンダー・バトラー》だろう。

「失礼、何かつまらんことで、親戚どもの一部が文句をいってるらしい」

心からつまらなさそうにいうと、ライオネルは執事補をしたがえて歩き去った。と、さっそくメープルが疑問を口にした。

「まるで見てきたみたいだったけど、伯爵のおっしゃったこと、事実かしら」

「おいおい、メープル」

「証拠もなしに人をうたがうのはよくないよ」

「………」

「っておっしゃるわね、曽祖母《ひいおばあ》さまなら」

「メープルはどう思ってる？」

「あら、おじさま、証拠があったら、もはやうたがう余地なんてないわ」

力いっぱい、という感じで、メープルは断言し、私は二度ばかりまばたきした。

「たとえば、ヘンリエッタ・ドーソンがイヤなやつだということに関しては、ガンジス河の砂粒よりたくさんの証拠があるのよ！　だからうたがう余地なんかないの」

「余地がないのはわかるが、その妙な比喩《たとえ》は何だい、ガンジス河がどうとか……」

「仏教《ブッディズム》の比喩よ。かぞえきれないほどたくさんあることを、そういうんですって」

「へへえ」

私はガンジス河を見たことがないから、正確にはわからないが、イメージとしては納得できる。

「しかし、何でそうまで、あのヘンリエッタ・ドーソンと仲が悪いのかね」

メープルは強く息を吸って吐き出した。

「ヘンリエッタを見るたびにね、わたしは自分の本性に気がつくのよ。ああ、わたしって、たいした理由もなく他人を憎むことができる人間なんだって。それで自己嫌悪におちいって、わたしにそうさせるヘンリエッタを、またきらいになるってわけなの」

「君が彼女をきらうのが正しいことかどうかわからないが、私はいつだって君の味方だよ」

すると私の姪は大まじめな表情で応じた。

「あら、おじさま、そんなたいせつなこと、生まれたときからずっと知ってたわ」

V

私たちは案内を待って、学校の屋内体育場みたいに広い玄関のホールにたたずんでいなくてはならなかった。しゃべる以外、することがない。

「このお屋敷には、たくさんクローゼットがあるけど、そのひとつひとつに骸骨がひそんでるにちがいないわ!」

クローゼットのなかの骸骨。つまり「家庭の秘密」をイギリス風に表現するとそうなる。しゃれた表現だし、メープルのいうことに私も賛成だった。だからこそ危険なのである。

「名門とか旧家とかには、たくさんの骸骨がつきものだよ。だからといって、それを全部引っぱり出すのは考えものだ。第一、私たちにそんな権限はない」

「たしかに権限はないけど、あてがはずれたわ。味方してくださらないの？」

「味方としての意見だよ」

「何だか、そのいいかた、ずるいわ」

メープルはすこし頬をふくらませた。私が見るかぎり、ヘンリエッタ・ドーソンよりよっぽど美人であるが……。

古代の女神像を思わせるべつの美人が出現して、私は声と息をのみこんだ。

喪服そのものではなかったが、喪服のように見えた。だが、近づくにつれ、黒ではないことがどうにかわかった。紫。それも気の遠くなるほど深くて濃い紫の服である。露出しているのは、あごから上と両手首だけだった。

「おじさま……？」

「髑髏城にいたあの女性だ……」

名前はたしかリラ、いや、それは略称で、正しくはドラグリラだったはずだ。彼女がまさかイギリスにいるとは。

何となく私は考えていた。髑髏城とドラグリラは一体の存在だと。ドラグリラという女性はおそらく髑髏城で生まれ、生涯そこを離れることなく亡くなるのだろうと。べつに何の根拠もなく、そう思いこんでいた。だが、どうやらそうではなかったようだ。

立ちすくんでいる私に寄りそって、メープルも動かない。世界というより次元が異なるようドラグリラの美しさに圧倒されているようだった。血の気の薄い頬は、中国の皇妃が用いる白絹さながら。名工が生命《いのち》と引きかえに彫りあげたかのような鼻と唇の線。

「おひさしぶりですね、ミスター・ニーダム……でよろしかったかしら」

「はい、エドモンド・ニーダムです」

「もう一年以上になりますわね。おかげさまで、当家の儀式はつつがなくすみましたし、相続も無事に終えることができましたわ」

「お役に立てたとすれば、まことに光栄です」

「こちらのチャーミングなお嬢さんは？」

「ああ、申しおくれました。私の姪で、メープル・コンウェイと申します」

メープルは礼をほどこしたが、あきらかに緊張していた。

「お目にかかれて光栄に存じます、レディ」

「うれしいわ、そういっていただけて」

ドラグリラ・ヴォルスングルは、鷹揚に応じた。女帝《エンプレス》のような貫禄だった。

「おふたりには部屋を用意させておりますけど、もうすこしお待ちくださいな。召使いたちの手ぎわが悪くて」

「ど、どうかお気になさらず……」

「ライオネルを送りとどけていただいたときは、こちらのかってなつごうで、お泊まりいただけませんでした。でも今度はだいじょうぶですわ。冬至《ミッドウィンター》まで何日もありますものね」

ドラグリラは笑った。笑声《しょうせい》は聞こえず、大理石を彫りこんだような唇が、笑う形に動いただけだった。

「おや、こんなところで再会ですか」

若々しい声がして、第九代フェアファクス伯爵ライオネル・クレアモントがふたたび姿を見せた。

「だめよ、ライオネル、生命《いのち》の恩人とそのおつれの方を放っておいては」

「すみません、用意されていた部屋が気にいらない、といいだした者がおりましてね。現在のスウェーデン王家にゆかりがあるというフランス人です」

一八五七年当時も、現在の一九〇七年も、イギリスの王室はドイツ系だ。おなじくスウェーデンの王室は、そのころも今も、フランス系である。ナポレオンに離反したベルナドット元帥が、スウェーデンに王位継承者として迎えられ、カール十四世と称した。ヨーロッパ諸国の王室は、政略結婚をくりかえして、ほとんどすべて縁戚関係にある。だが、まるで無縁な外国人を王位継承者に迎えた例は、さすがにめずらしい。

「ベルナドット家がスウェーデンの王位に即《つ》いてから、まだ四十年かそこらだ。わがナムピーテス家は千年以上の歴史を持つ。何を血迷っているのか……」

ライオネルが吐きすてたとき、メープルが小さな叫び声をあげた。私も思わず唾をのみこんだ。やはりあったのだ、ダニューヴ河口の髑髏城とおなじような調度が。メープルが薄暗いホールの隅に見つけたのは、鹿の頭蓋骨でつくられた燭台だった。使用人がそれに火をともしたのだ。不気味な影が、黒々と壁面におどった。

「おどろかせてすまない。だが、動物の頭蓋骨を燭台に用いてはならぬ、という法律はないからね」

そのとおりだが、ずいぶんと悪趣味にはちがいない。ダニューヴ河口の髑髏城なら、何ら違和感はなかったが、ここはいちおう世界一の先進国である。すくなくとも、ユダヤ人のブラゼニクはそう思って、イギリスにあこがれていたはずだ。

「だったら、イギリス人もやめるべきだな。鹿やら熊やらの首を切りとって、剝製にして書斎で客に見せびらかすようなまねは」

これには反論しようがなかった。

イギリス貴族がやれば優雅な趣味で、それ以外の者がやるのは蛮行。そんな言種《いいぐさ》がとおるはずがない。いや、いまは世界に冠たる大英帝国の威光でとおっているかもしれないが……。

「そんな客は適当にあしらっておきなさい。それより、ライオネル、こちらのおふたりをいつまでお待たせするの？」

「いえ、私どもは……」

「あなたはライオネルの生命の恩人です。他の者たちといっしょにはあつかえません」

「あつかっていただいて、けっこうです。私は仕事でまいりましたので……」

来たくて来たわけじゃない。そういいたいところだったが、もちろん口には出さなかった。

「この屋敷へいらしたからには、当方の流儀でやらせていただきますわ。おふたりには、一族の者たちといっしょにディナーをめしあがっていただきましょう」

「おそれいります」

万事に気軽でいたいのが私の本心だったが、とてもそれ以上、謝絶する雰囲気ではなかった。命令されているわけではないのに、さからえない。「権威」という言葉の意味を、私は思い知った。

ドラグリラが召使いに指図するため場を離れると、メープルはホールにとなりあった画廊《ギャラリー》に置かれた彫像を見てまわった。私とライオネルはふたりだけになった。私は何となくささやくように問いかけた。

「失礼ですが、あの方は伯爵閣下の姉君でいらっしゃいますか」

返答は想像を絶した。

「私の母だ」

「ウソでしょう!?」

とは、私はいわなかった。だが、ライオネルが嘘をついていることを、私はまったくうたがわなかった。それでも礼儀上、口に出したのはべつのことだった。

「たいそうお若くていらっしゃいますね。神々の飲物《ネクター》でもお飲みになっているような」

ガラにもないお世辞になってしまった。ライオネルは奇妙な目つきで私を見た。

「神々の飲物？　ふむ、ある意味ではそうかもしれない……いや、こんなことをしている場合ではないな、君たちの部屋の用意はまだかな」

ライオネルの声は、前半と後半で調子がちがっていた。後半は私と離れる理由をとってつけたようにしか思えない。

私は舞台に立つ俳優みたいな気分を味わった。ライオネルがいなくなったかと思うと、今度は何とヘンリエッタがあらわれたのだ。入れかわり立ちかわりというやつだった。

「あれが伯爵のお母さま？」

「聞いてたんですか⁉」

メープルの仇敵はいっこうに悪びれなかった。

「聞こえたのよ。フェアファクス伯爵のお母さまなら、うーん、もう四十代でしょう……あれ、それくらいなら化粧で何とかなるかしら。よっぽど高価《たか》い化粧品を使ってらっしゃるのね」

「ミス・ドーソン、失礼ですが、すこしはしたなくありませんか」

年長者の義務として、いちおう私はたしなめてみた。ヘンリエッタ・ドーソンは、すこしおどろいたように私を見やった。反発するか、すなおに応じるか、迷ったようだが、すぐ後者を選んだようである。

「あら、あたくしとしたことが、ごめんあそばせ」

どうも新人女優の拙劣《へた》な演技を見せられているようで、私は苦笑をこらえた。身分ちがいの結婚を本気でねらうとすれば、十七歳の少女なりに苦労もあることだろう。たぶん、いったん成功した後の苦労のほうが大きいはずだ。まあせいぜい努力してみるといい。

ヘンリエッタがお上品な足どりで離れていってくれたので、私は安堵《ホッと》して、メープルの姿をさがした。かわりに見つけたのは、あまりなつかしくない人々の姿だった。灰色の空の下で、霊気がただようかのように移動している黒衣の一団。髑髏城で私とマイケル・ラッドをむかえた従僕たちにまちがいなかった。

彼ら、いや、彼女たちかもしれないが、はるばるダニューヴの河口からイギリスまでやって来て、若主人《ライオネル》につかえることになったのだろうか。いや、女主人《ドラグリラ》のほうか。

城館のあちらこちらで、窓が白く光りはじめた。使用人たちが灯火《ともしび》をともしはじめたらしい。そうすると、冷厳で陰鬱な感じの城館も、すこしばかり人間の棲家らしい雰囲気を持ちはじめた。

私とメープルにどんな部屋があてがわれるとしても、馬の頭蓋骨の燭台だけは願いさげだ。そう考えたとき、私を呼ぶ声がして、メープルがもどってきた。執事補《アンダー・バトラー》らしい男をつれている。彼はくどくど弁明しながら、私たちの荷物を持ちあげ、「こちらへ」といって歩き出した。中庭へ出た。

それにしても、去年の夏至《ミッドサマー》の夜、ダニューヴの河口にそびえる髑髏城で、どのような儀式がおこなわれたのか。

あらためて考える私の頬に、一滴の水がはじけた。夜と雨は、手をとりあって、「新髑髏城《ニュー・カースル・スカル》」にやってきたのだった。

第六章

ディナーにはくれぐれも用心すべきこと
豪華なドレスが悲しい運命を迎えること

I

騎兵師団長ルーカン将軍と、軽騎兵旅団長カーディガン将軍が、馬上でどなりあっている。やせた長身のルーカン将軍も、中背で筋骨たくましいカーディガン将軍も、顔を真赤《まっか》にして、こめかみに血管を浮き出させている。敵を眼前にして、ごりっぱなものだ。

一八五四年十月二十五日。バラクラーヴァの野。早朝からロシア軍の猛攻がはじまり、イギリス軍はたたき起こされた。私たちは朝食をとる時間もあたえられず、空腹をかかえたまま軍装をととのえ、馬に騎《の》って整列した。

砲声はとどろきやまず、硝煙は野をおおい、私たちには戦況がさっぱりわからなかった。それでも、朝のうちは、味方はみごとな戦果をあげた。スカーレット将軍のひきいる重騎兵旅団は、六倍の兵力で殺到してきたロシア軍騎兵隊を、激烈な白兵戦の末に撃退していた。

その報を聴いた私たちは歓声をあげたが、食事もなければ出撃命令も受けぬまま、なお待機をつづけた。

そして十一時が来た。呪われた十一時二十分が。

奮戦した重騎兵旅団には休息が必要だったので、午後にはかならず軽騎兵旅団が出撃するはずだった。

軽騎兵旅団は、五個連隊によって編成されていた。

第四竜騎兵《ドラグーン》連隊。

第八アイルランド近衛軽騎兵《ロイヤル・アイリッシュ・フザール》連隊。

第十一プリンス・アルバート軽騎兵《フザール》連隊。

第十三竜騎兵《ドラグーン》連隊。

第十七槍騎兵《ランサー》連隊。

一個騎兵連隊は二百五十騎だから、五個で千二百五十騎。それにカーディガン将軍に直属する幕僚《ばくりょう》やら護衛兵やらをあわせると、軽騎兵旅団の総兵力は千三百騎というところだった。

ところが現実はというと。

老いたブルドッグのような風貌のカーディガン将軍が、軍刀をぬいて右肩にかつぎ、旅団の先頭に馬をたてていに前進を開始したとき、彼にしたがう兵は六百七十三騎にすぎなかった。正式な兵力の、ほぼ半数だ。のこりの兵は戦うことができなかった。コレラと赤痢《せきり》、そして栄養失調や拙劣《せつれつ》な治療のためである。

「並み足《ウォーク》」

士官の号令で、六百七十三騎は馬上に胸をはり、堂々と前進をつづける。

「速足《トロット》!」

馬の速度があがり、土煙がしだいに高まる。

「早駆け《スピード》!」

ここで異変がおきた。カーディガン将軍のわずか右後方を走っていた士官が、何か叫んだ。馬上で軍刀をかざしたまま、狼狽したように叫んだのだ。「ちがう」といったようにも思えたが、つぎの瞬間、するどい銃声がひびいて、士官は馬上から転落した。彼の名がノーラン大尉で、ラグラン元帥の総司令部から派遣された使者であることは、後日になって知った。何がちがうのか正しいのかわからないが、軽騎兵旅団の行動を変更するには、もはやおそすぎた。

たてつづけに銃声がおこったが、それはさらに巨大な轟音にかき消された。私の左前方で爆発が生じ、炎と煙がわきおこった。私たちの頭上に、土砂と血がふりそそいだ。

「突撃《チャージ》……!」

イギリス軍士官の号令に、ロシア軍は砲撃で応えた。ロシア軍の士官たちが、最初、あっけにとられたことはたしかだった。中央に十二門、左翼に六門、右翼に六門、合計二十四門の大砲をそなえた強力な砲兵陣地に、歩兵の援護もなく騎兵だけで正面から突撃をかけるような、おろかな軍隊がどこにいるというのか。

何かの罠だ、と、ロシア軍は思った。だが、罠ではないとさとったとき、左、右、中央の三方でいっせいに砲門を開いた。

私の前後左右で砲弾が炸裂し、味方の人馬が吹きとんだ。なぜか私自身にはあたらなかった。私は馬にまたがったまま、砲弾のつくった穴を跳びこえた。軍刀をつかんだままの味方の死体を、かろうじてかわす。

すでに味方の最先頭は、ロシア軍の砲兵陣地に躍りこんでいた。軍刀がひらめき、ロシア兵の首を血煙とともにはね飛ばした。槍騎兵《ランサー》の槍が、ロシア兵の胸から背中まで突きとおす。勢いあまって引きぬけないでいるところを、べつのロシア兵が拳銃で射殺する。だが一瞬後には、そのロシア兵が肩口から血を噴きあげながら地にころがる。

英語とロシア語がいりみだれ、銃声がかさなりあう。軍刀どうしが激突し、火花が飛散するなかで、私は英語の叫びを聴いた。

「神さま、神さま、あなたはどちらのお味方ですか?」

この悲痛な問いかけは、キリスト教徒どうしが血まみれで殺しあっていることを、何人かの兵士に思いおこさせたが、だからといって、殺しあいをやめさせる効果はなかった。自分が軍刀を振りまわすのをためらったとたん、敵の銃剣が突きこまれてくるのだ。

人間より野獣になった者が勝ちだった。しかも、野獣になったからといって、生きのこれるとはかぎらない。

馬が大きくゆれた。銃剣で腹を突き刺されたのだ。私は鐙《あぶみ》から足を引きぬき、自分から地上へ身を投げた。馬が横転する重い音につづいて、すぐ近くで声がした。

「戦友、殺してくれ、いっそ殺してくれ」

竜騎兵《ドラグーン》のひとりが、両手で腹をおさえている。それでも、傷口からあふれ出る血と、はみ出そうとする内臓をおさえこむことはできなかった。私は彼を見、倒れた馬を見た。私は無力だった。彼を殺すことも馬を助けることもできなかった。

私は吐いた。口から出てきたのは苦い胃液だけだった。前日の夕方から十七時間、何も食べていない。胃はからっぽだった。

私はもういちど竜騎兵を見た。

「ゆるしてくれ……」

そういったような気がするが、たしかではない。たしかなのは、私と同年代らしい竜騎兵の体が、激しく痙攣してから、二度と動かなくなったことだった。

私は右手に軍刀、左手に拳銃を持ったまま、よろよろと三歩ほどすすんだ。

「おい、ニーダム、バカ野郎、どっちへいく気だ。そっちは敵陣だぞ！」

腕をつかんで引きとめたのは、マイケル・ラッドだった。私は彼の顔を見つめた。笑いの発作が私をおそった。

「何だよ、おまえ、その顔……！」

ラッドの顔ときたら、見られたものではなかった。硝煙の煤や土にまみれ、まっくろで、両眼だけが夜行獣のように光っている。

「おかしくなってやがる。いいから、こっちへ来い！　のみこまれるぞ！」

私たちの前方で大地が鳴りひびき、砲煙の舞いくるうなかから灰色の巨大な物体があらわれた。それは人馬の群れだった。

「ウラア！　ウラア！」

ロシア語の喊声《かんせい》がとどろいた。いささか出おくれたロシアの騎兵隊が、左方面から殺到してきたのだ。味方の砲兵たちを殺され、砲陣を踏みにじられたロシア騎兵たちは、いまや復讐の念に駆りたてられ、帰陣しようとするイギリス兵たちにおそいかかってきた。その数は二千をこえていた。それは確実な死をもたらす灰色の洪水だった。

「あ、あの波にのみこまれたらお終《しま》いだ」

ラッドはあえいだ。彼は正しかった。馬蹄に踏みにじられるか、軍刀に斬りきざまれるか、ロシア軍に対してやってきたことを、今度は私たちがやられる番だった。

それでも、よろめきつつ逃げようとしたとき、突然、近くではでなラッパの音がひびきわたった。勇気と戦意をふるいたたせるようなメロディ。フランス国歌「ラ・マルセイエーズ」だ。

「おい、フランス軍だ、フランス野郎どもが助けに来てくれたぜ！」

ラッドが生色をとりもどし、硝煙のなかに見えかくれする三色旗《トリコロール》に向かって手を振った。

「フランスばんざい！　ナポレオンばんざい！　あんたたちの皇帝は世界一の英雄だった！」

ラッドの調子のいい応援が聞こえたかどうか、約三百名のフランス狙撃兵は整然と三列横隊をつくった。士官が軍刀をかざし、号令とともに振りおろす。小銃がいっせいに弾丸の壁をつくった。

密集していたロシア騎兵は、非情な銃火の前になぎ倒された。悲痛ないななきとともに、馬が横転する。灰色の軍帽を宙に飛ばしながら、ロシア兵が馬上からもんどりうつ。

ロシア軍の銃口も火を吐き、数名のフランス兵が軍服を赤く染めて倒れた。

「ウラア！」

頭上に軍刀を舞わして、ロシア騎兵が三色旗《トリコロール》めがけて突っこんでいく。

「いまのうちだ、逃げるぞ！」

私とラッドは肩を組み、硝煙と銃声のうずまくなかを、つんのめるように走り出した。一瞬の後、爆風と土砂が私たちにおそいかかり、気づいたときラッドの姿はなかった……。

Ⅱ

あれから三年たつ。

全身傷だらけで、私はイギリスへ生還した。目も腕も脚もうしなうことなく、あたらしい仕事について、ささやかだが平穏な生活を送っている。富も栄光も必要ない。まじめに仕事をして、それにふさわしい給料を受けとってさえいれば、何の不足もないのだ。

不足はない、はずだが、奇妙な仕事ではあった。

私たちは荷物を部屋に運んでもらったが、すぐ外に出た。貸本屋の社員ふぜいにあてがわれるような部屋ではない。四柱つきのベッドがふたつに、バスルームまでついているのだ。調度の高級さをいちいち描写する気にもなれない。くつろぐ気分になどなれず、私とメープルは部屋を逃げ出して画廊《ギャラリー》へいった。そこを改装して図書室にするのだという。

画廊の長い長い壁には、巨大な絵が何枚か飾られていた。『メアリ・スチュワートの処刑』とか『プロメテウスを救うヘラクレス』とか題がついていたが、正直なところ、題材も画家の技倆《ぎりょう》も平凡なものばかりだった。

「この壁じゅう書棚にしたら、二万冊や三万冊は納めることができそうだな」

「そうしたら何世代か保《も》つわ。伯爵家の子孫たちがよろこんでくれるわよ」

「本を読む子孫だったらね」

いいながら、私は天井を見あげた。ばかばかしいほど高い天井だ。どうやって掃除するんだか、と苦笑を禁じえないが、その天井にも絵が描かれていた。黒褐色の怪物の絵だ。牙をむきだした狼の頭部、毛につつまれた人体、鉤爪《かぎづめ》を持つ四肢、そしてコウモリのような翼。口にくわえているのは、人間の腕のように見える。右の前肢でつかんでいるのは人間の脚だろうか。

おぞましい、見たこともない怪物だった。いや、待て、はっきりとではないが、見たことがあるのではないか。

「おじさま、あれ、サウスエンド・オン・シーの……」

姪の声が、私のいいかげんな記憶を刺激した。そうだ、あれは夜のことで、くわしく観察できたわけではないが、囚人船が燃やされた夜に桟橋に出現した謎の獣ではないか。

「あら、こんなところで絵画鑑賞？　いいご身分ね」

皮肉そうな声が、メープルと私の感覚を、いきなり地上に引きずりおろした。メープルが挑戦的に瞳をひらめかせ、いきおいよく振りむいた。

声の主は、もちろんというべきか、ヘンリエッタ・ドーソン嬢だった。彼女もメープルも、いかにも中流階級向け女学校の上級生といった感じの服装で、ふたりが眼光するどくにらみあうと、何だか画廊《ギャラリー》全体が古い女学校の一部になったように思われた。

「仕事の下見をしてるだけよ。あなたこそいいご身分ね、ヘンリエッタ、他人の仕事のじゃまをする暇があったら、本でも読んで、人生のきびしさを学んだら？」

ヘンリエッタの眉が角度をあげた。

「ふん、あんたは実在もしない理想の恋人を、本のなかにさがしてるだけよ！」

「そのあたりが、あなたの想像力の限界ね。読書という泉から水をくみ出さないから、すぐに心が干からびてしまうんだわ！」

「あーら、おあいにくさま。わたしの心は充分うるおってましてよ」

「そうね、毒蛇の棲んでる泥沼よね。水を飲んだら無事じゃいられないわ」

しばらく私は茫然として、英語の砲弾がとびかい炸裂する光景を見ていたが、はっと気づいた。

「ミス・コンウェイ、仕事をつづけるぞ、おいで」

メープルもどうやら自制心を発揮し、わざとらしく一礼すると、私とならんで歩き出した。ヘンリエッタはとりのこされた。

歩き出しながら姪が「マザー・グース」の歌のひとつを口ずさみはじめた。『マザー・グースのメロディ』という題名の童謡集が発売されたのは一七六五年のことだから、一八五七年当時にはもう百年近く経過している。このごろ外国では、イギリスの童謡をまとめて『マザー・グース』と呼ぶ人たちがいるようだが、そうではない。

それはともかく、メープルが口ずさんでいるのは、どうやらヘンリエッタをあてこすった歌のようだった。私がメープルをつれて画廊を出たのは、ケンカをやめさせたかったからで、どこといっていくあてはない。

「ヘイ、そこのきれいなお嬢さん
君には持参金《おたから》があるだろね」
「いえ、そんなものありません。器量だけが持参金よ」
「おやおや、きれいなお嬢さん
それじゃお嫁にもらってあげられぬ」
「よけいなお世話よ、ほっといて」

こんな男女が会話するような歌ができたのも、「既婚婦人財産保護法」が存在しない時代だからこそだった。すでに記したことだが、男性と女性が結婚して夫妻になったら、妻の財産はすべて夫のものになってしまうのだ。

メープルの気分を察して、私は笑ったが、すこしばかり複雑な気分もした。私には、政治的な意見とはべつに、人間として保守的なところがあった。メープルが、よい結婚相手にめぐりあうようなことがあったら、いくらか持参金ぐらい用意してやりたかったのだ。

愛や幸福を金銭《かね》で買えるはずはない。それでも金銭は、人生にとって必要なものである。これもすでに記したことだが、クリミアの戦場から母国へ給料を送金できるシステムをつくりあげたのは、ナイチンゲール女史だ。彼女のおかげで、何千人という兵士の家族たちが、餓死《がし》せずにすんだのである。

「おじさま、あきれたでしょ、ごめんなさい」

「いやいや……しかしちょっと不思議だね。あんな元気のいいお嬢さんでも、身分ちがいの結婚をして窮屈な貴族ぐらしをしたいのかな」

メープルは形のいい眉をすこし寄せて、気むずかしげな表情をつくった。

「ねえ、おじさま、身分ちがいの結婚なんて、貴族階級にとって、ちっとも脅威なんかじゃないのよ。だって、身分ちがいの結婚をしたがる人は、貴族にあこがれているんだもの。自分自身が、屋根のてっぺんに上ったら、家をこわすはずがないわ」

「なるほどねえ」

私は苦笑するしかなかった。

「つまり、身分ちがいの結婚ってやつは、結果として、身分制度の存続に貢献してるってことになるわけか。たまに成功した人がいれば、自分だって、と思うわけだしなあ」

べつに結婚だけの話でもあるまい。ナポレオンの成功を見た者は、「おれだって、ああなれるんじゃないか」と思うだろう。自分が踏みつけられる側になるとは、なかなか思わないものだ。

壁のない回廊に出ると、風が冷たい。

十一月一日は「万聖節《オール・セインツ・デイ》」だが、アイルランドやスコットランドでは、その前夜を「サムハイン」と呼ぶそうだ。精霊やら妖魔やら怪物やらがうようよ出てくるというが、要するに長い冬の始まりというわけだろう。

「十一月五日までにはロンドンに帰ってなきゃいけないのよ、おじさま、花火を見なきゃ」

「ああ、ガイ・フォークス・デイも近いな」

十七世紀初頭、ガイ・フォークスという男が政治や宗教に関する不満から、テロをたくらんだ。国会議事堂の地下に大量の火薬をしかけて、国王ジェームズ一世と議員たちをまとめてふきとばそうとしたのだが、事前に発覚し、処刑されてしまった。それはそれは残酷な殺されかたをしたそうだが、彼が処刑された日を祝ってお祭りさわぎをするというのも、イギリス人の妙なところだろう。

「おや、君たちも探検かね」

声をかけられた。列車内で知りあった建築家のモリソン氏だ。礼を返したとき、どこからか、長く尾をひく獣の咆哮がつたわってきた。

「はてな、イギリスに野生の狼はいないだろう？」

「そうですね、大昔ならともかく、現在では考えられません」

「だとすると、あれは何の咆哮かな」

「さあ、私は無学なもので、見当もつきません」

「そうか、ま、見当がついたところで自慢にはならんな」

「赤帽子《レッド・キャップ》ではございませんよね」

ごく無邪気そうにメープルがいうと、モリソン氏は頬をゆるめた。

「赤帽子とやらは、人間の血で赤く染めた帽子をかぶって、夜、ひとり旅の者をおそうそうだな。人があつまっていれば、先方からはやってくるまいよ」

「武器は斧《おの》だそうですね」

「くわしいね、お嬢さん」

モリソン氏は笑い、手にしたステッキをあげて、開いた窓の外を指した。

「斧といえば北欧海賊《バイキング》だがね」

その方角に北海《ノースシー》がある、と、モリソン氏はいう。

「いまから八百年以上も往古《むかし》のことだ。あの海を渡って何百隻もの軍船がイングランドに押しよせてきた。ひきいるは二十歳にもならぬデンマークの王子クヌート。彼はイングランドを征服し、さらにノルウェーをも支配して、強大な北海帝国《ブリテン・スカンジナビア》をきずきあげ、大王と称された」

本も歴史も大好きなメープルがたずねた。

「クヌート大王も、フェアファクス伯爵家と関係があるのですか？」

「そういわれている。正確には、ナムピーテス家のほうだろうね」

「つくづく古い家系ですね」

「まったくだが、まあその間には不名誉なこともあったようだよ。十字軍に参加したのはいいとして、よりによってそれが第四回ときたものだ」

モリソン氏はステッキの先で地面を突いた。

「第四回十字軍」というものについて、私はほとんど何も知らなかった。いや、平均的なイギリス人として、獅子心王《ライオン・ハーテッド》リチャード一世やら、敵ながら地上最高の騎士とうたわれたサラディンのことぐらいは知っている。彼らは歴史の教科書に登場する偉人というより、ウォルター・スコット卿の、血わき肉おどる冒険活劇小説のヒーローたちであった。

モリソン氏はつづけた。

「リチャード王とサラディンが対決するのは、第三回十字軍。これはずいぶん有名だが、第四回のほうは、無名というより、隠されて、なかったことにされとるな」

「なぜでしょう？」

「ああ、君も知らんのか。無理もないな。何しろ、イスラム教徒と戦うはずだったのが、東《ビザ》ローマ《ンチン》帝国を亡ぼしてしまったのだからな」

Ⅲ

第四回十字軍だって、最初のうちは熱狂的に聖地エルサレムをめざしたのだそうだ。しかし軍資金がたりず、ベニスの商人たちに多額の借金をかかえてしまった。ベニスは、地中海の商業権を独占しようと考えており、競争相手のコンスタンティノープルを占領するよう十字軍に「命令」した。

三日間にわたる虐殺と暴行と掠奪の狂宴が終わると、十字軍とベニス商人団は首脳会談を開き、東ローマ帝国の財宝と領土を分割した。

ローマ教皇イノセント三世は、最初はよろこんだ。「勝利」という報告だったからである。だが、やがて事実があきらかになると、落胆し、ついで激怒した。聖戦士たちが、おなじキリスト教徒に対して恥知らずな暴虐をはたらいたのだから、教皇が怒るのも当然だった。教皇は激しく十字軍を非難したが、それ以上は何もできなかった。いまでもベニスのサンマルコ広場にある有名な四頭の馬の銅像は、コンスタンティノープルから掠奪されてきたものである。

第四回十字軍の騎士全員が、コンスタンティノープル攻略に賛成したわけではない。

「我らは異教徒と戦って聖地エルサレムを奪りかえすために、故郷を出てきたのだ。おなじキリスト教徒に危害を加えることなどできぬ」

そう主張して容《い》れられず、十字軍から離脱して帰っていった者が、一万人ほどはいたようだ。なかには、「何が何でもエルサレムまでいく」と決心して、自分たちの手で地中海を渡る船をさがした者もいる。だが、船という船は、ベニスにおさえられていたから、どうしようもなかった。

こうして第四回十字軍は終わった。

イスラム教徒たちは、よろこんだかあきれたか、どちらだっただろう。とにかく、東ローマ帝国が受けた傷は大きかった。その後、六十年ほどで再興されたが、かつての栄光をとりもどすことはなかった。東にオスマン・トルコ帝国がおこると、しだいに圧迫され、ついに一四五三年、帝都コンスタンティノープルは陥落する。

「東ローマ《ビザンチン》帝国最後の皇帝は、どうなったのですか？」

メープルが熱心に問いかけた。重々しくうなずいて、モリソン氏が語る。

「トルコ軍は暴風のような勢いでコンスタンティノープルの城内に乱入した。皇帝コンスタンティヌス十一世は、みずから剣を抜いてトルコ軍のまっただなかに斬りこんでいった」

モリソン氏の声に、かるい感傷がこもったようである。

「コンスタンティヌス十一世の遺体は、ついに発見されなかった。壮絶な斬り死にをとげたといわれるが……おや、むだ話をしているうちに、とうとう雨になったな」

ぽつぽつと降ってきた雨は、五分もたたないうちに豪雨と呼ぶようないきおいになっていた。私たちはモリソン氏とわかれ、画廊《ギャラリー》へともどった。

雨は降りつづき、風は吹きやまなかった。陰気な灰色の雲は、はてしなく押しよせてきて、豪壮な館を地面におさえつけた。その地面ときたら、水はけが悪いために、半分以上は雨に占領されていた。青みをおびた鉛色の丘陵の向こうに、白い煙がただよっている。どうやら風雨の猛攻にもかかわらず、泥炭が自然発火しているようだった。

「よくまあ、こんな場所に住む気になるもんだ」

つくづく私はそう思った。

ロンドン市内の片隅に建つ私たちの小さな家。ささやかな暖炉、せまい階段、「お食事ですよ」とマーサの呼ぶ声。それらのものが、やたらとなつかしくなった。

画廊の天井に描かれた怪物の絵を、もういちどよく見てみよう。そう思ったのだが、私たちの足をとめたのは、人の声だった。ヘンリエッタ・ドーソンではない。男の声がふたつ。会話している。なぜか、近づかないほうがよいと感じた。

「先祖伝来の聖地を離れて、このようなろくでもない辺境で何をするつもりじゃ。イギリスなんぞに本拠をおく気ではあるまいな」

老人の声だ。それに応えるのはもっと若い声、ライオネルの声だった。

「長老、イギリス人、正確にはイングランド人ですが、彼らは第四回十字軍には参加しておりません。したがって、コンスタンティノープルの破壊と略奪について、彼らには罪はありませんよ」

「参加させてもらえんかっただけじゃ。一味徒党にはちがいないわ」

私とメープルは、画廊の入口におかれた巨大な大理石の像の蔭にいた。太陽の馬車を駆るアポロン神の像だ。ただ立っているだけで、ふたりとも完全にかくれてしまう。

「ご不満がおありなのは承知しておりますが、ここは当主たる私にしたがっていただきます。でないと、一族の統制がとれません」

「ふん、したがっておるではないか。だからこそ、こんな辺境まで足を運んだし、こうやって、英語もしゃべっておる。十字軍の時代にはろくに成立してもいなかった、なりあがりどもの言葉でな」

「テムズ河口の騒動」

「何じゃ？」

「郎党《バスル》を使って、あんな無用の騒ぎをおこされてはこまります。この国には新聞というものがありますし、それを書くやつらも読むやつらも、事実と想像と願望をごっちゃまぜにして騒ぎをさらに大きくします。以後、つつしんでいただきますぞ」

私とメープルは顔を見あわせた。

「何のことやら、ようわからぬわ。わしの郎党じゃと？　はて、わしに郎党などおったかな。年齢《とし》をとると忘れることが多くなるて……」

ふたりの声は遠ざかっていった。私とメープルも大理石像の蔭から出た。いま聞いた会話の意味を話しあおうと、回廊のほうへもどりかけたとき、壁ぎわの長椅子《カウチ》にすわりこんだ人影に気づいた。つい先ほどわかれた人だ。

「モリソンさん、どうかなさいましたか？」

「いや、ちょっと傷が痛むのだ。こう湿気が多いと、どうもこたえるな」

「失礼ですが、どこでおケガを？」

モリソン氏は苦笑した。

「いったじゃないか、囚人船が燃やされた夜、サウスエンド・オン・シーにいたって」

「大混乱でしたものね。巻きこまれて、お気の毒です。医者に診てもらわなくていいのですか？」

「医者は徴税官のつぎにきらいでね。患者を実験材料としか思っとらんやつらだ。すまんが、階段を上るのにちょっと手を貸してくれんかね」

否《いな》やはなかった。私は肩にモリソン氏の右腕をかつぎ、メープルは左手で彼のステッキを持ち、右手を彼の左腕にそえた。モリソン氏を部屋に送りとどけて一階に降りようとしたところで、今度は貫禄のある初老の女性に声をかけられた。家政婦長《ハウスキーパー》だ。そろそろディナーだ、と呼びに来たのである。私は、急に、迷惑な招待をことわる口実を発見した。

「すみませんが、辞退すると奥さまにおつたえください。正装を持参しておりませんので、他の方たちに失礼になります」

「お貸しいたします、ご心配なく。奥さまに申しつけられております」

そう押していわれると、もはや拒絶することはできなかった。長々と書く意味もないので省略するが、やがて私は型どおりの燕尾服を着せられ、メープルはといえば、フランス第二帝政様式とかいわれるパステルピンクのドレス姿になった。

メープルは世にもあでやかな上流階級のお姫さま、に見えるはずなのだが、どうも微妙な違和感があった。彼女は彼女で、ガラになく緊張しており、それが格式の目に見えない鎖とあいまって、メープル本来の明るさと生気をおさえこんでしまっているように、私には感じられた。

「やあ、とてもよく似あうよ」

そう私は姪にいってやりたかったが、私を見たメープルの表情が、「つまらないお世辞いわないで」と、はっきり告げていたので、しかたなく言葉をさがした。

「ええと、豪華なドレスだけど、ちょっと動きづらそうだね」

「動く前に、呼吸できなくなりそうよ」

すこし陰気にメープルは応じ、三度ばかり深呼吸した。

「ねえ、おじさま、ディナーだけですむわよね、まさかダンスなんてしなくていいわよね」

「それはまあ、心配しなくていいんじゃないか。舞踏会を開くのだったら、こんなものじゃすまないよ」

「ヘンリエッタ・ドーソンと交替してあげたいわ、友情とはいえないけど、純粋な厚意から」

人生に絶望したかのようなメープルのようすだったが、結果をいえば、彼女はディナーにも舞踏会にも出なくてすんだ。そのかわり私ともども、生命《いのち》の危険にさらされることになったのだが、それはメープルにとって、「舞踏会よりはすこしまし」なことだった。

ディナーの参列者は五十人をかるくこえていた。ふたつのテーブルにわかれてすわり、メープルと私は一方の末席にならんだのだが……。

Ⅳ

「フェアファクス伯爵号など、当座の仮称にすぎぬことは、すでに諸君もご承知であろう」

ライオネルがそう口を開いたのは、食前酒《アペリチフ》が配られはじめたときだった。要するに、彼は、最初から楽しい食事会など開く気はなかったのだ。

「ナムピーテス一族の正嫡《せいちゃく》として、男女を問わず、年齢を問わず、一同に申しわたす。今日より以後、この私に絶対の忠誠と服従を誓うべし」

高圧をきわめる口調、尊大な言葉づかい。

「諸君に対する生殺与奪の全権は、私の手中にある。異存は認めぬ。なお異存ある者は、ナムピーテス一族らしく、武器をもって抗議せよ。軟弱な剣などではないぞ。ナムピーテスにとって、武器とはただ戦斧《せんぷ》あるのみ」

「待てい！」

どなって席から立ちあがった者がいる。スカンジナビア系の血が濃く感じられる青年で、非の打ちどころのない礼装をし、身長は六フィート半ほどもあった。

「君が当主であることは、たしかに承認した。昨年の夏至《ミッドサマー》の儀式においてな」

「であれば、異存はあるまい」

「いや、ある。当主としては認めたが、独裁権を認めたわけではない。ナムピーテス一族の長たる者は、両者を共存させ、平等にあつかい、融和と繁栄をはからねばならぬ。なのに、その態度、何さまのつもりだ」

「両者」と青年はいった。両者とは誰と誰のことだろう。

青年は赤毛で、豊かな頰ヒゲも燃えあがる炎のようだ。ライオネルも一方的だが、青年の反応も過激なように思えた。

「おお、ブルータス、おまえもか」

ライオネルの声には、鼓膜がどす黒く変色してしまうかのような毒気があった。

「アドルフ・マグヌス・エクストレーム子爵どの、君は私の主導する変革にしたがってくれるものと信じていたがね。残念ながら過大評価だったようだ。まことに残念だよ」

いくつか、興奮した叫びがおこったが、英語ではなかったので、私には理解できなかった。ただ、左手にかるくメープルの手を感じた。「おじさま、ご用心」の合図だ。私はちらりとメープルを見て、できるだけさりげなく、右手を拳銃の近くに持っていった。

どれほど用心していても、予測できない事態というものがある。咆哮がおこった。人間の声ではなかった。私は虚《きょ》をつかれ、身をかたくして、咆哮の主をさがした。

同時に、何者かの影が大テーブルに躍りあがった。グラスや皿が悲鳴をあげてはねとばされた。アドルフ何とか子爵の巨体だった。

「もう、うんざりなのだよ、諸君」

ライオネルはおちつきはらっている。アドルフの逆上ぶりを想定していたのだろう。

「示威《じい》行為のつもりか知らないが、わざわざ群衆のあつまる場所に正体をあらわして、大さわぎをおこすバカ者までいる！　そして、いま、一族以外の客のいる前で、古来の名門らしからぬ軽挙妄動をしでかしてくれた」

ライオネルの指がさししめす方角に、私とメープルがいた。私は腰のポケットに手をいれ、拳銃の柄をつかんだ。事態がどうころぶか、想像もつかない。

中年の紳士がひとり、立ちあがって発言した。

「一族の和を乱してどうする⁉　我々は、数だけはやたらと多い一般人《ノーマル》どもに対するため、団結し、助けあわねばならぬというのに！」

すると、しわがれた別人の声がつづいた。

「そもそも何のつもりで、この下賤《げせん》な平民どもをディナーの席につかせたのだ⁉」

それは老人の声で、声の主は、私とメープルがこの城館《カースル》に到着したとき、無礼な言葉を投げつけてきた老人だった。彼に賛同する声が、つぎつぎとおこった。

「私どもは退出いたします」

怒りをおさえ、メープルの手をとって、私は立ちあがった。

「もともと出席させていただける身分ではありませんでした。ここで見聞しましたことは、名誉にかけて口外いたしません。それでは、伯爵閣下、失礼いたします」

こうなると、末席だったのがさいわいだ。私とメープルは列席者に一礼すると、踵《きびす》を返してドアに向かった。二歩すすんで、三歩めに、背中をアドルフの声がたたいた。

「あいにくと、そうはいかんのだよ、貸本屋の社員君」

「おっしゃる意味がわかりませんが」

「いまさらおそい、と、いっているのだ」

いまや列席者の全員が立ちあがっていた。女性もふくめてだ。最高級の礼服に身をかためた上流階級の男女が、敵意もあらわに私たちをにらみ、すでに五、六人は靴音も荒々しくつめよってくる。こんな形で団結されては、はなはだ迷惑だった。私は彼らをにらみ返した。

「あなたがたは、どうかなさっている。私たちは仕事で呼ばれてきた貸本屋の社員にすぎません。ご一族どうしの諍《いさか》いに、私たちを巻きこまないでいただきたい」

「ふん、だからいうたのだ。この青二才と小娘には、身分にふさわしく、召使いどもの食堂で食事させるべきだ、とな。そのていどの分別《ふんべつ》もない者が、当主どころか王者面とは、笑わせおるわ」

「長老」

ライオネルの声は、北極から吹きつける風よりも冷たかった。私たちに向けた視線は、サハラの砂より乾いていた。

「ニーダム君、きみたちを呼んだのに他意はなかったのだが、どうも妙な雲行きになってきたようだ。私は一族のお歴々と話をつけねばならぬが、それに先立って、彼らを安心させてやる必要がある。悲しいことだし、優雅でもないが、きみとミス・コンウェイにわが一族のことを口外されてはこまるのだよ」

憤然として、私は彼をにらみつけた。どういいつくろおうと、ライオネルと彼の一族が、メープルと私に危害を加えようとしているのは明白だった。

「だが、彼を甘く見ないほうがいいぞ、わが一族の諸君」

ライオネルが左右を見わたす。

「いまでこそ、しがない貸本屋の社員だが、三年前の彼はバラクラーヴァで軽騎兵の制服を着ていたのだからな」

「バラクラーヴァ⁉」

いくつか、おどろきの声があがる。にがい気分で、私は、虚名《きよめい》の効果を味わった。

「ニーダム君には、まだたしかめてなかったが、何人のロシア兵を殺して生還したのかね。五人？　十人？　それともそれ以上か」

私の、目に見えない傷口を言葉のナイフでえぐりながら、ライオネルは一歩すすんだ。とっさに私はベルギー製の拳銃をとり出し、ライオネルに銃口を向けた。城館《カースル》の主が口もとをゆがめた。

「ほう、これはこれは、私こそ君を甘く見ていたらしいな。銃を持っていたとはね」

「わたしたちは、あなたがたの敵ではありません。ミスター・ニーダムは、自分たちの身を守っているだけです。無事にここから出して、帰らせていただけるなら、今夜の件はいっさい口外いたしません。お考えください」

メープルの外交儀礼に対して、ライオネルはわざとらしく肩をすくめてみせた。

「帰るのはむずかしいのじゃないかな。この天候ではね」

彼の背後には縦長の窓があって、厚いガラスの外側を雨が乱打していた。もはや大雨というより嵐だった。しかも夜で、気温はさらに下がっている。町まで無事に歩けるとは思えない。運が悪ければ凍死しかねないし、よくても肺炎だ。

「馬車をお借りします。ついでに馭者《ぎょしゃ》もね」

「つましい要求だね。だが、残念ながら応じられない」

私は悪夢を見ているのだろうか。ライオネルの左右にいる人々の顔が変化しつつあるようにしか見えない。耳がとがりながら上方へ伸び、鼻より口が前方に突き出し、顔じゅうに毛がはえはじめ、両眼は人血《じんけつ》の色に染まっていく。怒りの声が人間から獣のそれへと変化していった。

「出るぞ、メープル」

姪にささやくと、私はことさらに大きな動作で拳銃の角度をかえた。無言で引金をひく。

銃声は鋭く空気を裂き、テーブル上におかれたペルシア製の大きな花瓶がくだけた。陶器の破片と水、それに何種かの花が八方に飛びちる。ルピナス、ラベンダー、ヒナゲシ、名も知らぬ南国風の花……温室で栽培されていたものだろう。

われながら暴挙である。だが銃声とともにライオネルの一族がいっせいに床に伏せたので、目的は達せられた。

私はメープルの手を引き、扉から駆け出した。両開きの扉をたたきつけるように閉ざし、すばやくネクタイをほどいてふたつのノブを結びつける。これで多少なりと時間をかせげるだろう。

せめて雨が小降りになってくれれば、建物の外へ逃げ出すことができる。だが、雨のいきおいは変わらず、風は強さと方角を一瞬ごとに変化させていた。

厩舎《きゅうしゃ》は日のあるうちに見ておいた。ロンドンの街角に建っていたら、窓こそすくないが、石づくりのけっこうりっぱな家に見えるだろう。大小の馬車が二十台ばかり、馬は五十頭ぐらいか。そこへ走って馬か馬車を手にいれたいところだったが、待ち伏せされている危険が大きい。

とりあえず廊下を走った。階上へあがれば、いずれ追いつめられる。一階で何とかしたい。いくつかの角をまがった。長い迷路じみた廊下を照らす燭台《しょくだい》は、三本指の怪物の手の形をしていたり、犬らしき動物の頭蓋骨だったり、あやしげなものばかりだ。

突然、メープルの足がとまった。灯火《ともしび》に人影が浮かびあがったのだ。

ヘンリエッタ・ドーソンだった。

V

うたがわしそうな声だったが、声の主は近づいてくると、目をみはって、猛然とつめよった。

「メープル・コンウェイ？」

「何してるのよ、あんた⁉ そんなドレス、どこで用意してたの？ ロンドンから持ってきたの？ ディナーにでも出てたの？ そういえば食堂で姿が見えなかったけど、まさか、特別な待遇でも受けてるっていうの？」

「質問はひとつにしていただきたいわ、ヘンリエッタ・ドーソン」

メープルはぴしりと反撃した。

「というより、あなたの相手をしている暇はないの。あなたの安全のためよ、お部屋に引っこんでおいでなさい」

「何をえらそうに……」

いきりたったヘンリエッタの表情が急変した。荒々しい人声と靴音が近づいてくる。ようやく扉をあけたライオネルの一族が、私たちの名を呼びながら追ってきたのだ。

「あんたたち、何をしでかしたの⁉」

つづいた言葉には、おどろきと同量の悪意がこもっていた。

「まさかと思うけど、もしかして、ディナーに銀の食器が出たのを、盗んだりしたんじゃないでしょうね？」

これはひどすぎる侮辱だった。そう感じたのは同時でも、行動したのはメープルのほうが私より一瞬だけ迅速《はや》かった。彼女の手がひらめくのが見えた。当然ひっぱたく気だと思ったので、私はとめようとした。ヘンリエッタは淑女ではないし、なぐる価値もない、と思ってのことだ。

だが、私の予想ははずれた。

メープルは両手を同時に動かすと、ヘンリエッタの左右の頬をつかんで、思いきり横にひろげたのだ。ヘンリエッタも私も、仰天して動けなくなった。

メープルの濃い褐色の瞳は、まだ人類の知らない宝石のようにきらめいていた。

「ヘンリエッタ・ドーソン、二度と口をきくこともないだろうけど、最後に警告しておくわ。あと一度でも、ニーダム家とコンウェイ家の名誉に泥をぬるようなことを口にしたら、英仏海峡のこちらがわに、あなたの立っていられる土地は、一平方インチもないからね！」

ヘンリエッタは声をあげたが、言葉にならない。土耳古石色《ターコイズ・ブルー》の瞳があわただしく上下左右に動く。ようやく実力で反撃するのに思いいたったらしく、両手を振りまわしてメープルにつかみかかろうとした。

寸前、メープルは宿敵の頬から手をはなして、すばやく跳びさがっている。私は何とか姪の手首をつかまえることができた。

「メープル、いくぞ！」

「はいっ」

元気よく返事したメープルは、もはや宿敵に目もくれようとしなかった。走り出してから気になったのは私のほうで、肩ごしにちらりと振り向くと、茫然と立ちすくんでいたヘンリエッタが、二度ばかりじだんだを踏んだあと、身をひるがえして走り去るのが見えた。私たちのことを誰かに告げるつもりなのだろう。いずれにせよ、彼女にかまっている暇はなかった。

十歩も走らないうちに、メープルが怒りの声をあげた。

「もう、ほんとに、じゃまばかりして！」

その声は、ヘンリエッタに向けられたものではなかった。走るのにドレスがじゃまだったのだ。裾を引きずりながら、全力疾走できるものではない。かといって、こんなときこんなところでドレスをぬぐわけにもいかなかった。しかも借り物であり、買うとなったら何百ポンドもするであろう。

ドレスに手をかけたメープルが、私を見た。救いを求める瞳である。即座に私はどなった。

「かまわん、メープル、一生かかっても私が支払ってやる！」

どうせすでにペルシア製の花瓶を撃ちくだいているのだ。

「ありがとう、おじさま！」

かくして、何百ポンドするか知れないドレスは、ふたりがかりで無惨にも引き裂かれた。裾は一挙にみじかくなって、メープルのひざのあたりにまでなった。他に方法はなかったのだろうか？　あったとしても、そのときの私には思いつかなかった。やはり逆上していたのだ。

もはや自分自身をごまかせる段階は、とうにすぎていた。私と姪は、見知らぬ土地で、理不尽な人間狩りの獲物にされようとしている。

できることは、ふたつしかなかった。

逃げるか。

闘うか。

いずれ闘うにしても、せめてもうすこし敵のことを知りたかった。数のうえで、勝てるわけがないのだ。私たちはさらに走った。いつのまにか温室《コンサバトリー》にたどりついていた。花々に観葉植物、ヤシの木まである。植物の蔭に身をひそめようかと考えて、私は先客の存在に気づいた。ヤシを植えた大きな鉢の縁に腰をおろして、何やら思案しているようすだ。

「ホー、ホー」

私が低く声を出すと、男はぎょっとしたように半ば身をおこした。私はクリミア戦争での手法を使ったのだ。夜の戦場で、敵と味方を区別するため、フクロウの鳴きまねをするのが、イギリス軍のならわしだった。

私の想像は、いちどで確信に変わった。

「おい、マイケル・ラッド！」

鋭く私が呼びかけると、戦友は文字どおり飛びあがった。

あわてて身がまえる。右手に光るものは軍用ナイフだった。温室のガラス天井を、雨がはげしくたたき、暗さはおたがいさまだった。

「ナイフより銃が有利だと思うぜ」

銃声を聞かれてこまるのは私のほうだが、ラッドがそこまで知っているとは思われない。

ラッドはうなってナイフをおろした。

「ネッド・ニーダムかよ！　おれはおまえの戦友で恩人だぞ！」

「わかってる」

「わかってるなら、銃を向けるのはよせ」

「向けてるだけだ。気にせんでいい」

「気にせんでいられるか！」

マイケル・ラッドは闇をすかすように、メープルの姿をたしかめた。

「お嬢さん、君の頑迷なおじさんにいってやってくださいよ。おれはけっして、おじさんの敵じゃないって」

メープルは私を見、ラッドを見てから、はっきりした口調でいった。

「おじさま、この人は、あたし、信用できると思います。義務もないのに、電報で、おじさまの帰国を教えてくださったんですもの」

「……そうだったな」

私は拳銃をおろした。

「だが、ご当人が帰国してからは、あやしいことが多すぎる。だいたい、何でこんなところにいるんだ？　おまえもフェアファクス伯爵に呼ばれたのか？」

ラッドは頭《かぶり》を振り、すこしためらってから、思いきったように答えた。

「ある人に依頼というか、命じられたんだ」

「だれに？」

「ナイチンゲール女史だよ」

私は思わず、かるくのけぞってしまった。こんなとき、こんなところでナイチンゲール女史の名を聞くとは。

「おまえ、ナイチンゲール女史の名前を出したら、おれがおそれいると思ってるんじゃないだろうな⁉」

「ちがうちがうちがうちがうちがう」

「必要以上に否定するのがあやしい」

私の口調に、ラッドは傷ついたようすで鼻を鳴らした。

「おまえ、変わったな、ニーダム」

「そうか？」

「まるでイギリス人みたいになりやがった」

「もともとイギリス人だよ！」

「とにかく、おれは真実を語ってるし、事情もあるんだ」

メープルが口をはさんだ。

「ミスター・ラッド、あなたは人に見つかるとまずいんですね？」

「え？　あ、ああ」

「それじゃいっしょに行動しましょう」

この城館《カースル》は広すぎて、私たちはごく一部しか知らない。だが、逃げまわったり闘ったりするには、これでもせますぎるかもしれなかった。天井の高さには、何の意味もないように思えた。つまるところ、貴族の館というものには、「適当なサイズ」というものが欠けているのだ。

たがいに事情はあとで説明することにして、私たち三人は温室《コンサバトリー》から屋外への出口近くに身をひそめた。事情があるのはおたがいさまだし、ラッドが戦力になるのもたしかだった。

「あーあ、こんなところ、来るんじゃなかった」

「それはいっても無益よ、おじさま」

私が姪にたしなめられるのを聞いて、ラッドが闇の中で笑ったようである。癪《しゃく》にさわるが、しかたない。それにしてもナイチンゲール女史がラッドに何を依頼したというのだろう。

「それにしたって、着いた当日からこんなことになるなんてなあ」

「わたしたちのつごうじゃなくて、先方のつごうだもの、しかたないわ。それに、わたしはむしろ、早くていっそよかったと思ってるの」

「どうして?」

私が問うと、姪は勢いよくあごをあげた。スペインに宣戦布告するエリザベス女王陛下みたいな動作だった。

「わたしたちがまだお仕事をしてないんだから、この城館には一冊の本もないのよ。何をやっても、良心がとがめなくてすむわ!」

私とちがって、姪はとっくに決断を下しているようだったが、念のため私は質《ただ》してみた。

「何をやってもって……」

「わたしたちが生きてロンドンへ還《かえ》るためのすべてをよ!」

昂然《こうぜん》と少女は言い放ち、男たちは、暗さのためによく見えない顔を見あわせた。

第七章

さまざまな人物の正体が明らかになること
美女の肖像画が不気味な謎をもたらすこと

I

メープルが昂然《こうぜん》と決意を表明した直後だった。世界が急に静かになったように感じられた。温室《コンサバトリー》のガラス屋根を乱打していた雨の音がやんだのだ。

ガラス屋根ごしに、黒々とした雲がひろがっていたが、それがわずかに切れると、青白い月の光が投げこまれてきた。一瞬でそれがとぎれ、すこししてまた薄明るくなる。雲の流れの速さがわかるというものだった。

「雨がやんだら外に出られるわ」

「出たほうがいいかな」

「誰かに見つかる前にそうしましょうよ」

「よし、そうしよう」

私とメープルは立ちあがった。マイケル・ラッドは何かいいかけたが、結局、肩をすくめて私たちに倣《なら》った。

温室を出て、どこへいくか。それについては、私に考えがあった。厩舎《きゅうしゃ》に直行するのだ。馬か馬車をうばい、一秒でも早く、こんなおぞましい城館《カースル》とはおさらばする。ロンドンにもどって、ミューザー社長に不始末を報告するのは気がめいるが、そんなことは無事にここを脱出してから考えればいい。

「いくぞ、メープル、離れるんじゃないぞ」

「はい！」

温室には、ふたつの出入口がある。屋内へ向いたものと、屋外へ向けたものだ。もちろん私たちは後者のガラス戸を開いた。

雨はやんでいたが、不快な空気が私たちをつつんだ。湿った冷気、あるいは冷たい湿気。どちらが適切な表現かは、小説家にでもまかせよう。

一歩踏み出すと、靴底が半インチほどしずんだ。泥の湖が私たちを歓迎してくれたというわけだ。一歩ごとに、泥の上には、必要以上にくっきりと足跡がしるされて、追跡者に重要な手がかりをあたえてしまいそうだった。

「まずくないか、おい」

ラッドにいわれるまでもなく、まずいに決まっている。だが追手をまどわすような小細工をほどこす余裕などなかった。とにかく厩舎へといそぐ以外、私たちに選択肢はなかったのだ。

可能なかぎりの速さで、私たちは走った。夜のことで、方角をまちがえたら目もあてられないが、本館と厩舎との位置関係は、夜になる前にだいたいつかんでいたし、本館の灯火から遠ざかれば、そうまちがわずにすむはずだった。

一歩ごとに泥がはねあがって、私たちの服や顔を汚した。メープルはじつにかろやかに走っていたが、すでに引き裂かれていたドレスは、あわれなもので、「末路」といういいかたがふさわしい惨状だった。

厩舎までは三百ヤードほどの距離だ。そのあいだライオネルの一族に発見されなければ、私たちの成功は達成されるかもしれない。

「しかし、妙だぜ」

ラッドがいい、私はすこしいらだった声で応じた。

「何が妙だっていうんだ？」

「おまえら、追われてたんじゃないのか。それにしちゃ静かすぎるぜ」

メープルが白い息を吐き出した。

「他の人たちはどうしているのかしら」

まだ就寝するほどの深夜ではない。あの尊大な老人が放言したように、格の低い食堂で食事をしたあと、それぞれの部屋に引きとったのだろうか。そして、何よりも、ラッドがいったように、私たちを追ってくるはずの、ライオネルの一族は何をしているのか。

疑問はあったが、私はべつのことを口にした。

「もうすぐ着くはずだ。考えるのはあとだ」

「そうね」

左の頰についた泥を、ドレスの袖でぬぐいながら、メープルがうなずいた。そういう動作はまだまだ子どもだ。

厩舎が見えてきた。私たちの家より大きな石づくりの建物は、黒々とした影のかたまりに見えたが、大きな扉の左右には鉄とガラスでできた箱があって、ふといロウソクが点《とも》っていた。

そのロウソクがつくるオレンジ色の光の領域に足を踏みいれたとき。

半ば予想していたものがきた。

扉の蔭からおどり出たものが、両手をひろげておそいかかってきたのだ。人間の言葉にはならない咆哮とともに。

やはり待ち伏せていやがった！

私は右手の拳銃を突き出した。相手がそれを手で払いのけようとした瞬間、左足をはねあげる。泥まみれの靴が、したたかに相手の股間を蹴りあげた。

咆哮が苦痛の叫びに変わる。同時に私は右手の拳銃を振りおろした。前かがみになった相手の脳天に一撃をくらわせる。

相手はそのまま前に倒れ、顔を泥に突っこんだ。射殺しなかったのは、慈悲のこころからではない。銃声をたてないためだ。

それにしても、これはいったい何だ。

私は頭が変になりそうだった。いや、もうすでにおかしくなっているような気がしてきた。人間が動物に変身する話は、古代ギリシアの時代から存在する。狼の皮をかぶれば狼になり、熊の毛皮をまとえば熊になる、というやつだ。だが、燕尾服を着こんだ狼とは、できの悪い怪奇譚でも読んだことがない。

いっそ完全に狼だったら、まだよい。何とも不気味なのは、人間の顔つきがまだのこっていたことだ。くわしく観察する間はなかった。厩舎のなかから、いくつかの咆哮がかさなってひびいてくる。

「ここはもうだめよ、おじさま！」

「馬はあきらめようぜ、ニーダム！」

姪と戦友にいわれて、私は踵《きびす》を返した。敵が待ちかまえているとわかって、なお突っこんでいくのは、人生に一度でたくさんだ。つい三年前、バラクラーヴァで経験させられた。

「世界最強の騎兵たちが、世界最悪の指揮を受けた」

そうイギリスの新聞は書きたてたものだ。この記事の前半については何ともいえないが、後半については正しいだろう。六百七十三名の兵士が百九十五名になるまで、二十分もかからなかったのだから。

今夜のうちに私たちが落命したら、さらに二名へるわけだ。これは無能な陸軍省のせいにするわけにはいかない。

厩舎の近くから、石垣がはじまっていた。畑と牧草地をへだてる、例の石垣だ。

こんなところまで羊が来るのだろうか。

「乗馬か迷路あそびにでも使うんじゃねえか」

ラッドはいいかげんなことをいったが、あんがい正解かもしれない。

「ここにはいって、追いかけてくるやつらをまこうぜ」

ラッドの提案に、他のふたりはしたがった。最善の策とは思わなかったが、かくれる場所もない広い庭を、まっしぐらに逃げるよりはましなはずだった。ラッド、私、メープルの順に石垣の通路にはいりこむ。そこまではよかったのだが……

石垣の向こうに何かいた！

厚さ一フィート半ていどの石の壁をへだてただけで、何かが身をひそめていたのだ。気づいたのは、最後尾にいたメープルだった。

メープルはすこし歩調をおそくした。私との距離がひらいた。その間にも聴覚をとぎすまして、石垣の向こうの気配をさぐる。

気配は急激に大きくなってきた。メープルは唾《つば》をのみこんだ。両手でラッパの形をつくり、声をかぎりに叫んだ。

Ⅱ

「おじさまあ、逃げて！」

その叫びを聞いて、私ははじめてメープルのおかれた状況に気づいた。姪の叫びと、まったく逆の行動をとる。拳銃をつかみなおして、メープルの声のする方角に走り出したのだ。

「おい、おい、ニーダム、うかつに走ると……」

気づかれるぞ！　ラッドはそういったようだが、私は聴いていなかった。

必死で駆けてくるメープルの姿が、十ヤードほど前方に見えたとき。とどろくような音響。石垣の一部が吹き飛んだ。大小の石片が飛散し、舞いくるい、空気と地面を乱打する。とっさに私は左腕をあげて顔面をかばった。体の前面いたるところに痛みを感じたが、幸運だったのは、石片がいずれも鈍角《どんかく》や球形だったことで、重い傷は受けずにすんだ。

「メー……プル！」

濛々《もうもう》と立ちこめる石粉の一部を吸いこんで、私はせきこんだ。それでも、薄くあけた目に映ったのは、頭をかかえてうつ伏せになった姪の姿だ。

「無事か、メープル！」

つづいて私が見たものは、きわめてめずらしいものだった。といっても、見物料など、一ペニーも支払いたくはなかったが。

石片の丘を踏みこえ、哭きくずされた石垣の隙間から全身をあらわしたもの。それは狼の顔をし、体を剛毛におおわれ、二本の肢で立っていた。

画廊《ギャラリー》の天井に描かれていた怪物だ！　ただし、コウモリに似た巨大な翼をせおってはいなかった。別種だろうか。

研究はあとにして、私は怪物に立ちむかわねばならなかった。出現のしかたからして、この怪物が友好の精神を持ちあわせていないことはたしかだったからだ。

怪物の両眼は、夜のただなかでも赤く光っていた。ルビーというより、炉のなかで燃えさかる石炭だ。耳の近くまで裂けた口と、白い牙を見れば、ひと嚙みで私たちの首と胴を別々にできることはあきらかだった。

「ぐっ……るる……う……」

怪物が声をあげた。何とも奇怪なことに、その声には人間のしゃべる言葉がひそんでいるように思えた。

私は右手の拳銃を慎重にかまえなおした。いまさら銃声を気にしてもはじまらないが、怪物の動きを読まねばならない。第一弾をはずしたら、私は首を喰いちぎられ、メープルを守るという責任を永久にはたせなくなるだろう。

いきなりだった。怪物は私をまどわせるように左右に動いてみせると、正面からおどりかかってきた。

「おじさま！」

「さがってろ、メープル！」

つぎの瞬間、私の視界は怪物の口でふさがれていた。反射的に私は左腕を伸ばし、怪物の

口に手をつっこんで、赤黒く長い舌をつかんだ。舌の付根をだ。これで怪物は上下のあごを嚙みあわせることができなくなり、私の腕をくいちぎるのが不可能になった。

怪物は仰天しただろう。私だって、こんなことはしたくなかった。できるとも思わなかった。だが私の左手は、たしかに怪物の長い舌をつかんでいた。ぬるぬるとぬめって、やわらかく、弾力に富み、しかもなまぬるい触覚。ナメクジをつかんだほうが、よほどましに思われた。

それでも私は怪物の舌を左手でつかんではなさず、右手を動かした。拳銃の銃口を怪物の左眼に押しつけ、引金をひく。

激しいが鈍くこもった音がして、怪物の左眼が血の穴と化した。同時に怪物が右手の爪《つめ》をひらめかせる。

私の額から左頰にかけ、痛みが灼熱する刃となって走った。私の左眼は無事だったが、飛散する血が眼にはいった。ひるみはしなかったが、その力は私をおどろかせた。

私はふたたび撃鉄をおこし、銃口を怪物のあごと咽喉《のど》の境界にあてて撃った。いやな手ごたえがして、粘りのある血が噴き出す。

左眼から一発、あごの下から一発。二発の銃弾が怪物の脳に撃ちこまれたのだ。ヒグマだって倒れるはずだった。

怪物は倒れなかった。左眼とあごの下から血や粘液を噴き出し、一、二歩よろめきながらも倒れない。

さらに怪物が右の前肢を振りあげ、私の頭上に打ちおろそうとしたとき、マイケル・ラッドがナイフをひらめかせた。怪物の右腕はがらあきになっている。ラッドのナイフは、ほとんど柄元まで一気に怪物の体に埋まった。

怪物はまたもよろめいた。今度は後ろに倒れそうになり、のけぞったまま後肢だけで二、三歩しりぞいた。それでも倒れない。ひとつだけの眼に憤怒の劫火《ごうか》を燃えたたせ、口から血とうめき声を吐き出しながら、なお身がまえる。

それが限界だった。

怪物の鼻面に、石がはじけた。くずれた石垣の瓦礫のなかから、メープルが手ごろな大きさのものをひろいあげて、力いっぱい投げつけたのだ。鋭い角が命中して、鼻が裂けた。

怪物は二足歩行の体勢を維持することができず、瓦礫を蹴ちらすように横転した。死なないまでも、戦闘力は完全にうしなっただろう。だが確認するひまはなかった。通路の向こうから怒号と足音がひびいてくる。追手がせまっているのだ。

「おじさま、血が……」

「かすり傷だ。それより、早く！」

メープルの手をひいて、私は走り出した。ラッドも走る。一分ほどで、私たちは石垣の通路から脱け出した。

「とりあえず、あそこへ！」

この声は、だれのものかよくおぼえていない。期せずして三人が所在に気づいたのは、黒黒と口をあけた人工洞窟《グロットー》だった。そこへ私たちは駆けこんだ。

考えてみれば、人工洞窟が行きどまりだったら、私たちは好んで危地へ踏みこんだことになる。出入口をおさえられたら、もはや逃げ場はない。だが一瞬のうちに私は賭《か》けていた。人工洞窟の奥がどこかへ通じていることに。

そしてそのとたん、人工洞窟のなかにひそんでいた何者かの攻撃を受けたのだ。

何者かのふるうステッキが、水平に宙をないだ。鋭く、むだのない攻撃で、街の無頼漢だったら、何ごとが生じたかもわからぬうちに、地上にのびていたにちがいない。

だが私は反射的に身を沈めた。頭上一インチの空間を、ステッキがかすめ去る。私は腰のあたりからえぐるように拳を突きあげ、相手のあごに一撃をくらわせた。相手はのけぞり、ひっくりかえった。それが、この城館《カースル》に来たとき玄関で見た黒服の男であることに気づくと、私は彼の眼鏡をとりあげ、ヒゲをつかんだ。力まかせにむしりとる。最初からあやしいヒゲだと思っていたのだ。

「ウィッチャー警部……⁉」

叫んだのはメープルで、私はあっけにとられて声も出なかった。ロンドン警視庁《スコットランド・ヤード》の敏腕警部は、にがにがしげな溜息をついた。

「正体が知れてしまったところで、眼鏡とつけヒゲを返していただけますかな、ミスター・ニーダム」

メープルが私の手から眼鏡とつけヒゲをとり、ウィッチャー警部にわたした。

「や、すみませんな、お嬢さん」

「叔父を責めないでください。ご正体を知らなかったのです」

「責める気持ちはありません。私のほうも敵だと誤解したことだし……。しかし、いいパンチでしたな」

あごをなでながらウィッチャー警部は皮肉っぽく賞賛し、ひと息つくと、告白した。

「こうなったらいってしまいますが、私は警視総監の命令でね、紋章院《カレッジ・オブ・アームス》のために潜入捜査をはじめたところだったのです」

ご存じのとおり、紋章院とは、貴族に関する事務をとりあつかうお役所で、貴族の名称とか相続とか紋章とか、そんなことを決めたり記録を保管したりするところだ。しがない中流階級や労働者階級には、まったく縁のない存在である。

ウィッチャー警部は私を信用してくれたのか、毒くらわば皿まで、という気分だったのか、ひととおり話してくれた。

「今回のフェアファクス伯爵家の相続については、いろいろあってね。ま、新聞記者なんかが悪い噂を書きたてる余地があったわけだ。外国の貴族がたにも、血縁やら縁戚関係やらで、ライオネル卿の相続にケチをつける人たちがいる。紋章院としては、後日のもめごとの火種をもみ消しておきたいわけなんだ」

ロンドン警視庁としては、紋章院の上層部《おえらがた》に貸しをつくっておけば、貴族の犯罪を捜査するとき、協力してもらえるかもしれない、と考えたわけである。ウィッチャー警部は庭師《ガーディナー》の息子として生まれ、本人も庭仕事が趣味だったので、庭師の募集に応じてフェアファクス伯爵家にもぐりこむことにしたのだ。

そううまくいくかな、という気もするが、警察がもっとも苦労するのは、上流階級の犯罪を捜査する場合だ。上流階級は警察官を「下賤《げせん》の者」と見下している。捜査に協力しないだけではすまず、妨害すらする。この三年後、「ロードヒル・ハウス殺人事件」の捜査にあたったウィッチャー警部は、みごと真犯人を指摘したのに、はげしい中傷と非難をあびて、捜査を終了させられてしまったのだ。

Ⅲ

「ここまで話したからには、ご協力いただけるでしょうな、ミスター・ニーダム」

ウィッチャー警部の声はおだやかだが、人工洞窟《グロットー》内の闇をすかして、私を見すえる眼光は強かった。

「法と正義がおこなわれることには、もちろん協力いたします。ですが、フェアファクス伯爵は私たちの会社のだいじな顧客《おとくい》さまでして……」

「顧客？」

「ええ」

「ミューザー良書倶楽部《セレクト・ライブラリー》の社員は、悪漢に追いかけられるのも仕事のうち、というわけですかな」

こうはっきりと皮肉をいわれると、私としては立腹すべきだったかもしれないが、いまさらライオネルに忠義立てする意味もない。

メープルが、たよりない叔父に助言した。

「いずれにしても、ロンドンへ帰ってからのことにしましょうよ、おじさま」

「そうだな」

とにかくこの城館《カースル》を脱出しなくては話にならない。ウィッチャー警部まで敵にまわすのは、おろかなことだった。

私たちとウィッチャー警部は、あわただしく情報を交換しあった。ウィッチャー警部は、使用人候補たちといっしょに夕食をとらされた。内容は、いうほどのものではない、そうだが、ビールぐらいは出たらしい。

そのあと、せまくるしい寝室に案内されて、翌日、総支配人の口頭試問を受けることになったが、鉄製のベッドに身を横たえるまもなく、一連の大騒ぎに気づき、部屋を忍び出てきた、というのがウィッチャー警部の話だった。

話している間にも、ずいぶん前進したが、人工洞窟《グロットー》はまだ先につづいている。

「意外に深そうだぜ、この人工洞窟は」

声には出さなかったが、私も同感だった。人工洞窟の規模は大小さまざまだが、もともと庭園の装飾みたいなもので、一時の雨やどりとか子どもの隠れんぼぐらいしか使途《つかいみち》はない。

「抜け道としてつくられたのかもしれんな」

「とすると、このまま外に出られるかもしれませんね」

心からそう思っているわけではないが、希望の灯火がちらついてきた。

「月蝕島《げっしょくとう》の海底トンネルを思い出すわね、おじさま」

メープルがささやいた。

この年の七月、私とメープルはスコットランドの北西岸で奇怪な経験をしたのだが、そのときの同行者は、わが国のカレー好きの文豪ディケンズと、デンマークの童話作家アンデルセンだった。今回の同行者は、ロンドン警視庁《スコットランド・ヤード》のウィッチャー警部と、バラクラーヴァの勇士のひとりラッドである。戦力としては、前回よりはるかに、たよりになるはずだった。何しろディケンズはまだしもアンデルセンは……ああ、いやいや、紳士が紳士を誹謗《ひぼう》するなど、あってはならない。

人工洞窟の床には、最初は石が敷いてあったが、いつしか土に変わっていた。そして左右の壁はというと、これも石から土に変わっていたが、だいたい二十歩ごとに天井から燭台がさがっており、白くて細長いそれはキツネの頭蓋骨でつくられているようだった。どうにも頭蓋骨にとりつかれた一族だ。何代にもわたって髑髏城《どくろじよう》に住んでいただけのことはある。

ラッドが小さく声をあげた。灯のとどかない地点で、何かにつまずいたのだ。それはけっこう大きく、やわらかな物体だった。

「死体だ……しかし、これはいったい何の……?」

ウィッチャー警部のつぶやきに、私が応じた。

「こちらにもだ」

あきらかに死体だった。だが、ウィッチャー警部が絶句したように、私も言葉がつづかなかった。しいていえば人間に近い死体だったが、剛毛におおわれた上、背中の一部が大きく盛りあがって、皮膚を突き破らんばかりだった。まるで、翼がはえかけたところで、死がその成長を永遠にさまたげたようだった。

「灯が洩れてるわ」

メープルの言葉で、私たちはドアらしきものを見つけた。鍵はかかっていない。

「さて、ここはどこか知らんが、とりあえずだれもいないようだ」

ウィッチャー警部がつぶやき、慎重に足をすすめた。彼のつぎに私、そしてメープル、ラッドの順で部屋にはいる。

婦人用談話室《パーラー》のようだった。あちらこちらに花がかざられ、長椅子《カウチ》や寝椅子《ディベッド》が配置されている。棚にはマイセン陶器の人形やらオルゴールやら。とくに目を引いたのは、火の気のない暖炉の上の壁面をかざる女性の肖像画で、上半身が描かれ、縦五フィート、幅三フィートほどもあった。

「いつごろの服装だろう」

無学な私には想像もつかなかった。異国的であり、東方的であったが、トルコやペルシアでもなさそうだ。頭にかぶっているのは冠だろうが、二段がさねの円帽の上に、三角形がいくつかならんでいて、左、右、後の三方にカバーが垂れている。紫色の、おそらく絹でつくられているのだろう。重そうなほどたくさんの宝石が飾られている。

服は詰襟のようで、咽喉《のど》もとをかくしてしまうほど高い。肩から胸にかけては、宝石がつらなっている。すこし幾何学の図形に似た金糸《きんし》の刺繍《ししゅう》がほどこされていて、巻物らしきものを手にしていた。

「東ローマ帝国《ビザンチンていこく》の貴婦人の服装みたい。本で見たことあるわ」

四人のうちの最年少者が、どうやら、いちばん物識《ものし》りのようである。

「はあ、東ローマ帝国ねえ」

私は思わず首を振った。

「今回の事件では、やたらと東ローマ帝国がからんでくるな。もともとダニューヴの河口からして東ローマの領土だったし……」

「それより、おじさま」

「うん？」

「よく見て、あの貴婦人の顔……」

あらためて私は肖像画をながめた。服装や手ではなく顔を。それは度がすぎるほどととのっており、青ざめたというほどに白い。

「ドラグリラ・ヴォルスングル……！」

うめいたのは、私とラットが同時だった。顔をみあわせたふたりは、たがいの眼に畏怖《いふ》の感情を読みとった。

「ああ、おじさま、わたしたち、やっぱり動揺してたわ。この状況をどうにかしてくれる人がいるのを忘れてた！」

「……だれですかな、ミス・コンウェイ？」

不審そうに、ウィッチャー警部が問う。

「この女《ひと》です。伯爵夫人よ。ええと、正式にはドラグリラ……」

「そうか、この女《ひと》だ！」

私も低く叫んだ。この城館の女主人ともいうべきドラグリラ・ヴォルスングルなら、私たちを助けてくれるかもしれない。

「そうよ、もともとこの女《ひと》が、わたしたちをディナーに招待してくださったのよ。ドレスまで貸してくださって……ああ、でも、わたし、せっかくのドレスをひどいことに……」

「ドレスの怨みはともかく、彼女はディナーの会場にいたかな」

私のつぶやきに、ラットが応じた。

「似ちゃいるな、たしかに。だけど同一人物かね」

「彼女のご先祖かな……千年ぐらい前の」

たいして根拠もなく私はいった。

そのときウィッチャー警部が歩み出た。彼は美術鑑賞とは無縁の態度で肖像画をながめ、指先をあてて絵具の状態をたしかめる。かるく首を振って私たちをかえりみた。

「この絵具は、せいぜい五十年くらい前のものだな。母君か祖母君のものだろう。しかし、私はご本人を見てないが、そんなに似てるかね」

「ええ、そっくり。とにかく、伯爵夫人をさがしましょう。たぶん寝室にいらっしゃるわ。事情をお話しして、助けていただくの」

「他に方法もないようだが、もし、助けてくれなかったら、どうするかね、お嬢さん」

ウィッチャー警部はまじめくさって問うたが、メープルの返答はなかなかすごかった。

「そのときは、申しわけないけど人質になっていただきましょう。でもけっして傷つけたりなさらないでね、おじさま、紳士らしくふるまってくださいね」

見わたされた男三人は、度肝をぬかれた体《てい》でうなずいた。考えてみれば、人質をとるのは非常時の名案ではある。だが、十七歳の少女が、大の男三人より先にそんな大胆なことを考えつくとは。

「おい、ニーダム」

「何だ、ラッド」

「おまえの姪は、たいしたもんだな。いや、ほめてるんだ、誤解するな。それより、フェアファクス伯爵家の財宝について知ってるか？」

「財宝？」

「第四回十字軍がコンスタンティノープルから掠奪した財宝だそうだ」

「そんなものがここに?」

「ごく一部にすぎない。だが、現在の貨幣価値にすれば、一千万ポンドをかるくこえるだろう」

金額の巨大さに、私は声も出なかった。イギリスの下級労働者で、年収十ポンドにみたない者は何百万人もいる。にわかには信じがたい。

「おれなんぞ欲がすくないからな、その一割もありゃ大満足だがね」

いやいや、充分、欲が深いよ、ラッド。だが、その欲に、ナイチンゲール女史の指令がどうからむんだ?

そう問おうとしたとき、けたたましい悲鳴が夜の帳《とばり》をつんざいた。

Ⅳ

「たすけてえ!《ヘルプ・ミイイイ》」

若い女性の声だ。

「あれ、ヘンリエッタの声だわ」

メープルが断言した。彼女はするどく四方を見わたし、私たちが入室したのとはべつのドアに向かって駆け出そうとする。思わず私は尋ねた。

「たすけにいくのかい？」

「もちろん」

「ふむ、つまり君は、ほんとうはミス・ドーソンと仲がよかったというわけだね」

「いいえ、おじさま、ちがうわ」

断固たる態度で、私の姪は、誤解を粉砕した。

「わたし以外の人間に、ヘンリエッタが破滅させられるなんて、がまんできないのよ。彼女が死ぬまで、わたしに助けられたことを、くやしがらせてやるの！」

緊張が高まるはずの状況だが、私は笑い出しそうになった。ウィッチャー警部やラッドまで笑おうとしかけた。

その笑いもすぐに消えた。メープルが暖炉に駆けより、鉄の火かき棒を手にしてドアへ向かったからだ。

あわてて私は姪のあとを追った。姪はドアのノブに手をかけたところだった。ドア一枚の向こうを、大勢の声と足音が、なだれを打って通りすぎていく。

「だめだ、無理をするな、メープル」

「でも……」

「相手がどうやら多すぎる。四人では手が出せない。ミス・ドーソンはかならず助けるが、いまは私たちが助からなくては元も子もない。レディ・ドラグリラを人質にすれば、ミス・ドーソンと交換することもできる」

私には万全の自信があるわけではなかった。だが、メープルは私を見つめ、だまってうなずいた。万能にほどとおい叔父をこまらせたくなかったのだ。

厚いカーテンをすこし開いて、窓の外をのぞいたラッドが声をあげた。

「何だかどこかで火が燃えてるみたいだぜ」

「火事か？」

「いや、たぶん泥炭《でいたん》が自然発火しているのだろう」

ウィッチャー警部が答える。

あと五十年もたたずに、二十世紀がやってくる。さらに科学や合理的精神が発達した時代のはずだ。だが、このままの状態がつづけば、そういう時代が到来する前に、私たちは死神の餌食にされてしまうだろう。この呪うべき館から一歩も出られぬままに。

ラッドがドアを細くあけ、すばやく外をのぞいた。

「いま廊下にはだれもいないぜ。ここを逃げ出すならチャンスだが……」

そのあとメープルがつぶやいた言葉は、私を慄然《ぞっ》とさせた。

「この城館《カースル》には、いったい何人の人間がいるのかしら」

ウィッチャー警部もマイケル・ラッドも沈黙している。ようやく私は声を出した。

「すくなくとも四人はいるさ、メープル」

恐怖と不安と疑惑とが、目に見えない三頭立ての馬車をつくり、私たち四人を乗せて月光の下を走っていた。そう、四人いたから私たちは耐えられたし、行動することもできたのだ。

ひとりずつ孤立していたら、何もできなかったにちがいない。せいぜい、どこかに身をひそめて、ひたすら朝が来るのを待つだけであったろう。

それにしても、これからどうすべきか。この部屋を出たからといって、より安全になるという保証はどこにもない。

途方にくれかけて、私は、聴覚に刺激を感じた。狼や犬なら、ピンと耳を立てるところだ。

「……ミスター・ニーダム、いるかね？」

そう聴こえた。

私は右手に拳銃をつかんだまま、用心深く寝椅子《ディベッド》のひとつに歩みよった。下方に銃口を向けると、寝椅子《ディベッド》の下から人影が這い出てきた。人影？　両手の甲には剛毛がはえ、私たちを見あげた顔も同様だった。鼻面ものびている。だが、発したのは人間の言葉だった。

「私はモリソンだ……列車で君たちにあった」

「モリソンさん……？」

私はうめき、メープルが声をのむ。モリソン氏もまた「人間ではなかった」のか？

「いったはずだぞ、ニーダム君、あの囚人船が燃やされた夜、私は、サウスエンド・オン・シーにいた、と」

「だが、あなたは、水棲の狼を見てはいないともおっしゃった」

「見てはおらんさ。自分の姿を、君は見ることができるかね？　鏡もないところで？」

モリソン氏の言葉の意味を考え、眼前の姿を見れば、答えはあきらかだった。私たちの前にいるのは、伝説や怪奇小説に登場する人狼だった。彼は床の上にすわりこんだが、シャツやネクタイは血にまみれていた。

「君たちに危害を加える気なら、だまっておそいかかっておったよ」

私の銃を見やってモリソン氏は苦笑したが、何しろ顔が半分、狼になっているので、正直なところかなり不気味だった。だが態度は紳士だった。

「あなたも伯爵のご一族だったのですか」

「伯爵か……いや、まったく、伯爵ていどで満足しておればよいものを、何を乱心したものやら……」

苦しげにあえぐ。気の毒だが、できるだけ多くのことを聴いておきたい。私はいったん拳銃をしまい、モリソン氏の体をささえた。

「ディナーのときには、お目にかからなかったように思いますが」

「君たちとはべつのテーブルにおったし、じつはなるべく顔を見られないようにしておった。気まずかったのでね。列車のなかで正体をあかさなかったしな」

「どうぞお気になさらず」

メープルが、ドレスの残骸の内側からまだ綺麗なハンカチを引っぱり出し、モリソン氏の傷口にあてた。

「ああ、ありがとう、お嬢さん」

深く歎息《たんそく》して、モリソン氏は話をつづけた。

「油断した、ということかな。ライオネルが何かしでかすのではないか、という疑念はずっと抱いてはおったのだが……」

「今夜とはお考えにならなかった？」

「うむ、まさか一族の者をあつめて、最初のディナーを始めたとたんに、とは、思わなかった。してやられたな。これで私も、けっこうしたたかに長生きしてきたつもりだったが……」

「失礼ですが、お年齢《とし》は……」

「かまわんよ、三百年にすこし欠けるくらいだ。外見はライオネルより年かさだがね」

淡々とモリソン氏は告げ、私たちはそれを信じた。今夜これまでに経験した事実が、十九世紀の科学も常識も吹きとばしてしまったのだ。

「わが一族の長たる者は、両者をまとめ、協調させる立場にあるのに、ライオネルはみずからそれを放棄した……」

V

「両者というのは何ですか？」

「いちおう水族《アクアラー》と翼族《ウインギル》といういいかたをしているがね。画然と区別できるわけじゃない。

両者は混交《こんこう》できるし、水族の親から翼族の子が生まれることもある」

モリソン氏はかるくせきこんだ。

「呪われたナムピーテスの一族も、このあたりで絶えるのかもしれないな」

「呪われた、とおっしゃる？」

「少なくとも祝福された一族とはいえんからね。ナムピーテス、死者をついばむ種族だ。異様に長命で、めったに子は生まれない。殖《ふ》えすぎたら秘密は保てず、食物にも不足するからね」

「食物」というありふれた単語が、奇妙なひびきをもっていた。ナムピーテス、死者をついばむ者。

にわかに、四人の人間は身をこわばらせた。

口笛が聴こえる。

美しく、情感を刺激するメロディ。「アニー・ローリー」とおなじく、戦場でよく耳にした曲だった。「ロンドンデリーの歌」だ。アイルランド近衛軽騎兵連隊の兵士たちが、戦友をとむらうときによく歌っていた。一八五一年に採譜《さいふ》されたアイルランド民謡だ。

だが、その美しいメロディが口笛となってドアの向こうからひびいてくると、身の毛のよだつような感じだった。

四人はそれぞれ武器をにぎりしめた。ウィッチャー警部はステッキ、ラッドは軍用ナイフ、私は拳銃、そしてメープルは火かき棒。

ドアが開いた。

「やあ、これはこれは、来客諸君」

ライオネルだった。どういうつもりか、礼服を着こんでワゴンを押す執事《バトラー》をしたがえている。

無表情で立ちつくす執事を振り向いて、ライオネルは命じた。

「おい、サルジーンをよこせ。大きなグラスにたっぷりとだぞ！」

それは熱く沸かしたウィスキーにバターを放りこんだ酒で、一気に飲みほすと、どんな酒豪でもたちまちひっくりかえる、という代物である。私は飲んだことがないし、べつに飲みたくもないが、経験者によると、「全身の骨が溶けていく感じ」になるそうだ。

執事がうやうやしく差し出したグラスを、ライオネルは半ばひったくると、乾杯のポーズをしてから、一気に空にした。

「もう一杯」

グラスを肩ごしに放り投げると、執事がたくみに受けとめた。モリソン氏が声をしぼり出した。

「紳士の飲む酒ではないと思うが、うまいかね、ライオネル卿」

「生命の紅酒《クリムソン・スピリッツ》には劣るが、そう悪いものではない。何にせよ、いつでも最上のものが手にはいるわけではないのでね。妥協というやつも必要だ」

ライオネルは唇の両端を吊りあげて、半月形の笑いをつくった。

「時間をかけてゆっくりと、ひとりずつかたづけてやるつもりだったよ。だが、それではやがて一族のなかで犯人さがしがはじまる。反撃の機会をあたえてしまうことにもなる。先手を打って、一挙に処理してしまうに如《し》かず」

「処理だと？　どういう意味だ？」

「こういう意味だ」

ライオネルが足を動かした。彼の後方の床に横たわっていた物体が、ごろりところがって、燭台《しょくだい》の光を受けた。ライオネルが足蹴にしたのは、燕尾服を着た老人の体だった。

「グスタフ老！」

モリソン氏がうめいた。それは、城館に到着したとき、私やメープルに無礼な態度をとった老人だった。そうといわれなければ、わからなかったかもしれない。彼もまた変貌していたからだ。口吻《こうふん》がとがり、剛毛がはえ、それでも意地悪そうな目つきは変わらない。

「厚顔無恥な裏切り者めが！」

グスタフ老人の声が憤怒にふるえ、口角に泡がはじけた。むき出しになった歯が、銃剣の尖端さながらにとがって、自分自身の唇を突きやぶりそうだった。

「彼奴《きやつ》は血族の繁栄になど関心がなかったのじゃ。自分ひとりが富と力を独占できれば、それでよかった。父親の血が悪かったのじゃ。だからリラには何度もいうたに、彼女《あれ》は忠告を諾《き》かなんだ。男の顔なんぞに目がくらんで、名誉あるナムピーテスの一族を亡ぼすことになってしもうた……」

吹き出す泡に血がまじり、言葉は何度もとぎれた。なす術《すべ》もなく、私たちは、老人がじわじわと死んでいくありさまを見守った。不愉快で傲岸《ごうがん》な老人ではあったが、誇り高く死んでいこうとする努力はみごとだった。

「ご遺言《ゆいごん》どうもありがとう」

ライオネルがあざけると同時に、グスタフ老の体を死の痙攣が通りすぎていった。

ライオネルが血族を呼びよせたのは、まとめて鏖殺《みなごろし》にするためだったのか。

大量殺人。いや、殺されるのは、正確には人間たちではない。人間の皮をかぶった獣人たちだ。彼らには罪があるのだろうか。あるとしたら、かってに殺しあえばいい。だが、私たちがそれに巻きこまれる必要はない。罪がないとしたら……ただ人間社会の片隅で、息をひそめて細々と生活しているだけだとしたら……

ライオネルは二杯めのサルジーンを飲みほした。今度はグラスを肩ごしに放り投げることはせず、二本の指の間でもてあそぶ。

「グスタフ老も、もう生きるのに飽きただろう。ちと手ぎわがよくなかったことは認めるが、まあ私としても慣れないことでね、ゆるしていただくとしよう」

「それでもナムピーテスの長か」

モリソン氏がせきこんだ。せきに血がまじった。

「わがナムピーテスの血族は、ヴラヒア国王の地位を要求する権利があるのだぞ。東ローマ《ビザンチン》帝国の名において、勅許状《ちょっきょじょう》もいただいてある。その名誉ある血族を、長たる者が絶やす気か」

「勅許状はここにある」

長い年月を閲《けみ》したとおぼしき、羊皮紙の巻物を、むぞうさにライオネルは胸元からとり出した。

「しかし東ローマは滅亡した。四百年も昔にな。このごたいそうな勅許状も無効だ。貴重な文化財ではあるから、大英博物館にでも寄付すれば、さぞ感謝されるだろう」

悪意がライオネルの両眼からあふれ出し、灯火を受けて、邪悪な宝石のようにかがやいた。

「モリソン氏も、なかなか死ねなくてお気の毒だ。ナムピーテスの血をひくばかりに。凡人ならとっくに楽になっているのにな」

「いったいあなたは何者ですかな」

ウィッチャー警部が声を押しころした。これこそ基本的な質問というべきだった。ライオネルは舌の先で、下唇をなめた。サルジーンの後味をたしかめるように。

「私の実父は、ユースタス・ド・サンポールという」

「フランス系の方ですか」

「第四回十字軍に参加した騎士だった」

私はしばらくだまっていた。ライオネルの言葉が頭のなかで拙劣《へた》なダンスを踊りながら、いくつもの疑問をまきちらす。おかしくなったのは私の耳か、それともライオネルの頭か、何の目的があって彼はそんなことをいい出したのか。いまさらつくり話をする必要もないはずだから事実なのか。だとしたら、こいつはいったい何歳なのだ。

「何かいいたいことがあるのではないかね、ニーダム君」

「は、いささかおたわむれがすぎるように存じますが……」

ライオネルは、わざとらしく歎息した。

「ああ、どうして君は、私の想定内の返事しかしてくれないのかな。たわむれ、と来たもんだ！」

返事のしようがなく、私がだまっていると、ライオネルは揶揄した。

「君は善良な市民であり、勇敢な兵士でもあったが、想像力に欠けるところがあるな。その点、君の姪は、たいしたものだ。尊敬に値するご婦人だ。三年後が楽しみだな」

あまりの言種《いいぐさ》に、私は、頭に血が上っていく音を聞いた。

「あなたが、もしメープルに何かしようという気なら……」

「それ、そういう次元でしか、物事を考えられない。私は他人の才能を正当に評価できるだけさ」

「そんなことをいう人が、実際にそうだった例《ため》しは一度もないわ」

手きびしくメープルがいい返す。だが、私の腕にかかった姪の手は、わずかに慄《ふる》えていた。

Ⅵ

「いずれにせよ、あんたは殺人者だ。無事にイギリスを脱出できるとでも思うのか」

私がいうと、ライオネルは、酒くさい息とともに嘲笑を吐き出した。

「ニーダム、君は地理の勉強をやりなおしたほうがよさそうだな。ドーバーとカレーの間の海峡は、幅が二十マイルしかない。ところで私は、地上におりることなく、つづけて五十マイル飛べるんだ。いや、これは地理ではなくて算術の問題だったかな」

「いや、常識の問題だ。さらりといってのけたが、空を飛べるとでもいうのか、あんたは」

モリソン氏が口にした「翼族《ウィンギル》」という言葉を私は思い出した。ライオネルは事実をいっている。だが、私は無知をよそおった。彼の言葉を信じないふりをしたのだ。こちらの手の裡《うち》を、すべてさらけ出す必要はない。

メープルがさりげなく私を支援した。

「あなたが今後どうなさろうとご自由です。でもわたしたちを巻きこまず、解放してください」

「解放したらどうするね？」

「ロンドンへ帰ります」

「けっこうだね、ロンドンへ帰る。ハッ、それからどうする？」

ライオネルは憫笑《びんしょう》した。

「勤め先に顔を出して、だいじな顧客をうしないました、と、報告するか？　ミューザー社長は文化人面《づら》しているが、それ以前に商売人だ。何千ポンドもの損失を会社にあたえて、君たちはお叱りなしですむのかね？」

私なら「よけいなお世話だ」とどなるところだったが、メープルはちがった。

「伯爵さまには、何かご提案がおありなのでしょうか？　わたしたちにすぐお手を下すことをなさらず、会話をつづけておいでなのは、ご提案がおありだからではございませんの？」

ライオネルはまじまじとメープルを見つめ、ゆっくり四回、拍手した。

「いやいや、ミス・コンウェイ、じつに察しがいいね。私が君の叔父さんより君自身を気に入ってるのは、まさにそこさ。ミスター・ニーダムは誠実な男だが、惜しいことに、頭がかたくて……」

「ミスター・ニーダムは伯爵さまの恩人のはずです。恩人に対して非礼な発言をなさるのは、紳士としての礼儀にもとるでしょう」

「おやおや、叱られてしまったか」

ライオネルは笑った。その笑いが、私の殺意をかきたてたが、ふいに彼は余裕をうしなった。笑いは音もなく凍結し、ライオネルの顔全体を仮面のようにした。

私たちは人工洞窟《グロットー》へ通じるドアからこの部屋にはいったのだが、そのドアが開いたのだ。

「やあ、これは母上……」

あらわれたのはドラグリラ・ヴォルスングルだった。ゆらめく灯火の間を、彼女は近づいてくる。長いドレスの裾は床にひろがって、歩くというよりすべって来るようだった。

「お客さまがたに失礼でしょう、ライオネル」

威厳にみちていながら生気にとぼしい声があるとしたら、まさにそれだった。ライオネルをふくめ、その場にいる全員が、形のない鎖にしばられ、動けなくなっていた。

「レディ……」

銃の感触をたしかめながら、かろうじて私は声を押し出した。

「あのとき、髑髏城において、どのような儀式がおこなわれたのか、うかがってもよろしいでしょうか」

じつのところ、好んで聴きたい話ではなかった。現在の危難から逃れるため、とにかく話題を持ち出したのだ。あのときライオネルが大ナマズの餌になっていてくれれば、現在の苦境もなくてすんだのである。

「あらたな一族の主人を選ぶ儀式です。具体的に申しあげる必要はないでしょう。あなたがたのおかげでライオネルは儀式にまにあい、選ばれたのです」

私の手でライオネルを大ナマズの口に押しこんでやればよかった。いまさらおそいが。

「妾《わらわ》のあやまちです。ユースタスの美貌につい気をゆるしてしまいました。一族にあたらしい血もほしかったし、妾に背《そむ》く度胸があるとも思えませんでしたものね。でも、ああ、しょせん黄金の都《コンスタンティノープル》を荒らしまわった下賤《げせん》な盗賊どもの一味でした」

「十字軍です、神の聖なる戦士ですよ、母上」

咽喉《のど》を鳴らすような笑いかたを、ライオネルはした。彼なりに笑う努力をしていた。

「私としては、母上のあやまちに感謝すべきでしょうね。父がダニューヴ河口の雪原でのたれ死んでいたら、私はこの世にいなかった……しかし、せっかく助かったのに、父は幸福ではなかった。子ができたら、故郷へ帰してやってもよかったのではありませんか」

ドラグリラは返答せず、青白い大理石像のような横顔を、ライオネルに向けていた。

第八章

エドモンド・ニーダム氏が初めて見た朝焼けのこと
メープル・コンウェイ嬢が思わぬ敗北を喫《きっ》すること

I

はるかな昔、イエス・キリストが生誕する以前、いや、仏陀《ブッダ》やモーゼもまだ生まれていない時代であったろうか。

広大きわまる陸地の北の涯《はて》、スカンジナビア半島に、ナムピーテスという一族がいた。神話時代の名門ヴォルスングル家の末裔と称し、北欧海賊《バイキング》の有力な一党として、全ヨーロッパを荒らしまわった。

数がすくないので、主流にはならなかったが、その勇猛さと残酷さには、他の北欧海賊《バイキング》も一目《いちもく》おかざるをえなかった。さまざまな噂《うわさ》がたった。狼や熊と混血して、人間以上の膂力《りょりょく》を持つようになった、という噂。人間の血を吸い、人肉をくらうというおぞましい噂。

彼らはどんな噂も意に介さなかったが、西暦四世紀ごろになると、いつのまにか東ローマ《ビザンチン》帝国の宮廷につかえるようになっていた。

「サーガ」と呼ばれる北欧の古代詩篇や年代記に、しばしば、「巨大な黄金の都」と呼ばれる大都市が登場する。これがどの都市のことか、そもそもそんな都市が実在したのか、長いことわからなかった。だが、さまざまな学者が研究した結果、「黄金の都」とはコンスタンティノープルだということがわかった。

スカンジナビアからコンスタンティノープルまで、二千マイルもの距離がある。ナムピーテス一族はボスニア湾から船でバルト海へ出て、ダウガヴァ河、ドニエプル河とつづく内陸水路をへて黒海に出た。そしてコンスタンティノープルに着いたのだが、これは「琥珀の道《アーバン・ルート》」と呼ばれて、古代から存在するヨーロッパの貿易ルートのひとつなのだという。

もともとナムピーテス一族は、バルト海沿岸に産出する琥珀をコンスタンティノープルまで運ぶ商隊を警護していた、ともいわれるが、東ローマ帝国の宮廷につかえる「北欧人傭兵隊《ヴァリャーギ》」となった。彼らは帝国の東西南北で敵と戦い、皇帝テオフィルスよりその勇猛さを賞賛された。貴族に列せられ、ついにヴラヒア国王の称号さえ受けた。

淡々と語って、ドラグリラは自分の肖像画を見あげた。

「あれはわたくしの正装……花嫁姿です。以前に、ギリシア人の画家に描いてもらいました。わたくしにも、どうやら感傷というものがあるようで、つい昔をしのんで、ここへ運んでこさせたのです。絵の題名は、〝髑髏城の花嫁〟」

髑髏城の花嫁。

あらためて肖像画を見なおす。なぜか、この世にあってはならぬものを見たような気がして、私は身ぶるいした。メープルの声がした。

「失礼をおゆるしください、レディ、あの絵に描かれたあなたと、現在のあなたとでは、まったくおなじにしか見えません。あなたの母君か祖母君のお姿ではないのですか」

ライオネルが笑った。低く、高く、また低く。

「君たちは何をこわがっているんだ？　不思議がることはないじゃないか。母上は変わらない。年齢《とし》をとらないんだ」

その言葉の意味が、ぐるぐると頭のなかで回転した。「ばかな」という言葉さえ出ない。ドラグリラたちは英語でしゃべっていたが、それは私たちイギリス人にも聞かせるためであることは、まちがいなかった。

「わが一族は故郷へもどります。ダニューヴの河口へ。イギリスはわが一族とは無縁の土地。二度とこの地を踏むことはありません」

「そうですか、ではお別れですね、母上、お元気で」

「別れではありません。あなたもいっしょに帰るのです、ライオネル」

「おことわりします」

「ライオネル！」

母と名乗る女性の声に、ライオネルはひるまなかった。あるいは、ひるまないふりをしていた。ふりをするだけでも、この女性の威厳に対抗するには、ただならぬ努力が必要に思えた。

いつのまにか執事は姿を消しており、ライオネルは酒くさい息を吐きつつ一歩すすんだ。

「もうたくさんなのですよ、母上。ただ人知れず生きのびるために、辺境の城にこもって息をひそめ、亡《ほろ》びの日を待ちつづける……人間なら七十年もあればすむものを、その何倍も何倍も。せっかく授かった力を使いもせず……」

私とメープルは無言で視線をかわした。ウィッチャー警部はかるく目を細め、マイケル・ラッドは肩をすぼめた。四人とも思いはおなじだっただろう――フェアファクス伯ライオネルとその母親は、いったい何歳なのだ？ 彼らの外見に何の意味があるのだろう？

その母親と名乗るドラグリラは、ライオネルを見すえている。その瞳は底知れぬ深淵のようで、怒りも哀しみも、私は看てとることができなかった。

低いうめき声がして、私の腕のなかでモリソン氏が身じろぎした。異様に毛深くなった手があがりかかって、すぐに落ちた。

モリソン氏の体が二度、前後にゆれた。一度は強く、一度は弱く。そして永遠に動かなくなった。

私はモリソン氏の遺体をそっと床に横たえた。ようやく声を出すことができた。

「これで何人、殺害なさったのですか、伯爵」

「さて、むずかしい質問だね。まだ何人生きているか、正確にはかぞえていないからな」

ライオネルはモリソン氏の遺体を見やった。

「この水族《アクアラー》の男にしても、私に従順にしてさえおれば、まだ生を楽しめたろうに……さかしらに意見などするから、分際というものを教えてやらねばならなかったのだ。手間のかかることだ」

「ライオネル、彼は一族のなかでもよくできた人でしたよ」

ドラグリラがとがめた。

「もっと生きていてもらえば、おまえには誠実につかえ、いろいろと助言してくれたでしょう。死なせる必要があったのですか？」

「私には、一族だの長老だのは必要ないのですよ、母上。私がほしいのは、私個人に忠誠をつくす家臣です」

私は胸がむかついてきた。このライオネルという青年は、ただ暴君であるというより、暴君という役を華麗に演じることで、自己陶酔しているように見えた。こういうやつを野放しにしておくと、シーザーやナポレオン気どりで、何をしでかすやら知れたものではない。できるだけ目立たぬように、私はふたたび銃を手にした。

「そこで第一歩として、君たちに、いまの会社をやめて、私につかえてもらいたいのだ」

私とメープルを見やって、ライオネルは、思いもかけぬことをいい出した。

「給与は、そう、年に千ポンド出そう。ひとりにつき千ポンドだ。こういっては何だが、貸本屋の社員などでは、生涯、こんな高給は手にはいらないぞ」

たしかにそのとおりだろう。だが、高すぎる報酬には、いかがわしさがつきものだ。それに私は冒険などしたくなかった。以前にも記したが、平穏が一番だ。

「まことに失礼ですが、お申し出を受けることはいたしかねます」

ライオネルが何かいう前に、メープルが私を代弁した。

「ニーダム家とコンウェイ家の者は、忠誠心をお金銭《かね》で売るようなことはいたしません」

「ほほう」

ライオネルは、ゆがんだ口もとからゆがんだ笑いをもらした。

「叔父と姪そろって、頑迷なことだ。もうすこし柔軟にならないと、もともとの人生まで短くなるぞ」

「私どもはしがない市民です。ですが、市民には市民の矜持《きょうじ》がございます」

「なるほど」

「それより、伯爵閣下、このさいうかがいたいことがございます。スクタリの野戦病院であなたはほんとうに衰弱しておられるように見えました。どうやら人間以上の力をお持ちのようですが、ではなぜああなったのです？」

「コレラやら赤痢《せきり》やら破傷風やらの患者から生命の紅酒《クリムゾン・スピリッツ》をもらい受けるわけにはいかなかったのでね」

つまらなそうにライオネルは答える。

「たまに、何とか生命の紅酒をいただけそうな負傷者がやってくると、深夜に、ナイチンゲール女史がランプを持って巡回している。栄養をとる機会をうしなって、私はますます衰弱していったというわけだ。まったく彼女にはまいったよ」

ざまを見ろ、と、私は思ったが、紳士らしくありたかったので、口には出さなかった。

「ナイチンゲール女史は、もちろん、ナムピーテス一族のことなど知らなかった。彼女は私の衰弱の原因がわからず、おおかたは精神的な問題だと思いこんで、どうせ助からないなら好きなようにさせてやろう、と思ったわけだ」

ライオネルは額に落ちかかる前髪をかきあげた。

「こちらとしても、夏至《ミッドサマー》までに余裕がない。せっかくの厚意だ、ありがたく受けたよ」

「ナイチンゲール姐《あね》さんをだましたのか」

質問する形でうなったあと、ラッドがつぶやいた。

「それはそれで、すげえな」

「感心するなよ、ラッド。こいつは他人の厚意を利用したんだぞ」

「べつにだましたわけじゃない、彼女がかってに同情しただけだ。あの鉄の女がガラにもなく」

「それで、ヒューム中佐は？」

ライオネルがかるく眉をひそめた。どうやら脇役のことなど忘れていたらしい。

「ああ、あの俗物は、名門の子息を死なせて責任をとりたくなかっただけだ。いざとなればナイチンゲール女史に責任をとらせればいい。そして、ニーダム、ラッド、君たちふたりに関しては、現地除隊の形式さえととのっていれば、どこでどんな形で死のうと、知ったことではないさ」

ここでライオネルは、飲みほしたグラスをいきなりテーブルにたたきつけた。

Ⅱ

ライオネルはくだけたガラスの破片をとりあげた。むぞうさに、鋭くとがった部分を左の掌にあてる。一インチほど引くと、赤い液体のヒモがしたたった。

「生命の紅酒《クリムソン・スピリッツ》だ」

血の流れる左手を開いたまま、ライオネルは私のほうへ差し出した。

「これを掌に受けて飲みたまえ、ニーダム」

「………」

「不老不死までは約束できん。私たち自身がそうではないからな。だが、三百年ぐらいは若いまま生きられるぞ」

「そして三百年間あなたの奴隷であれ、というわけですか」

私の問いかけには答えず、ライオネルはメープルを見やった。姪の返答は明快だった。

「おことわりいたします」

ラッドが口をはさんだ。

「すすめる手間をはぶいてさしあげますがね、伯爵閣下、おれもおことわりですよ。なぜかといいますとね……」

ライオネルは彼を無視し、声を大きくした。

「……ブラゼニク！」

ダニューヴ河口の髑髏城まで私とラッドを案内してくれたユダヤ人の青年。昨日の夕方、思わぬ再会をはたした男が、ドアのところに立っていた。はじめて見る表情だ。血の気のうせた顔のなかで、両眼だけが赤く濁った灯火《ともしび》をちらつかせていた。薄い唇が、あきらかにひきつっている。両手でかまえた拳銃は、小きざみにふるえていた。

「こりゃおどろいたな。いくらで魂を売ったんだ？」

マイケル・ラッドが毒気をこめて決めつけた。こいつはこいつで、「魂の適正価格を知ってるのはおれだけだ」といわんばかりの口調である。

あえぐようにブラゼニクが答えた。

「あなたがたイギリス人にはわからない。辺境に生まれて、故郷がいつどこの属国にされるかもしれず、広い世界のごく一部をのぞき見することぐらいしかできずに死んでいく人間の気持ちなんて……」

「ブラゼニク」

邪悪な青年貴族が命じた。

「その口うるさい男どものうち、ひとりでもいい、永遠にだまらせろ。そうすれば、わが忠実な使徒として、生命の紅酒《クリムゾン・スピリッツ》を飲ませてやるぞ」

ブラゼニクの頬が紅潮する。事情は明白だった。自分の血を報酬にして、ライオネルはブラゼニクを奴隷にしようとしている。

ラッドが唾をのみこんだ。

「おい、やめろよ、いっしょに大ナマズに食われかけた仲じゃないか。それにだぜ、何百年生きようと、ずっと他人に使われるなんて、あんまりいい人生じゃないぞ」

ラッドのいうことは、めずらしく、完全に正しかった。自由で自立した人間でなくては、何百年生きようと意味がない。

「そうよ、ラッドさんのいうとおりだわ」

メープルの声を、ライオネルがさえぎった。

「ブラゼニクの心情は、私にはよくわかる」

彼の声は、あいかわらず尊大だったが、どこか真実の小さなひとかけらを持っていた。

「ダニューヴの河口は、ローマ帝国の時代から辺境だった。東ローマ帝国《ビザンチン》の時代も辺境。トルコ帝国の最盛期にも辺境。そして現在も……」

かわいた笑声がうねった。私は彼の左の掌を見た。薄赤い細い傷がついているだけだった。

「われらの一族は、永遠の辺境で息をひそめて時が流れすぎるのを待つ、あわれな虜囚だ。生命の紅酒《クリムゾン・スピリッツ》を得るために人間どもをおそい、やつらを威《おど》すために岩塩で髑髏形の城をつくり、攻撃してくる者は亡ぼす。五年や十年なら、それも一興。だが、五百年、千年とつづければ、何のために生きつづけているのか、それもわからなくなってくる。なぜ存亡を賭《か》けて戦ってはいかんのだ？」

ひと呼吸おいて、ふたたびライオネルは命じた。

「やれ、ブラゼニク！」

命令にもかかわらず、ブラゼニクは動けなかった。彼は両手で拳銃をかまえたまま、いよいよ血の気をうしなっていった。

とにかくこちらは三人が武器を持っているのだ。ひとりだけかならず斃《たお》すというなら、銃を持っている私をねらうべきだが、私だって撃ち返す。ラッドはナイフをかまえて、投げつける隙をうかがっている。ウィッチャー警部も体の重心を前にうつして、いつでも行動できるようにしていた。

突然。

「助けてえ！」

ヘンリエッタ・ドーソンの声に、いくつもの足音や野獣めいた咆哮がかさなった。メープルの宿敵は、広大な城館のなかを、まだ逃げまわっているらしい。一周してもどってきたということだろうか。けっこうタフなお嬢さんである。

「ヘンリエッタ……！」

「う、動くな」

ブラゼニクの声は、むしろ悲鳴のようだったが、メープルは無視してドアに駆け寄った。ブラゼニクは銃口をメープルに向けようとしたが、私が彼の名を呼ぶと、もうどうしたらよいかわからなくなって、そのまま硬直してしまった。やはり人が殺せるような男ではない。

メープルがドアを開けると、一瞬の間をおいて、髪を振り乱したヘンリエッタがとびこんできた。彼女はメープルと視線をあわせると、肩ごしに振り向いて大声をあげた。

「わたしより、あっちのほうがおいしいわよ。あっちへおいき!」

ヘンリエッタ・ドーソンの指は、まっすぐ私の姪をさしていた。彼女の背後には、半人半獣の怪物どもがひしめいている。

ヘンリエッタのこの言動は、その場にいる者全員の想像をこえた。ライオネルでさえ、二、三度まばたきして、無言のままヘンリエッタを見なおしたくらいだ。はっとして私がメープルをかばおうとしたときには、血に酔いくるった半人半獣の怪物どもが室内に乱入していた。

怒号。悲鳴。ぶつかる音。たおれる音。

ラッドのナイフが、怪物の右前肢を半ば切断する。ウィッチャー警部のステッキが、べつの怪物の頭にたたきこまれる。

怪物どもは、第一歩を誤った。狼の容姿に変わるべきではなかった。人の形をしたままでいるべきだった。私もウィッチャー警部もマイケル・ラッドも、敵が人の形をしていれば、容赦なく撃ったり斬ったりするのを、すこしはためらったであろう。

だが、半人半獣相手の乱戦となると、慈悲も人道主義も、出る幕はなかった。

「逃げろ、メープル、となりの部屋へ!」

引金をひき、撃鉄をおこし、また引金をひく。宙に血がはじけて、二匹の怪物がもんどりうった。

「うわっ、来るな、来るなあ！」

ブラゼニクの悲鳴に、銃声がかさなる。

「こら、きさまは撃つな！　おれたちにあたる！」

ラッドがどなる。「同感」とつぶやきながら、私は左腕でメープルの身をかばい、右手の拳銃で半獣人をなぐりつけ、蹴たおし、体を低くしてドアへ向かった。

「せっかくクリミアで生きのびたってのに、イギリスで死んでたまるかよ！」

ラッドの言葉はこれまたもっともだったが、私はイギリスで死にたかった。ただし、何十年も将来《さき》の話だ。まだまだ死にたくなかったし、血を吸われるのも肉を食われるのも、ごめんこうむりたい。

どこがどうなったやら、正確な記録はとうてい不可能だが、いつのまにか私たち人間組は半獣人たちの群れを突破していた。敵の動きは、バラクラーヴァのロシア兵よりずっと練度が低くて、パワーさえいなせば、こちらのものだった――いや、大半は運のおかげというべきだが。なにしろ怪物どもは、途中から自分たちどうしで、かみついたり、引き裂いたり、おぞましい共食いをはじめたからだ。

廊下を走り、角をまがり、巨大な空間に私たちはとびこんだ。やたらと天井の高い、例の画廊《ギャラリー》だ。

壁ぎわに配置されているソファーやベンチに、私たちはへたりこんだ。心臓も肺も、酷使《こくし》に抗議している。しばし口をきく気力もなかったが、それを最初にとりもどしたのはヘンリエッタであった。

「メープル、あんた、さっき、わたしが助けを求めてるのに、見ごろしにしようとしたでしょ⁉」

「とっても不本意だったけど、動くに動けなかったのよ」

「ふん、助けようとしたとでもいうの」

「いいえ、トドメをさしてあげるつもりだったわ」

「あんたなんかに、わたしがやられるとでも思ってるの⁉」

どんどん話の趣旨がずれていく。私は溜息をついたが、ふとメープルのすわりこんだソファーを見ると、背後の壁に軍刀やら猟銃やらがかかっているのが見えた。

「メープル、それをとってくれ」

私がいうと同時に、画廊にかたい靴音がひびいた。

「やれやれ、役に立たぬやつらだ。私が自分でやるしかないか」

不吉ながら美しい容姿をあらわしたのはライオネルだった。

Ⅲ

メープルの腕力では、重い軍刀を両手で持ちあげるのがやっとだった。だが、とにかく持ちあげると、両腕にかかえて私に駆け寄った。

「おじさま、これ！」

私には返答する余裕がなかった。ライオネルがボクシング選手のような手ぶりで拳をとばしてきたからだ。かろうじてかわすと、私は半身をひるがえして軍刀の柄《つか》をつかみ、メープルが持ったままの鞘《さや》から引きぬいた。

引きぬきざま、なぐりつけるような一撃をライオネルにあびせかける。ライオネルはわずかに顎《あご》を引き、軍刀に空《くう》を斬《き》らせた。すかさずもう一歩踏みこんで、今度は顔面に刺突《しとつ》をくわえる。ライオネルは大きく跳《と》びのいたが、オットマン椅子に脚があたった。椅子がはね飛んで床にころがる。ライオネルの姿勢はくずれなかったが、椅子がころがったことで、動作の優雅さにわずかな傷がついた。

「身のほど知らずめ」

吐きすてると、ライオネルは肩ごしに壁面を見やって、腕をのばした。

「北欧人傭兵隊《ヴァリャーギ》の武器は剣や槍ではない」

飾られていたのは、たっぷり六フィートはある長い柄を持った戦斧《せんぷ》だった。

「斧《おの》だ。突くのでも刺すのでもなく、撃ちくだく。ためしてみるかね？」

ライオネルの手が戦斧をまわしはじめた。

最初はゆっくりと、しだいに速度を加えていく。戦斧の刃は銀色にぬられていたが、それが烈風さながらの音をたてて回転し、めくるめく銀色の環《わ》を宙に描き出した。

声をのんで、私はただ見守った。人間の膂力《りょりょく》ではなかった。あれで一撃されたら、象の頭蓋骨さえ砕けちるだろう。

「君たちは、以前、私が衰弱しきったところを見て、こいつはもうだめだ、と思ったろうな。いやいや、当然のことだ」

ライオネルが揶揄した。

「そしていま、私が本来の力を回復したのを見て、やっぱり、こいつはもうだめだ、と思うわけだ。まったくべつの意味で」

私たちは、銃を持った敵と、何度もわたりあった。銃剣も相手にした。ナイフに槍。軍刀で斬りあったのは何百回にもなる。だが、斧ははじめてだった。

ライオネルは、むぞうさに両手首をひねった。とたんに暴風が生じ、私たちはかろうじて跳びすさった。斧は空気を切り裂き、はげしい音とともに床を割った。

木片が飛びちって顔を打つ。

踏みこんで斬撃をあびせようとしたが、体勢が完全ではなかったので、なさけないことに足がもつれかけた。ライオネルがふたたび斧をかざした瞬間、横あいからウィッチャー警部がステッキで強烈な突きを入れた。

ウィッチャー警部は勇敢だった。だが、勇気は美徳ではあっても万能ではない。ライオネルが嘲笑とともに斧をふるうと、警部のステッキは警部の手もと近くから、音たかく撃砕された。

ウィッチャー警部はあえぎながらも、かろうじて体勢をくずさず、大きく一歩後退した。

ライオネルが哄笑《こうしょう》する。

「祈れ、たよりない神に！」

彼が踏み出す寸前、私は軍刀を手に、両者の間にとびこんだ。斧がうなりを生じて落下する。だがその猛撃はウィッチャー警部の頭をねらったものだったので、私に対しては間合がくるった。

私は軍刀をはねあげた。

斧の本体と軍刀の刃とが激突すれば、刃が撃砕されるに決まっている。だが、斧の柄が相手なら、話はべつだ。はねあげる角度はとっさに計算したものだが、かろうじてうまくいった。私の軍刀は、ライオネルの斧の柄を、手もと一フィート半のあたりで両断した。

斧の本体はうなりをあげて宙を飛び、回転しながら床に突き刺さった。

間髪《かんはつ》いれず、私はライオネルの咽喉《のど》もとに軍刀の尖先《きっさき》を突きつけようとしたが、ふいに目がくらんだ。画廊《ギャラリー》の東端にある大きな窓から、まともに朝日の光がさしこんできたのだ。

その光は異様なまでに赤く強烈だった。目に見えるものすべてが、血と炎の色に染めあげられていた。冬の到来を前にして、太陽が貪欲な口を全開し、力まかせに光を吐き出しているかのようだった。そのくせ、夏のように熱をもたらすわけではない。太陽というよりも、赤く塗った満月を思わせた。

このような色の夕焼けは、何度でも見たことがある。だが朝焼けは、はじめてだった。

その朝焼けをせおったライオネルの姿は、地獄の業火を背にした堕天使《ルシファー》そのものだった。おぞましいが美しく、全身から圧倒的な猛気を放ち、いまにも大天使長《ミカエル》の軍隊におそいかかろうとするかのようだ。

私は、まぶしいだけでなく、吹きつける熱気すら感じて、軍刀を突き出したまま一歩しりぞいた。

「何してるんだ、突け！　でないと、おまえがやられちまうぞ！」

ラッドの声が聞こえて、しかもいっていることは正しかったが、私は動くことができなかった。手も足も自分のものではなくなったようだった。ライオネルは斧の柄を投げすてた。服地の裂ける音がした。つづけて、ライオネルの背後で何かがひろがった。しいていうなら、二本の傘が同時に開いたように見えたが、もちろん傘などではない。

開いたものは大きくななめ上方へと伸び、それにしたがって形をととのえた。内側のラインは優雅な曲線を描き、外側のラインはほぼ一フィートごとに骨の突起が出て、その間を直線状に膜が結んでいる。コウモリの翼だ。

深紅の朝焼けをせおって、ライオネルは傲然と立ちつくした。彼の顔は、狼に変化しておらず、美貌の青年のままで、それがかえって彼の怪物性を強調していた。

「おそれいったよ、エドモンド・ニーダム。さすがはバラクラーヴァの生き残りだな」

「武器をとれ」

私の声は、意思に反してかすれた。

「きさまが何といおうと、私は、武器を持たない者を殺したことはないんだ。何でもいいから武器をとれ」

「騎士を気どると、後悔するぞ。いま殺さなければ、おまえに二度とチャンスはない。いや、もう充分にチャンスはあたえたかな」

「おじさま、彼、空へ逃げるわ！」

メープルが、するどく叫ぶ。風をたたく音がして、ライオネルの左右の翼がはためいた。それぞれ長さ八フィートにもなる双《ふた》つの翼が。

それからどうなったか。

お恥ずかしいことだが、私は頭に血がのぼっていた。躍りかかって軍刀を突き刺そうとはしたのだ。だが早くもライオネルの体は宙に浮き、さらに上昇しようとしていた。私は彼の両足首を軍刀でたたき斬るべきだったのに、左手を伸ばして、ライオネルの右足首をつかんだ。引きずりおろすつもりだったのか、自分でもわからない。いきなり成人男性ひとりの体重がかかって、一瞬、ライオネルの体勢は宙でくずれかけたが、力強いはばたきとともに立ちなおった。ところがそのとき、私は、彼の左足にとびついた姪の姿を目にしたのだ。

「放すんだ、メープル！」

「いやです！」

「放せ！」

これは私ではなく、ライオネルのどなり声だった。彼自身はけっして認めないだろうが、その声には狼狽のひびきがあった。さすがにふたり分の体重をつりさげていては、軽快に舞いあがることはできないようだ。

とりあえずライオネルは上昇したが、私とメープルとでは体重に差があるから、飛行姿勢のバランスがとりにくい。私がぶらさがっている右側のほうへ、どうしてもかたむく。華麗に舞いあがって、天窓から外へ悠々と飛び去るつもりだったろうに、ぶざまなことになった。両足首に私とメープルをしがみつかせたまま、シャンデリアにぶつかり、ふらふらと壁へ寄っていく。彼が何とか左足を動かして、メープルを振り落とそうとしたので、私は思いきり軍刀を突きあげ、彼の翼を剣尖で突いてやった。

「ばかめ、墜ちるぞ！」

「墜落したくなかったら、さっさと着地しろ！」

「きさまごときに命令されるいわれはない」

「だったらお好きなようになさるんですな、伯爵閣下」

こういうときに、ことさらていねいな言葉を使うのは、身分の低い人間にとっては、けっこう気分のいいいやがらせである。

床の上からは、ウィッチャー警部やブラゼニクが茫然と私たちを見あげている。ラッドのやつは、どういうなりゆきか、ヘンリエッタ・ドーソンに抱きつかれていた。それらの姿が近づいてきたのは、ライオネルの飛行高度がぐんと低下したからだ。

Ⅳ

「いまだ、とびおりるぞ、メープル！」

「はいッ！」

私とメープルは、同時に手をはなした。ほんの一フィートほどで、床に足がついた。ひざをかがめて、着地の衝撃を吸収し、はずみをつけて立ちあがりかける。

同時に憤怒の叫びがおこった。

人間ふたり分の負荷を一度にうしなって、ライオネルは身軽になった。彼は翼を大きくはばたかせ、ひと息に三十フィートほど上昇した。画廊《ギャラリー》の天井近くに達すると、もはや人間のものとは思えない深紅の両眼で、私たちをにらみつける。

私は片ひざ立ちの姿勢で、メープルを背後にかばった。両手で軍刀の柄をつかみ、急降下してくるであろう敵にそなえた。

たてつづけの銃声。

ウィッチャー警部とマイケル・ラッドが、それぞれの位置から拳銃と二連ライフルを撃ち放ったのだ。どちらかの銃弾が命中したらしく、右の翼に白い煙が小さくあがる。ライオネルはおかまいなしに突っこんできた。

蹴りが飛んでくる。半身を開いてかわす。だが完全にはかわしきれなかった。ライオネルの脚が胃のあたりをかすめる。ただそれだけで私の全身に重くて鈍い痛みが走った。直撃を受けたら胃が破裂していただろう。

それでも私はライオネルの燕尾服の裾をつかむことができた。速度があっただけに、ライオネルは宙で体勢をくずし、ティーテーブルにぶつかって、肩口から床に落下した。

ライオネルは、はね起きるべきだった。だがことさらゆっくりと、余裕を見せながら起きあがろうとした。

私は一兵士にすぎなかったが、実際の戦争を知っている。私にいわせれば、弱者の怯惰《きょうだ》より強者の自信過剰のほうが、より多くの場合、敗因となるのだ。

私はライオネルの十七倍ぐらい速く行動した(と、目撃していたメープルが、あとで証言している)。腰の高さに軍刀をかまえてライオネルに躍りかかる。起きあがりかけたライオネルが表情を変える間もあたえなかった。全体重をかけた蹴りを、ライオネルの胸にたたきこむ。ライオネルがあおむけに倒れる。そのまま胸を踏みつけておいて、両手で軍刀の柄をつかみ、ねらいをさだめて、ライオネルの左の翼の根もと近くに突き刺した。渾身の力をこめて、深く、さらに深く。

軍刀の鍔《つば》がライオネルの翼にあたった。軍刀は翼を突き破り、そのまま床面をえぐって、彼の動きを封じた。

ライオネルの体は翼ごと床に縫いつけられた。彼は起きあがろうとして失敗し、はじめて、追いつめられた表情を浮かべた。私は激しい呼吸をしながら彼を見おろした。

「そこまでです、ミスター・ニーダム」

ひややかな声が、氷の鞭と化して私をしばった。

ふたたびドラグリラが私たちの前にあらわれていた。というより、いつ画廊《ギャラリー》に姿を見せたのか気がつかなかった。彼女は血なまぐさい闘争から、何ひとつ感銘を受けたようすはなく、すべるように近づいてくる。

ウィッチャー警部の額に、汗の玉が浮かんだ。

「レディ、あなたのご子息には、ここでおこった事態に責任があります」

「責任をとらせぬ、と、だれがいいましたか」

ドラグリラの声は、大きくもないのに、画廊の広大な空間を完全に支配していた。

「妾《わらわ》の息子は、行為に対して責任をとり、罪に対して罰を受けねばなりません。ただ、それはイギリスの国法にもとづいておこなわれることはないのです」

「レディ、ここはイギリスで、有罪にせよ無罪にせよ、イギリスの国法にもとづく以外の結末はありえません」

法の平等を守る、という、かたい決意がウィッチャー警部の顔に見られた。その決意にもかかわらず、ウィッチャー警部は、ドラグリラが進むと一歩、二歩としりぞいた。空気それ自体が力を持って、ウィッチャー警部を押しのけているようだった。

私もまた、ライオネルの体から離れた。引きはがされたような感じだった。気力も体力もつかいはたしていた。メープルが左腕に手をそえてささえてくれなかったら、へたりこんでいたかもしれない。

ドラグリラは私を一瞥したが、無言で軍刀の柄をつかむと、かるがると翼から引きぬいた。右手だけで。私が渾身の力をこめて両手でようやく床に縫いつけたものを、あっさりと片手だけで引きぬいてしまったのだ。

私は二歩ほどしりぞいた。この超人的な膂力《りょりょく》をもつ女性が軍刀をふるえば、私もラッドもウィッチャー警部も、一撃で斬り裂かれるにちがいない。

昨夜以来、何度、生命の危機を感じたか知れないが、今回がきわめつきだった。この毒々しい血の色をした朝焼けが、人生最後の朝の光景になるかもしれない。それでも、メープルだけは何としても助けなければ……。

そう思ったとたん、当のメープルが私の前にとび出した。両手をひろげて。

「メープル、ばか、いったい何を……」

私の声は、後半が、別人に対するものになった。ドラグリラの手が軍刀を高々と振りかざし、刃の影さえ見せぬ速度で振りおろしたのだ。

ライオネルの最期《さいご》の声は聞こえなかった。ドラグリラが立っている位置を変えると、噴き出す血と、床にころがる頭が見えた。

「ご心配なく。首と胴を切断すれば、もう生き返ることはありません」

「レディ……あなたは、ご自分のご子息を殺害なさったのですぞ！」

ウィッチャー警部の顔も声も冷汗にぬれている。

ラッドは大きく溜息をつき、私はといえば、メープルの目をうしろから両手でかくして凄惨な光景が見えなくするようにするのが精《せい》いっぱい。ヘンリエッタは腰をぬかして床にすわりこみ、ラッドの脚にしがみついている。

「これがわたしの罪の報いです。長きにわたる息子の不満をおさえつけ、狂気が育まれていくのを見すごし、一族を亡ぼしてしまいました」

人間たちは茫然と聞きいるだけだった。

「わたしは永遠にイギリスを去ります。途中、北海のどこかに息子の首を葬ることにしましょう……なまじ科学者などに研究されないように」

ドラグリラが、私たちには理解できない言語で何かいうと、いつのまにかひかえていた黒衣の従者が紫色の絹をとりだし、うやうやしくライオネルの首をつつんだ。息子の首を受けとって、ドラグリラが優雅に足を踏み出す。

「あの……これをお返しいたします。ご子息のベストから落ちました」

緊張したようすで、メープルが、古ぼけた布きれをドラグリラに差し出した。憂愁《ゆうしゅう》にみちた声が応じる。

「それはあなたにあげましょう、お嬢ちゃん、妾《わらわ》にはもう必要がありませんから」

「でも……」

「過去の栄光は、息子の愚行によって死にたえました。栄光を語る資格もうしなわれました。

妾たちはただ消えていくだけです」

ドラグリラの威厳は深海のような静けさをもって、メープルにそれ以上、口を開かせなかった。

ドラグリラは六人の従者たちを見まわした。

「生きのこったのは、これだけなのですね」

「はい、水族《アクアラー》はすべて死にました。私ども翼族《ウィンギル》も大半は死にました。たがいにあらそい、食いあって……なぜ、こんなことになったのでございましょう」

「ライオネルは酒に何かの薬をいれていたようですが、いまさらさぐっても詮《せん》なきこと。出立《しゅったつ》の用意をなさい」

バネをはじくような音が、いくつもかさなった。従者たちの背にコウモリの翼がひろがるのを、人間たちは声をのんで見守った。

息子の首をかかえたドラグリラは、私たちにもはや目もくれなかった。赤く焼けただれた空の下で、夜の一部を切りとったような翼が、誇らしげに開閉する。ナムピーテス一族の女王は、足で地を蹴るでもなく優雅に朝空へと舞いあがった。

六人の従者がそれにつづく。

七つの黒い影は地上二百フィートほどで水平飛行にうつり、太陽の昇る方角へとはばたき、やがて点となって消え去った。

V

それからどうしたかって？　とりのこされた私たちの行動は、いたって実務的なものだった。散文的というべきだろうか。

厨房で火を熾《おこ》し、湯をわかして、順番に体を洗い、服を着替えたのである。とにかく、クリミア戦争の敗残兵より汚れていたから、身体も服装も清潔にしなければ、人前に出られたものではなかった。

その間にも、その後にも、さんざん議論した末、私たち六人――メープル、私、ラッド、ウィッチャー警部、ヘンリエッタ、ブラゼニク――は荷馬車に乗りこみ、ニューカッスルへと向かったのだが、途中、タイン川のほとりで休息したとき、「さようなら」とだけ記した紙片をのこしてブラゼニクは姿を消してしまった。一時間ほど捜したが、ついに見つからず、あきらめるしかなかった。ウィッチャー警部はくやしそうで、しばらく口をきかなかった。

ふたたび動き出した馬車のなかで、私はラッドに尋ねた。

「ナイチンゲール女史への報告はどうするんだ？」

「手紙を書くさ。何せあの姐《あね》さんは、手紙を一日に三十通書いて三百通読むって評判だからな。ま、全力をつくしたことは認めてくれるだろ」

「生命《いのち》がけではあったな」

「あの、ところで、うかがっていいでしょうか、ミスター・ラッド」

メープルがそっと口をはさんだ。なぜかヘンリエッタが不快げに彼女を見やったが、口に出しては何もいわなかった。

「何ですかな、ミス・コンウェイ」

「ご安心ください、五千ポンドの件ではないんです」

「そりゃありがた……いや、何のことか存じませんが、とにかく質問をどうぞ」

このやろう、と私は思ったが、ヘンリエッタと同様、沈黙を守った。

メープルが質問したのは、なぜラッドがナイチンゲール女史の指示を受けてライオネルのことを探るようになったか、ということである。

ラッドの説明によれば、フランスからイギリスに帰国したとき——女や賭博で金銭をつかいはたしたんだろう——ロンドンの街角で豪奢な馬車に出くわした。乗っていたのがライオネルで、私同様、その健康的な姿におどろいた彼は、ナイチンゲール女史にその後のことを報告していなかったことに気づいて、彼女のもとを訪ねた。このあたり、ラッドはやたらあいまいな口ぶりだったが、ナイチンゲール女史に謝礼金でも期待していたかもしれない。ところがナイチンゲール女史は、看護婦学校を設立する費用をつくるため必死な状態。そこでラッドに託して、フェアファクス家に寄付をたのみ、手数料をラッドに支払うということにした。かくしてラッドは荘園屋敷《マナーハウス》に乗りこんだという次第だ。

正午近く、ニューカッスルの駅前に着いた。

神経がささくれだって、眠気は感じないが、空腹をおぼえるのが人間の性情《さが》というものだろう。手近の酒場《パブ》にころがりこんで、スープ&ブレッドやらローストポテトやらミートパイやらを注文し、たちまちたいらげた。ヘンリエッタは最初、もっと上品なレストランがいい、と、ごねていたが、それも一枚めの皿が出されるまでのことだった。

ようやく人心地《ひとごこち》ついたところで、私はウィッチャー警部にたずねた。

「ここでおこったことは、どうなります?」

「隠蔽されるさ、紋章院と上院が総がかりでね。警視庁は……黙秘して答えず、かな」

「新聞はさわぐでしょうね」

「新聞は何でも書きたてるさ。真実以外のことをね。大衆はそれを読んで興奮し、そしておぼえている。つぎの事件がおこるまで」

「早くつぎの事件がおこるといいですね」

以前にも記したと思うが、私は予言者ではない。このときは、ウィッチャー警部の無愛想な態度が、変に癪《しゃく》にさわって、皮肉をいっただけのことだった。警部は怒りもせず、笑いもせず、淡々と答えた。

「警視庁が捜査して解決するにふさわしい事件がおこってくれるなら……いや、もちろんそんなことを考えるのは不謹慎だが」

ラッドが頭を振った。

「どのみち、事実を語ったところで、信じてくれやしないさ。三文怪奇小説の読みすぎですめば、まだましだ。そろって、鉄格子のついた病院いき、人生は終わりだな」

「とんでもない、わたしの人生はこれからよ」

昂然《こうぜん》といいはなったのはヘンリエッタ・ドーソンで、昨夜からこの朝にかけて、ずいぶんおそろしい目にあったはずなのに、元気なものである。

「ひと晩の悪夢なんかで、わたしを屈伏させられるなんて思ったら大まちがい。ま、貴族かどうかなんて、どうでもよくなったけど、わたしはあくまでも幸福で豊かな人生を追求する。メープル、あんたなんかにじゃまさせないからね」

「あなたをじゃまするなんて、そんな元気ないわ。どうぞおしあわせに」

少女たちの会話にラッドが割りこんだ。

「いや、じつにおみごとです、ミス・ドーソン、新時代をせおって立つレディはそうでなくてはいけません」

「あら、あなた、紳士でいらっしゃるのね」

「おほめにあずかって恐縮です、ヤング・レディ。あんたのような方のお役に立てることこそ、男の誉《ほま》れというものです」

このとき振り向いていれば、ロマンチックな光景を見ることができたかもしれない。だが、私は、マイケル・ラッドの舌が相手によってどれほど甘ったるくなるか、うんざりするほど知っていたので、むしろ彼の声をあえて聴かないようにした。

第一、それどころではなかったのだ。

私は最善をつくしたつもりではあったが、「ミューザー良書倶楽部《セレクト・ライブラリー》」の社員としては、職務をまっとうできなかった。何千ポンドにもなるはずの利益がゼロになってしまったのだ。どう責任をとるか。いい職場だったが免職《クビ》かな。

考えこんでいた私は、自分に向けられたメープルの視線にも気づかなかった。

Ⅵ

私とメープルは、無事にロンドンへ帰り着いた。予定よりずいぶん早い帰京で、火薬陰謀《ガイ・フォークス》記念日《デイ》の花火にはゆっくりまにあったが、その前に、いささか気の重い義務をはたさなくてはならなかった。

私たちは家に帰って荷物をおき、すこしばかり服装をととのえると、マーサが熱心にすすめるお茶をことわった。

「ありがとう、マーサ、でも帰ってからにするよ」

とてもお茶を飲む気分ではなかったからだが、帰ってからのお茶はさぞまずいだろう。もちろんマーサの責任ではない。

フェアファクス伯爵家との商談がなしになったという私たちの報告は、ミューザー社長を深く失望させた。金額的な損失もそうだが、職務に失敗した私たちにペナルティを科さねばならないし、社長自身、人選の責任をとらねばならない。憮然《ぶぜん》として考えこんだ彼に、メープルがふるぼけた布きれを差し出した。

「何かね、それは？」

「約千年前の東ローマ帝国《ビザンチン》の公文書です」

「東ローマ帝国だって⁉」

「はい、かしこくも当時の東ローマ皇帝テオフィルス陛下ご直筆の勅許状です。宛名はスカンジナビア出身のハルヴダーン・ナムピーテス・ヴォルスングル。故郷を出てはるばる帝都コンスタンティノープルにおもむいた人物です」

ミューザー社長は、最初のうち、あっけにとられたようにメープルを見つめていたが、しだいに興味が出てきたようだ。

「それで、そのナム何とかがどうしたのかね」

「当時、東ローマ帝国には〝ヴァリャーギ〟と呼ばれるスカンジナビア人の傭兵部隊がありました。ハルヴダーンはその一員となり、武勲をかさねて隊長に出世し、さらに皇帝からじきじきにヴラヒア国王の称号をいただきました。その勅許状がこの羊皮紙です」

「た、たしかなことかね」

「もちろん東ローマ帝国はすでに滅亡していますから、この勅許状は無効です」

「ふうん……」

「でも、歴史文化財としては、たいへんな価値があります。もし、わたしが歴史好きの大富豪でしたら、そうですね、最低でも五千ポンドは出すと思いますわ」

ミューザー社長の名誉のためにいっておくが、彼は商売人であっても守銭奴ではない。だが、五千ポンドという金額は、無視するには大きすぎるものだった。

「そ、それで、うむ、何だ、その、ミス・コンウェイはこれをどうするつもりなのかね」

「あら、もちろん」

メープルは天使の微笑を浮かべたが、私の目にはすこしばかり魔女っぽく見えた。

「もちろんこれは最初からミューザー良書倶楽部《セレクト・ライブラリー》のものです。わたし、フェアファクス伯爵の母君からおあずかりしただけですもの。どうぞお受けとりください、社長」

半分、催眠術にかかったように、ミューザー社長は私に視線をうつした。

「ええと、ニーダム君はそれでいいのかね」

「もちろんです、社長」

うやうやしく私は一礼した。私もメープルも、無欲な聖人というわけではないが、分不相応な大金は必要ないし、じつのところ、撃ちくだいた花瓶や引き裂いたドレスの弁償をしないでよくなったことだけで充分ありがたい。

「うむ、それなら……しかし、こんな貴重なものを社にもたらしてくれた君たちに、何か報酬をあげなくてはならんな」

「私どもは今後も、この会社で分《ぶ》に応じて働かせていただければ充分です。ただ……」

「ただ、何かね？」

「いささか疲労いたしましたので、何日か休暇をいただけましたら、ありがたいのですが……」

「ああ、いいともいいとも。それにしても、出張のあと休暇というのは、君たちは二度めだったかな。いや、おつかれさま」

社長が口にしたのは、七月にスコットランドの月蝕島《げっしょくとう》をおとずれたときの話だ。あのときのような危険にみちた体験を二度もするとは思わなかった。しかも、年も変わらぬうちに。

当日をふくめ、三日間の休暇をせしめて、私とメープルは家路をたどったが、秋色のハイド・パークを見ると、ごく自然に足が向かった。ミルクティーとスコーン、それにタブロイド紙を四種類買ってベンチにすわる。四紙のうち三紙に、ほぼおなじような内容の記事がのっていた。

朝の光が空と海をかがやかせるなか、英仏海峡を飛び渡る数羽の怪鳥の姿が目撃されたという。目撃者は漁師やら船員やらで、その証言は、ザ・タイムズのような高級紙には無視され、安っぽいタブロイド紙には狂喜《きょうき》でむかえられた。

「未知の生物、ヨーロッパへ逃走か」

「かずかずの目撃証言一致」

「サウスエンド・オン・シーでの怪事件と関係か!?」

世界には、ときたま、タブロイド紙のほうが高級紙より信用できる場合がある。

私とメープルは新聞を交換しながら読みつづけた。怪鳥の想像図とやらもあったが、グロテスクな顔つきはドラグリフに似ても似つかない。

「いや、まったくイギリスがクリミアより危険なところだとは思わなかった。どうも月蝕島のときといい、ロンドンから北への出張は鬼門《アンラッキー》だな。免職《クビ》にならずにすんだが、もう今後、北への出張はことわるぞ」

「あら、マイケルだわ、おじさま」

そういわれて、五フィートほど前方の芝生を見やると、いかにも生意気そうなリスが、いかにも生意気そうな態度で後肢《うしろあし》で芝生をたたきながら、いかにも生意気そうに私を見返した。ハイド・パーク広しといえども、こんなリスは二匹とはいない。

「元気だったみたいね。今日はちゃんと社長の許可をもらっているのよ。だから口どめ料はあげなくてよ」

メープルがいうと、生意気なリスは落胆したようにうつむいて、左右の前肢をこすりあわせた。メープルは笑い出し、スコーンのかけらを放ってやった。生意気なリスは芝生の上でスコーンをつかむと、メープルにおじぎをし、私には挨拶もせず駆け去った。

さて、もう一方のマイケルというか、人間のマイケル・ラッドはというと、またぞろどこへ姿を消したやら、と思っていたが、翌一八五八年の春になって、私とメープルを仰天させることをやってのけた。

「おじさま、おじさま、ニューヨークからお手紙よ！」

居間に駆けこんできたメープルが叫んだ。興奮で頬のバラ色が濃くなっている。

「何だ、おちつきなさい。ニューヨークってアメリカのか？　あんなところに知りあいはいないぞ」

「それが、いるのよ。差出人はマイケル・ラッド」

「へえ、今度はニューヨークときたか」

「およびヘンリエッタ・ドーソン・ラッド」

「何だってえ⁉」

ニーダム家の小さな居間には、目に見えない爆裂弾が放りこまれた。マーサにペーパーナイフを持ってきてもらい、必要以上に緊張しながら開封する。ヘンリエッタの筆蹟《ひっせき》だ、と、メープルが確認した。ふたりでニューヨークへ渡航してその地で結婚し、ラッドは株式仲買人を開業したという。

「マイケル・ラッドとヘンリエッタ・ドーソンがねえ……相性がよかったというやつかな」

「これこそ最大の怪奇だわ。身分ちがいの結婚なんて、どこへいってしまったのかしら」

旧知のふたりを祝福すべきだが、何となく奇妙な敗北感をおぼえる私たちであった。

その後、マイケル・ラッドとヘンリエッタ・ドーソンには再会していない。私は一度、仕事でニューヨークに渡航した。株式取引所へ足を運んで、ラッド夫妻の消息をたずねたが、そこそこ稼《かせ》いだ後、シカゴへ移住するといって姿を消したという話で、あう機会はなかった。

あのふたりのことだから、南北戦争の惨禍などものともせず、新天地でけっこう愉しく人生を送っているのではないだろうか。

さて、フェアファクス伯爵家だが、もともとライオネルの爵位継承にかなり無理があった上に、そのライオネル自身が失踪をとげ、彼の直系もいない、ということで、めでたく廃絶ということにあいなった。財産はともかく、爵位は分割できないし、当主の死後に養子を立てるというような相続法は、イギリスでは許されない。

フェアファクス伯爵家の荘園屋敷《マナーハウス》における惨劇は、今日まで公式に発表されていない。若い当主や客人たちの失踪、落雷による火災、出処不明の白骨死体、などのニュースがときおりタブロイドの紙面をかざるだけだ。

私は思うのだが、ライオネル自身が意識していないところで、ナムピーテス一族に流れる血が彼を錯乱させ、衝動的な大量殺戮をなさしめたのかもしれない。そうだとすると、私としては、つい「血の呪い」とか「宿業《しゅくごう》」とかいう言葉を使いたくなるのだが、私は怪奇作家ではない。節度を守るとしよう。

その後、私はダニューヴの河口を訪ねたことはないし、訪ねたいとも思わない。私の人生の一端が、別の世界に一瞬、触れただけのことだ。

黒海の西岸、空も水も血の色に染まった夕焼けのなかに、岩塩でつくられた城が、髑髏形の影となってそびえている。城内には、太古から連綿とつらなる血脈を守って、花嫁姿の女性が寂寥《せきりょう》の長い長い生涯を送っている。

興味のある人は訪ねてみるといいだろう。ただし、私への報告は、くれぐれも無用に願いたい。

あとがき（第一部におなじ）

この作品は、エドモンド・ニーダムを語り手とする「ヴィクトリア朝怪奇冒険譚《ヴィクトリアン・ホラー・アドベンチャー》」三部作の第二部にあたります。第一部が刊行されたのは二〇〇七年のことで、ちょっと間隔があいてしまいました。寛容と忍耐の精神で待ちつづけてくださった読者の方々に、お礼とおわびを申しあげます。

おかげさまで好評を得ましたので、めずらしくやる気を出した私は、挿画の後藤啓介さんをお誘いして、第二部以降の取材旅行に出かけることにいたしました。

私にとっては三度めのイギリスです。ほんとうはスコットランドまで足を伸ばしたかったのですが、一週間ていどでは荷物をかかえて駆け足ということになってしまいますので、今回はロンドンとその近郊に限定しました。ハイド・パークに面したホテルに滞在して、毎日、目的地へ「出勤」するわけです。荷物をホテルに置きっぱなしにして身軽に動けるのがいいところです。

最初にでかけたのが、「ディケンズ・ワールド」です。そう、かの文豪ディケンズの業績や作品世界を紹介する屋内型テーマパークなのです。ただ、できたばかりで知名度が低く、日本人のガイドさんも、イギリス人のワゴン運転手氏も、「そんなのあったかなあ」。

やさしい後藤さん以外の同行者からは、疑惑のマナコで見られましたが、ロンドン都心の観光センターで実在を確認、いさんで出発しました。

市内から約一時間、変哲もない田園地帯のなかに、それはありました。古典的というより、できたばかりなのにちょっと古ぼけた感じ。大きさは武道館よりは大きく、東京ドームよりは小さい、というところ。

知名度が低いから閑散としているかと思ったら、そうでもありませんでした。家族づれやガキ、いやお子さまの団体の多いこと。考えてみれば夏休みの後半という時期でした。東洋人らしい顔ぶれは私たちだけ。旅行客らしい人々もおらず、要するに、国際的観光施設というより、ディケンズの生まれ故郷につくられた、「郷土の偉人をもちあげる校外教育施設」といったオモムキでありました。

かなり広いインドアの空間に、ヴィクトリア時代のロンドン下町の街並みが、セットで再現してあります。円形の広場では、「オリバー・ツイスト」のラストシーン近く、悪役フェイギンの裁判の場面が上演中で、ヴィクトリア時代の英語がとびかっていました。学校の先生らしい人が、二十人ばかりの子どもたちに、身ぶり手ぶりをいれて何やら説明していますが、たぶん英語の授業の一環なんでしょうね。熱心にスケッチしている子もいれば、居眠りをこらえている子もいます。似たような光景は北京《ペキン》でも見ました。世界中、子どもの姿って、そうそう変わらないものですね。紛争地の児童兵みたいな悲惨な例外はなくなるべきですが。

売店をのぞくと、ロンドン警視庁《スコットランド・ヤード》や切り裂きジャック《ジャック・ザ・リッパー》に関する本が積んであったので、もちろん買いこみ、いよいよ巡航ボートに乗りこむことになります。

夜のロンドン下町が再現されていて、その間に水路がめぐっています。ボートはレールの上を進むのですが、乗降係はみんな若い女性で、ヴィクトリア時代のロンドンの下町娘のコスプレをしていました。言葉づかいがまた、極端なコックニー訛《なま》り、つまり当時の下町言葉を忠実に再現してまして、礼儀も色気も関係なし。お客様に向かって、

「さっさと乗らんか、このボケ！」

「グズグズしてるんじゃないよ！　水に放りこむよ！」

と、どなりつけます。おとなしく乗りこむと、ボートは暗い水路を進んでいきます。と、あちらから乱暴な夫婦ゲンカの声がひびいてくると思えば、こちらからは「キャー、助けて！」と、あやしげな女性の悲鳴。ポーズだけだと思うのですが、橋の上から水路へ向けて立ち小便する酔っぱらいの姿まであります。かすかな臭気がただようのは、香水会社がわざわざ当時の下水の匂いを合成して再現しているそうで、「ようやるわ」と、同行者たちはあきれておりましたが、私はひとりで感激しておりました。

つぎにイギリスへいく機会があれば、私はかならず「ディケンズ・ワールド」を再訪するつもりですが、同行者たちはなぜか消極的です。いいよ、ひとりでもいくから。ただ、再訪してみたらなくなっていた、ということはありえるなあ。

このあとにおとずれた場所は、ロンドン塔、大英博物館、自然史博物館、軍事博物館、ロンドン・ディケンズ博物館、ナイチンゲール博物館、グリニッジ天文博物館、シャーロッ

ク・ホームズ博物館、マダム・タッソーの蠟人形館、ハイド・パークの奥……飽きるということがない都会です。

大英博物館の地下カフェテリアでは、世界で二番めにまずいサンドイッチを食べることができます。自然史博物館では、ティラノザウルスの骨格標本の下で寝袋にくるまって一泊できます。シャーロック・ホームズ博物館では、ホームズの両親の写真や、ホームズの中学時代の成績表を見ることができます。笑って楽しむことにしましょう。

短いけど、いい旅でした。

そこまではよかったのですが、その後がどうもいけませんでした。帰国後しばらくして、古くからおつきあいのあった同業の方々がつぎつぎと亡くなり、ちょっと精神的にこたえていたところに、不順な気候が引き金をひいたのか、私自身が思わぬ病気にかかってひっくりかえり、生まれてはじめて救急車に乗せられて、病院へ運ばれてしまったのです。

以後、通院治療と投薬を今日までつづけておりますが、まあすこしずつ良くなって、日常生活ではたいてい不自由しなくなりました。ただアルコールやカフェインがご法度《はっと》なので、コーヒーも紅茶も緑茶も飲めません。喫茶店でサボるとき注文するものにこまってしまいます。また、原稿を書いてるときや眠っている間にいきなり過呼吸や心悸亢進《しんきこうしん》がおこったりしますので、いつも手元に薬をおいて日を送っています。

そんなわけで、すっかり仕事がおくれてしまったのですが、このたびようやく『髑髏城の花嫁』を脱稿することができました。足を向けて寝られない人がたくさんいます。そのうち立って寝ることになりそうです。

三部作の第二部ですが、じつは、題名を考えついたのは、この作品が最初です。あるときふっと、何の前兆もなく脳裏に浮かんだのです。何だか昔の東映時代劇映画にあったような気がして、調べてもらったのですが、そのままおなじ題名の作品はない、ということでした。だったら使ってもいいな、と思いました。

ディクスン・カーに「髑髏城」という有名な作品があるので、「骸骨城」にしようか、と思ったこともありますが、変な遠慮をするより、オマージュとしてそのまま踏襲させていただくことにしました。もちろん、時代も場所も、人物もプロットも、まったくちがいます。

プロットといえば、この作品の場合、最初はもっと単純なものでした。語り手のエドモンド・ニーダムがクリミア戦争からイギリスへ帰国する途中のお話で、舞台はダニューヴ（ドナウ）河口で終始するはずだったのです。できあがった作品の第二章をずっと拡大したものと思ってください。

さて、そうなりますと、当然、メープル・コンウェイの出番はまったくなくて、帰国後に叔父の冒険譚を聞くだけ――だったのですが、この構想について他人《ひと》に話したとたん、ひとりのこらず、「えー、何でー!? メープルが出ないの？ 何で出さないの!?」と、ブーイングの嵐です。温厚な後藤さんでさえ、「メープル、出ないんですか」と悲しそうにおっしゃるので、私は、民意によって追いつめられた独裁者の気分になりました。悔いあらためて、最初からプロットを練りなおし、キャラクターをつくりました。手間はかかりましたが、いい勉強になったと思います。
第一部に引きつづき、お世話になった方々に心から感謝します。あらたに東京創元社にもお世話になりました。また、一部英文資料の翻訳に関しましては、中津宗一郎・美智代夫妻の協力を得ました。何よりも、前回同様、読者の方々に喜んでいただけましたら、これにまさる幸せはありません。

ディケンズ生誕百九十九年八月

田中芳樹

十九世紀末のクリミア半島周辺図

地図作成=らいとすたっふ

主要参考資料（第一部との重複をのぞく／書名五十音順）

『アラブが見た十字軍』アミン・マアルーフ著／牟田口義郎・新川雅子訳　リブロポート
『イギリス四季暦』出口保夫文／出口雄大画　東京書籍
『イギリスを語る映画』三谷康之著　スクリーンプレイ出版
『インド植民地官僚――大英帝国の超エリートたち』本田毅彦著　講談社
『ヴァイキング』フレデリック・デュラン著／久野浩・日置雅子訳　白水社
『ヴァリャーギ――ビザンツの北欧人親衛隊』マッツ・G・ラーション著／荒川明久訳　国際語学社
『ヴァンパイアと屍体――死と埋葬のフォークロア』ポール・バーバー著／野村美紀子訳　工作舎
『ヴィクトリア朝偉人伝』リットン・ストレイチー著／中野康司訳　みすず書房
『ヴェネツィア帝国への旅』ジャン・モリス著／椋田直子訳　東京書籍
『英国貴族の邸宅』田中亮三文／増田彰久写真　小学館
『英国ファンタジー紀行』山内史子文／松隈直樹写真　小学館
『英国幽霊案内』ピーター・アンダーウッド著／南條竹則訳　メディアファクトリー
『絵で見る十字軍物語』塩野七生著　新潮社
『狼男伝説』池上俊一著　朝日選書
『狼と西洋文明』クロード・カトリーヌ・ラガッシュ、ジル・ラガッシュ著／高橋正男訳　八坂書房
『階級としての動物――ヴィクトリア時代の英国人と動物たち』ハリエット・リトヴォ著／三好みゆき訳　国文社

『ガヴァネス――ヴィクトリア時代の〈余った女〉たち』川本静子著　みすず書房
『吸血鬼伝説』ジャン・マリニー著／中村健一訳　創元社
『吸血鬼の事典』マシュー・バンソン著／松田和也訳　青土社
『教科書に書けない「世界史」』金森誠也著　PHP文庫
『虚栄の市』（一～四）サッカリー著／中島賢二訳　岩波文庫
『荒涼館』（1―4）チャールズ・ディケンズ著／青木雄造・小池滋訳　ちくま文庫
『ゴシック幻想』紀田順一郎ほか著　書苑新社
『コンスタンチノープル遠征記――第四回十字軍』ロベール・ド・クラリ著／伊藤敏樹訳　筑摩書房
『最初の刑事――ウィッチャー警部とロード・ヒル・ハウス殺人事件』ケイト・サマーヒル著／日暮雅通訳　早川書房
『十字軍――ヨーロッパとイスラム・対立の原点』ジョルジュ・タート著／南条郁子・松田廸子訳　創元社
『十字軍大全――年代記で読むキリスト教とイスラームの対立』エリザベス・ハラム編／川成洋ほか訳　東洋書林
『十字軍の男たち』レジーヌ・ペルヌー著／福本秀子訳　白水社
『十字軍の女たち』レジーヌ・ペルヌー著／福本秀子訳　パピルス
『十字軍の歴史』S・ランシマン著／和田広訳　河出書房新社
『ジェヴォーダンの人食い狼の謎』アベル・シュヴァレイ著／高橋正男訳　東宣出版
『新訳・ナイチンゲール書簡集――看護婦と見習生への書簡』ナイチンゲール著／湯槇ますほか訳　現代社
『人狼変身譚――西欧の民話と文学から』篠田知和基著　大修館書店
『図説ヴィクトリア朝百貨事典』谷田博幸著　河出書房新社

『図説英国貴族の暮らし』田中亮三著　河出書房新社
『図説ディケンズのロンドン案内』マイケル・パターソン著／山本史郎監訳　原書房
『図説バルカンの歴史』柴宜弘著　河出書房新社
『世紀末までの大英帝国――近代イギリス社会生活史素描』長島伸一著　法政大学出版局
『西洋魔物図鑑』江口之隆著　翔泳社
『世界の旅16　東ヨーロッパ』座右宝刊行会編　河出書房新社
『大英帝国インド総督列伝――イギリスはいかにインドを統治したか』浜渦哲雄著　中央公論新社
『第二帝政とパリ民衆の世界――「進歩」と「伝統」のはざまで』木下賢一著　山川出版社
『第四の十字軍――コンスタンティノポリス略奪の真実』ジョナサン・フィリップス著／野中邦子・中島由華訳　中央公論新社
『テムズ河――その歴史と文化』相原幸一著　研究社出版
『世界各国史13　東欧史』矢田俊隆編　山川出版社
『東欧の民族と文化』南塚信吾編　彩流社
『東欧の歴史』アンリ・ボグダン著／高井道夫訳　中央公論社
『童話の国イギリス』三谷康之著　PHP研究所
『ドラキュラの世紀末――ヴィクトリア朝外国恐怖症の文化研究』丹治愛著　東京大学出版会
『ドラキュラ伯爵のこと――ルーマニアにおける正しい史伝』ニコラエ・ストイチェスク著／鈴木四郎・鈴木学訳　恒文社
『ねじの回転』ヘンリー・ジェイムズ著／蕗沢忠枝訳　新潮文庫
『白衣の女』（上中下）ウィルキー・コリンズ作／中島賢二訳　岩波文庫
『パブとビールのイギリス』飯田操著　平凡社
『ハリウッド・ゴシック――ドラキュラの世紀』デイヴィッド・スカル著／仁賀克雄訳　図書刊行会
『バルカンの亡霊たち』ロバート・D・カプラン

著／宮島直機・門田美鈴訳　NTT出版
『東ヨーロッパ』森安達也・南塚信吾著　朝日新聞社
『ビザンツ　幻影の世界帝国』根津由喜夫著　講談社選書メチエ
『ビザンツ帝国とブルガリア』ロバート・ブラウニング著／金原保夫訳　東海大学出版会
『マイ・フェア・ロンドン』ピーター・ミルワード、恒松郁生著／中山理訳　東京書籍
『マザーグースイラストレーション事典』夏目康子・藤野紀男編著　柊風舎
『マルフイ公夫人』ジョン・ウェブスター著／萩谷健彦訳　ゆまに書房
『マンク』マシュー・グレゴリー・ルイス著／井上一夫訳　国書刊行会
『ミステリー風味ロンドン案内』西尾忠久著／内山正イラスト　東京書籍
『「もの」から読み解く世界児童文学事典』川端有子ほか著　原書房
『柳模様の世界史——大英帝国と中国の幻影』東田雅博著　大修館書店
『闇の国のヒロインたち——イギリスの昔話と伝説』飯田正美著　山口書店
『ヨークとハワース・北イングランド——イギリスの古都とジェーン・エアの世界を巡る』邸景一・須藤公明文／柳木昭信・辻丸純一写真　日経BP企画
『よみがえるロンドン——100年前の風景』ジョージ・ヘンリー・バーチ著／出口保夫編訳　柏書房
『ロンドン橋物語——聖なる橋の二千年』出口保夫著　東京書籍
『ロンドン路地裏の生活誌——ヴィクトリア時代』上下ヘンリー・メイヒュー著、ジョン・キャニング編／植松靖夫訳　原書房

本書は二〇一一年に刊行された作品の文庫化です。

検印
廃止

著者紹介　1952年、熊本県生まれ。学習院大学大学院修了。78年「緑の草原に……」で第3回幻影城新人賞を受賞してデビュー。88年『銀河英雄伝説』が第19回星雲賞受賞。《薬師寺涼子の怪奇事件簿》シリーズの他、『創竜伝』『アルスラーン戦記』『マヴァール年代記』など著作多数。

髑髏城の花嫁

2021年3月19日　初版

著者　田《た》中《なか》芳《よし》樹《き》

発行所　（株）東京創元社
代表者　渋谷健太郎

162-0814/東京都新宿区新小川町1-5
電　話　03・3268・8231-営業部
　　　　03・3268・8204-編集部
URL　http://www.tsogen.co.jp
萩原印刷・本間製本

ISBN978-4-488-59203-5　C0193

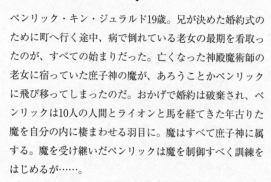

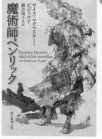

アメリカ恐怖小説史にその名を残す
「魔女」による傑作群

Shirley Jackson

シャーリイ・ジャクスン

丘の屋敷

心霊学者の調査のため、幽霊屋敷と呼ばれる〈丘の屋敷〉に招かれた協力者たち。次々と怪異が起きる中、協力者の一人、エレーナは次第に魅了されてゆく。恐怖小説の古典的名作。

ずっとお城で暮らしてる

あたしはメアリ・キャサリン・ブラックウッド。ほかの家族が殺されたこの館で、姉と一緒に暮らしている……超自然的要素を排し、少女の視線から人間心理に潜む邪悪を描いた傑作。

なんでもない一日
シャーリイ・ジャクスン短編集

ネズミを退治するだけだったのに……ぞっとする幕切れの「ネズミ」や犯罪実話風の発端から意外な結末に至る「行方不明の少女」など、悪意と恐怖が彩る23編にエッセイ５編を付す。

処刑人

息詰まる家を出て大学寮に入ったナタリーは、周囲の無理解に耐える中、ただ一人心を許せる「彼女」と出会う。思春期の少女の心を覆う不安と恐怖、そして憧憬を描く幻想長編小説。

『嘘の木』『カッコーの歌』に続く
名作登場!

影を呑んだ少女

フランシス・ハーディング　児玉敦子 訳　四六判上製

英国、17世紀。幽霊が憑依する体質の少女メイクピースは、暴動で命を落とした母の霊を取り込もうとして、死んだクマの霊を取り込んでしまう。クマをもてあましていたメイクピースのもとへ、会ったこともない亡き父親の一族から迎えが来る。父は死者の霊を取り込む能力をもつ旧家の長男だったのだ。屋敷の人々の不気味さに嫌気が差したメイクピースは逃げだそうとするが……。『カッコーの歌』に続きカーネギー賞最終候補作に。

『嘘の木』でコスタ賞を受賞したハーディングの最新作。